자
유
인

자유인 1
조항균 판타지 장편 소설

초판 1쇄 찍은 날 § 2003년 6월 3일
초판 1쇄 펴낸 날 § 2003년 6월 13일

지은이 § 조항균
펴낸이 § 서경석

편집장 § 문혜영
편집책임 § 장상수
편집 § 박영주 · 권민정
마케팅 § 정필 · 강양원 · 이선구 · 김규진 · 홍현경

펴낸곳 § 도서출판 청어람
등록번호 § 제1081-1-89호
등록일자 § 1999. 5. 31
어람번호 § 제1-0387호

주소 § 경기도 부천시 원미구 심곡1동 350-1 남성B/D 3F (우) 420-011
전화 § 032-656-4452 팩스 § 032-656-4453
http://www.chungeoram.com
E-mail § eoram99@chollian.net

값 7,500원

ISBN 89-5505-695-8 04810
ISBN 89-5505-694-X (SET)

※ 파본은 본사나 구입하신 서점에서 교환하여 드립니다.
※ 저자와 협의하여 인지를 붙이지 않습니다.

자유인

조항균 판타지 장편 소설

1

도서출판
청어람

목차

제 1 화

산다는 것

산다는 것

"제길."

아젝스는 쓰게 술잔을 기울였다. 열흘 앞으로 다가온 약혼식을 생각하면 속이 쓰리고 가슴이 답답해져 온다.

"빌어먹을."

이제 겨우 18세인 자신이 벌써 약혼을 하고 1년 후 결혼을 해야 하다니… 어이가 없다. 성인식을 치른 치 이제 몇 달이나 지났다고 벌써 결혼이란 말인가. 앞으로 수많은 미인들과의 열애는 그만두더라도 이름도 거룩한 대포러스 제국의 제1공주인 아레나, 아레나……. 에이, 이름도 모르겠다. 그냥 못생긴, 아주 못생긴 것하고 정략 결혼이란 것을 해야 한다. 게다가 평생 그년의 눈치를 보면서 살아야 할 판이니 바람도 제대로 피우지 못할 것이다. 내 청춘은 이제 여기서 끝난 것이다.

"으악! 미치겠다!"

아젝스는 기어이 비명을 질렀다. 그러자 앞에서 같이 술을 마시고 있던 자신의 호위 기사인 한스 맥그리거가 다 이해한다는 표정으로 빈 잔에 술을 따랐다.

"아젝스 도련님, 그만 돌아가시지요. 많이 취하셨습니다."

빌어먹을 앙리 베델이란 놈이다. 이놈은 한스와는 달리 아주아주 잔소리쟁이다. 그것도 내가 듣기 싫어하는 말만 골라서 하는.

"그래. 앙리는 내가 밉지, 엉?"

"아닙니다, 아젝스 도련님. 다만 시간도 늦었고 술도 많이 드셨으니 그만 돌아가야 하지 않겠습니까?"

그래, 너는 네놈 일 아니라고 그런 편한 소릴 하지. 너도 내 처지 돼 봐라. 술이라도 먹어야 잠을 자지. 게다가 가긴 어딜 가. 당연히 외박이지. 앞으로 얼마 남지도 않은 청춘, 뜨겁게 불태워야 하지 않겠어?

"한스, 가자. 너 좋은 데 알고 있지? 어제 간 데 말고 다른 곳에 가자고. 어제는 별로였어."

"예, 도련님."

"안 됩니다! 오늘 아침에 그렇게 혼나고도 또 가십니까? 그러다 정말 큰일 납니다."

"몰라몰라, 내일 일은 내일 생각하자고. 오늘 이 순간을 즐겁게. 이게 나의 인생관인 걸 몰라서 그래? 잔말 말고 따라와. 가자, 한스."

아젝스는 비틀거리는 걸음을 한스의 어깨에 기대어 간신히 주점을 나섰다. 그러자 앙리는 어쩔 수 없다는 듯이 뒤따라 걸어갔다.

한적한 산길이 갑자기 부산스러워졌다. 창검을 치켜든 기마병들이 줄줄이 이어 나오고, 화려한 마차 하나와 여러 대의 짐마차가 뒤를 따랐다. 그 뒤는 다시 기마병. 인원만 봐도 대충 200명은 될 듯한 인원이 비좁은 산길을 따라 행군하고 있었다. 말들과 기사들은 무더위와 험로로 인해 몹시도 지친 듯이 보였다. 그러나 힐끔 마차를 보고는 아무 말 없이 길을 재촉했다.

그 마차는 이 일행 중 가장 화려했다. 거대한 육두마차 본체의 흰색 바탕 위에 각 테두리를 황금으로 마무리를 하고 첨첨이 보석으로 치장했다. 그러나 그중 가장 화려한 것은 마차의 작은 창으로 보이는 아름다운 여인의 얼굴이었다. 그러나 그녀의 얼굴은 슬픈 기색이 역력해서 그 아름다움을 다소 퇴색하게 하고 있었다. 그녀는 멀거니 흐르는 숲을 보며 초점없는 시선으로 사색에 잠겨 있었다.

"휴우."

그녀는 자신의 앞날이 걱정되었다. 알지도 못하는 남자, 게다가 비록 한 살이지만 자신보다 연하의 남자와 결혼한다는 것에 심적으로 부담이 되었다.

어차피 자신의 처지에 사랑하는 사람과 결혼한다는 것은 꿈도 못 꾸겠지만 그래도 이건 아니었다. 지위에 있어서 공작의 지위라지만 포러스 제국 유수의 일반 귀족만도 못하고, 명예에 있어서도 변방에 위치해 1년에 단 한 차례 의례적인 신년 행사에나 찾아오는 보도 듣도 못한 공작이므로 여타 다른 귀족과 비교가 되지 않는다.

"휴우."

그녀는 자기 동생이 걱정이 되었다. 황태자의 신분으로 차기 국왕이 되기 위해 열심히 노력하는 그녀의 동생은 황궁에서 자신의 위치를 아직 확고히 굳히고 있지 못했다. 나이가 16세로 아직 성인식을 올리지 못해서 외척의 힘도 없고, 그렇다고 외조부의 힘을 빌리자니 역시 변방의 조그만 영주의 백작이라 힘이 되어주지 못한다. 거기다 어머니가 돌아가신 후 현 황후가 된 카발레타 황후는 자신의 아들인 제2황자 나티엔을 황태자로 책봉하기 위해 혈안이 되어 그녀의 본가인 횔테른 후작가의 힘을 빌어 막강한 세력을 굳히고 있다. 이런 상황에서 서로 의지가 되어주던 그녀가 머나먼 타지로 떠나게 되었으니 더 더욱 고립될 수밖에 없다. 아마도 이번 결혼은 황후의 입김이 상당히 강하게 작용했을 것이다.

"휴우."

"아레나 샤틀리에 공주님, 너무 심려하지 마십시오. 모든 것이 다 잘될 것입니다."

앞에 앉아 동행하던 궁정 마법사인 나사스가 안쓰러운 눈빛으로 말을 건넸다. 나사스는 7서클 마스터의 현자로 현 포러스 제국에서 다섯 손가락 안에 들 정도의 실력자로 알려져 있는 능력있는 마법사다. 그런 마법사가 비록 현 국왕의 장녀라지만 한낱 중요하지도 않은 호위 임무를 맡은 것은 어딘지 이상했다. 그러나 이것이 현 포러스 제국의 현실이었다. 나사스는 대륙에서 가장 오래된 왕국이자 한때는 전 대륙을 통일했던—물론 현재의 대륙보다는 작았다. 그때는 아직 대륙의 절반도 안되는 지역에서만 사람이 생활했다—아라사 국 출신이었다.

7년 전 어느 날 갑자기 나타나 마탑에 도전을 했고, 이에 마탑의 마법사 중 가장 실력이 인정된 현 마탑의 장이 나서서 나사스를 물리쳤다. 그러자 나사스는 마탑에 눌러앉아 마법을 연구하며 재도전을 준비했다.

이렇게 세월이 흐르며 세 번의 도전과 응전이 있었고, 마침내 나사스는 마탑의 장인 레미언 샤를에게 감복해 레미언의 제자가 되었다.

그리고 레미언의 추천으로 궁정 마법사가 되었지만 궁중에서의 그의 위치는 그리 신통치 못했다. 일단 타국인이라는 점은 둘째로 치고, 망해서 겨우 명맥만 유지하고 있는 아라사 출신이라는 것이 그를 얕보는 결정적인 이유였다. 그만큼 포러스 제국이 부강하다는 것이요, 그만큼 자만심이 강하다는 것이다.

이런 처지에 그에게 따뜻한 말을 건넨 이가 있었으니 바로 아레나 공주였다. 물론 아레나 공주가 자신에게 접근한 것이 황태자의 안위를 위해 세를 불리기 위해서라는 것을 모르는 것은 아니었다. 그러나 너무도 아름다운 공주가 진심에서 우러나오는 말을 하자 모든 것이 좋게만 보였다. 어차피 포러스 제국으로 넘어온 이유도 아무런 희망도 없는 아라사는 자신의 야망을 채워줄 수 없었기 때문이다.

그리고 이왕이면 약한 세력에 붙는 것이 유리하다. 그래야 떨어지는 대가도 크고 자신이 활약할 무대도 넓어지기 때문이다. 게다가 자신의 처지에 모두에게 배척당하는 것보다 어느 한쪽에 들어가 어우러진다는 것이 좋았다. 그리고 그의 바람대로 어느 정도 친분을 다진 사람도 여럿 되었고 마음 터놓을 사람도 하나 건지게 되었다. 물론 그만큼 공주의 세력도 불어났다.

아레나 공주는 나사스에게 많이 의지를 하였다. 어떤 사람을 모을 것인가부터 사람 끌어들이는 방법에 이르기까지 수많은 질문과 조언이 오고 갔다. 그런데 어느 정도 세력의 골격이 이루어져 안심하고 있을 때 아레나 공주의 결혼 발표가 나오게 된 것이다.

이것은 분명 카발레타 황후의 농간이 분명했다. 황태자의 세력이 더 커지기 전에 그 주축인 아레나 공주의 제거를 목적으로 이루어진 결혼이 분명하였다. 그렇기에 제국의 최동단, 그것도 있어도 그만 없어도 그만인 공작의 자제에게 시집을 보내는 것이다. 공작의 자제가 좀 괜찮으면 몰라도 소문에 의하면 놀기 좋아하고 여자만 쫓아다니는 망나니라니, 카발레타 황후가 제대로 고른 것은 분명하였다.

그래서 걱정이 되어 나사스가 궁중 마법사 자리를 버리고 아레나 공주의 개인 마법사로 동행하게 된 것이다. 물론 황후의 방해가 있었지만 아레나 공주의 눈물에 황제가 넘어갔다. 한 명이라도 마음에 맞는 사람이 필요하다면서 흐느끼는 아레나 공주의 손을 쥐는 황제의 모습을 보며 어쩜 저리도 모를 수 있는지, 아님 모른 척하는 건지 알송달송해지는 나사스였다.

"고맙군요, 나사스 경. 후우, 이럴 게 아니라 우리 이야기나 하기로 해요. 그래, 우리가 가고 있는 틸라크라는 곳은 어떤 곳인가요?"

나사스는 잠시 생각을 정리하더니 한숨부터 내쉬었다.

"후우, 사실 틸라크 영지는 보잘것없다고밖에 표현할 말이 없습니다. 영지를 따지자면 현 포러스 제국에서 가장 큰 영지이나, 이는 어디까지나 명목상의 크기일 뿐 실제로 그리 큰 영지는 아닙니다. 북으로는 드래곤 산맥으로 막혀 있고, 게다가 그 산자락에서 나오는 각종 몬스터들 때문에 그 근처에는 얼씬도 못합니다. 동쪽은 사막 지역으로 오아시스를 중심으로 유목을 하는 부족들이 상당수 있는데 이들이 수시로 틸라크 영지를 침략해 노략질을 일삼고 있습니다. 거기다 남은 초원의 패자인 휴노이 국이 자리 잡고 있어 항상 불안한 상태에 있지요. 서쪽은 지금 우리가 가고 있는 이 드베리아 산맥이 가로막고 있습니다. 틸라크가 포러스의 영지로 복속된 초기만 하더라도 이 길은 사람이 다닐 수 없을 정도로 몬스터들이 많았지만 자렌 성과 틸라크 영지의 수십 년에 걸친 노력으로 그나마 이 정도의 안정된 도로를 확보할 수 있게 되었습니다. 사실 틸라크 영지의 노력이 대단했지요. 당장이 길이 없으면 포러스 제국과의 연계가 끊기게 되고 틸라크 영지는 고립될 수밖에 없으니 살기 위해 노력했다는 것이 정답일 것입니다."

"아! 그렇군요. 그런데 이상하네요. 이처럼 외진 땅이 어떻게 포러스 제국의 영토가 되었지요? 말씀을 들어보니 틸라크 영지가 있기 전에는 드베리아 산맥을 넘기도 힘들었다고 했는데요. 그리고 명목상 제국 제일의 영지라면서요. 실제는 아닌가요?"

"사실 틸라크 영지는 휴노이 국의 땅이라고 보아도 무리가 없습니다. 다만 틸라크 공, 다리안 틸라크 공작이 현 틸라크 영지에 들어설 당시의 상황이 우연하게도 동쪽 사막 부족의 침입으로 휴노이 국이 일시적으로 이 지역의 지배력을 상실한 시기였습니다. 당시 틸라크 영지는 사막의 부족들이 풀을 따라 이동하며 가축을 방목하던 곳이었습니다. 그래서 틸라크 공작은 이 지역이 주인없는 곳으로 착각을 하게 되었는데, 이런 생각을 하게 된 결정적인 이유가 그 지역에 있던 유목민의 태도에 있었습니다. 처음엔 적으로 간주하고 대항하던 그들이 막상 전투에서 지니까 틸라크 공작을 자신들의 주인으로 삼은 것입니다. 전형적인 원주민의 모습이었지요. 아시겠지만 가나트나 포러스의 농노들이 대부분 이런 방식으로 흡수되었으니까요. 이에 틸라크 공작은 우선 포러스 제국에 신천지를 발견했다는 사실과 앞으로 더 나가겠다는 의사를 전달하고 계속 동으로 전진해 나가기 시작했습니다. 계속 전진하다 만나는 부족은 힘으로 누르고 거스르는 부족은 멸족을 시키면서 마침내 동쪽의 끝, 사막에 당도하고는 다시 기수를 남쪽으로 돌렸지요. 북쪽은 아무래도 드래곤 산맥이 있으니 당연하달까요? 그렇게 남으로 향하다가 휴노이 국과 만나게 되었습니다. 당시 휴노이 국은 사막 부족의 거센 공격에 정신을 못 차리다 틸라크 공작군에 의해 다소 압력이 약해져 점차 세력을 회복하고 있었는데 난데없이 또 다른 부대가 나타나자 지레 겁을 먹고 화친을 청하게 되었습니다. 그래서 현재의 틸라크 영지가 포러스 제국 영토로 영입된 것이죠. 아, 틸라크 영지의 크기를 물으셨지요? 지도상으로는 일단 끝도 없는 동쪽 사막 지역부터 서쪽으로는 드베리아 산맥의 정상까지, 북으로는 드래곤 산맥부터 남으로는 휴노이와의 화친 시 맺었던 베다 강의 하류 끝까지가 틸라크 영지입니다. 그러나 사막 지역과 북쪽의 드래곤 산맥은 물론 서쪽의 드베리아 산맥까지 사람은 살지 않고 있고, 남쪽으로는 이미 50년 전에 베다 강의 중류 지역까지 휴노이 국에게 빼앗겨 사실상 지도의 10분지 1 정도에 그칩니다. 더구나 휴노이 군이 상시 틸라크 영지를 노리고 있기 때문에 언제 휴노이 국으로 귀속이 될지는 아무도 모르지요. 하지만 그럼에도 불구하고 포러스 제국에서 가장 큰 영지를 갖고 있다는 점은 불변입니다."

"그럼 우리나라에서는 틸라크 영지에 아무런 도움도 주지 않나요? 그래도 포러스 제국의 영토임에는 분명한데."

"물론 지원을 해줍니다. 비상시 자렌 성에서 5,000명에 달하는 1개 군단이 지원하고 차후 상황을 보아서 다시 지원해 주죠. 그러나 그리 큰 도움을 주지는 못합니다. 첫 지원군이 올 때면 이미 상황은 끝난 상태니까요. 지원군이 올 때까지 걸리는 시간이 한 달여 정도 되기 때문에 틸라크 영주 역시 그리 큰 기대는 하지 않고 있습니다. 그래서 사병을 키우고 있죠. 아마 3,000에 달하는 사병을 거느린 귀족은 틸라크 공작이 유일할 겁니다."

현 포러스 제국의 귀족은 대부분 사병을 키우고 있었다. 부유한 귀족은 더 많은, 더 실력있는 사병을 키울 수 있고, 이는 결과적으로 같은 지역의 귀족을 누르고 각종 이권 개입에 결정적인 역할을 하므로 사병 키우기에 돈을 아끼지 않았다. 그러나 그 수가 제한되어 있었는데, 이는 유사시 다른 용도로 쓰일 수 있다는 우려에 의해 법으로 정한 것이다. 물론 당연히도 그러한 전례가 있기에 반란을 진압하고 부랴부랴 제정한 법이었다.

대다수의 귀족이 이에 불만을 가졌지만 당시 상황이 반대 의견을 내면 역적으로 몰릴 판이라 감히 반대하지 못하고 그나마 제한적이지만 사병을 키울 수 있다는 것에 내심 안도의 숨을 쉬었다. 그래서 양이 아니면 질이라도 높아야 한다며 용병이나 자유 기사 중 실력자면 천금을 주고 휘하에 두려는 게 귀족들 사이에서 유행하게 되었다. 평상시에는 귀족 간 화합에서 대련을 통해 유흥을 주고, 유사시에는 여타 귀족을 누를 수 있는 유효한 수단이 되기 때문이다. 그러나 이런 사병 수의 제한에서 예외인 것이 틸라크 영지였다.

틸라크 영지에는 제국의 2개 군단이 머물고 있는데 그리 강력한 군이라고는 볼 수 없었다. 한 번 휴노이 군이 침략하면 보통 2만에서 3만의 군이 침략하므로 적을 섬멸하기보다는 성곽을 방패 삼아 지원군이 올 때까지 방어에 주력하는 시간 벌이 구실을 하는 것이다.

휴노이와의 국경을 수비하기에도 급급하다 보니 동쪽 사막 부족의 가을철 노략이나 북쪽 몬스터의 침입에는 신경 쓸 여력이 없었다. 그래서 틸라크 공작은 사력을 다해 사병을 키우고 가을이면 용병들을 대거 고용하였다. 그러나 그래도 틸라크 영주민의 피해는 어쩔 수 없었다. 공작령에서 나오는 거의 모든 세금을 사병 육성에 쏟아 부어도 그 최대 한계가 3,000명의 사병이 고작이었다.

휴노이 국은 초원의 패자라지만 국민 대다수가 유목을 하므로 그 인구 수가 많지 않았다. 전체 인구 수는 정확히는 모르지만 대략 200만 정도로 추산되는데, 유목민이라 여러 지역을 떠돌아다니므로 군대를 모아봐야 기껏 5만이 한계라는 것이 제국의 생각이고, 이 정도면 틸라크 영지를 잃더라도 드베리아 산맥을 방패 삼아 자렌 성에서 충분히 방어를 할 수 있다고 보았다. 틸라크에서 특별히 얻는 것이 없는 제국의 입장에서는 틸라크의 방어에 그리 적극적이지 않았다.

이런 상황이다 보니 틸라크 공작 쪽에서 주둔하고 있는 2개 군단의 물자와 비용을 대부분 내게 된 것이다. 그것도 굽실거리면서…… . 그나마 그 역할을 비교적 잘 해주니 돈이 많이 들어도 어쩔 수 없이 이제까지 이어온 것이다. 사병을 키우는 것보다는 싸게 먹히니까.

"후우, 정말 이해할 수 없네요. 그런 상황이라면 폐하께서도 어느 정도는 아실 텐데, 아무리 황후의 농간이라지만 어떻게 그런 곳에 저를 시집 보낼 수 있죠?"

"저도 정확히는 모르겠지만, 들리는 소문으로는 선대의 약속이었다고 합니다. 틸라크 공작가는 계속해서 소드 마스터가 배출되는 명문 무가입니다. 다만 워낙 황실에 드나들지를 않고, 또 유사시가 아니면 그 능력을 밖으로 내보이질 않기 때문에 일반 사람들이 잘 모를 뿐이지요. 제국력 178년이니까, 한 50년이 되었군요. 그때 가나트 제국과의 농노전쟁을 기억하십니까? 가나트의 농노들이 기아를 참지 못해 우리 포러스 제국으로 마구 몰려왔는데 포러스 제국이 이를 막지 않고 수용하자 가나트 제국이 농노들의 반환을 요구해 왔지요. 이에 우리 포러스 제국이 응하지 않아 일어난 전쟁인데, 초반엔 팽팽한 전쟁이었던 것이 가나트 국이 남부연방국과 손을 잡는 바람에 급격히 기울어가게 되었습니다. 이때 그 위기를 구한 것이 현 틸라크 공작의 아버지가 되는 돌프레앙 샤틀리에 대공이십니다."

"아, 돌프레앙 대공은 저도 알고 있어요. 구국의 영웅을 모를 리가 있나요. 하지만 틸라크 공작가라는 것은 처음 듣는 말인데요."

"그건 전쟁이 끝나고 그분 일대에 한해서 황실의 성인 샤틀리에를 사사하셨기 때문입니다. 만약 그 전쟁에서 그분이 살아나셨다면 모든 이들이 그분과 틸라크 공작가를 기억할 텐데 마지막 전투에서 그만 돌아가시는 바람에 그분이 틸라크 공작가가 아니라 황실의 일원으로 오해를 받게 된 것입니다. 사실 그 전쟁에 참여한 대부분의 귀족들은 다 알고 있었지요. 다만 그분의 공을 시기해서 쉬쉬하였을 따름입니다. 그래도 명색이 공작가니 이 기회에 정계에 진출하면 어쩌나 하는 마음에서 그런 겁니다. 참으로 옹졸한 생각이었지요. 어쨌든 돌프레앙 대공의 죽음을 슬퍼한 선 황제께선 대공의 장례식에서 다음에 태어나는 아이를 틸라크 공작가와 인연을 맺어주기로 천명했습니다. 하나 불행인지 다행인지 황가의 다음 대는 모두 아들이 태어나게 되어 인연이 맺어지지는 않았지요. 그렇게 세월이 흘러 선황제께서 돌아가시고 모든 것이 유야무야되는가 싶었는데, 어떻게 알았는지 황후파에서 이를 들어 공주님을 틸라크 공작가에 시집 보내야 한다고 주장하게 되었답니다. 황제께선 선황에 대한 효심이 대단하므로 자신이 들어보지는 못했지만 그 전쟁에 참여했던 노신들이 이를 증언해 주었으니 더 이상 믿지 않을 도리가 없었던 듯합니다. 우리 쪽 사람 중 한 사람이라도 그 장례식에 참여했더라면 정확한 사실을 알 수 있었을 텐데, 불행히도 우리 쪽 사람은 대부분 젊은 무인들 출신이라 아쉽게 되었습니다."

"그런 비사가 있었군요! 훗, 그런 사실도 모르고 시집을 가다니 정말 한심하네요. 어떻게 아무도 그런 사실을 저에게 말하지 않았나요? 아니, 제가 정신이 없었네요. 틸라크 공작가에 시집을 간다면서 아무런 사전 지식도 없이 길을 나섰다가 이제야 그런 것을 물어보니 말이에요. 정말 틸라크 공작가에 미안해지는군요. 참, 그럼 현 틸라크 공작도 소드 마스터인가요? 계속해서 소드 마스터를 배출했다면서요."

"틸라크 공작가에서 배출한 소드 마스터는 총 네 명으로 현 틸라크 공작은 아닙니다. 포러스 제국의 독립 전쟁 당시 4대 무장 중 한 명이었던 라케다이몬님과 그의 아드님이셨던 다리안 틸라크 공작님, 그리고 100년 전에 한 분과 돌프레앙 대공, 이렇게 네 분이 전부입니다. 하나 이것만 하더라도 대단한 가문입니다. 현 무가 중 네 명은커녕 두 명을 배출한 가문도 겨우 2개 가문밖에 없을 정도지요. 그리고 현 틸라크 공작이 비록 마스터는 아니더라도 소드 익스퍼트 최상급에 근접한 것 같다는 소식이 들리는 것을 보면 대단하다는 생각입니다. 그 소문이 사실이라면 현 포러스 제국에서 열 손가락 안에 드는 실력자가 아니겠습니까? 지금은 그리 큰 도움이 안 되겠지만 차후에라도 분명 도움을 받을 수 있을 것입니다."

"그럼 내 남편이 될 아젝스 틸라크도 상당한 실력을 갖고 있겠군요. 상당히 기대가 돼요."

그 말을 들은 나사스는 갑자기 헛기침하며 잠시 창밖을 바라보았다. 무슨 말을 해야 할지 몰랐기 때문이다. 그가 수집한 정보에 의하면 놀기 좋아하고 성인식을 치르기 전부터 술집에 다니고 여자를 줄줄이 거느리고 나들이하기를 좋아해 공부고 검술이고 영 아니올시다란다. 게다가 작년에 성인식을 치른 후부터는 아예 대놓고 주색잡기를 하니, 처음엔 타이르고 호통도 치던 공작이 요즘에는 두 손 두 발 다 들었다는 것이다.

나사스는 참으로 어색한 어조로 말했다.

"저, 그게… 그리 신통하지는 않은 듯합니다."

"무슨 말씀인지 잘 알겠군요."

아레나 공주는 나사스의 표정을 보고 바로 그 뜻을 헤아렸다. 어차피 떠나올 때 모든 것을 각오하고 길을 나섰다. 그러다 나사스의 이야기를 듣고 혹시나 기대하였지만 역시나였다. 그래도 그의 아버지인 틸라크 공작은 어느 정도 황태자에게 도움을 줄 수 있으리란 생각에 위안을 삼으며 다시 창밖을 바라보았다.

오늘 틸라크 성문의 광장에는 수많은 사람들이 몰려 나왔다. 어찌나 많은 사람이 몰렸는지 저마다 '나 죽네'를 외쳤다. 그러면서도 자리를 지키며 성문을 주시했다.

성문에서 1아마지(약 250m) 정도 떨어진 곳에는 멋진 말을 탄 3인이 있었다. 이들 역시 성문을 주시하고 있었는데 가운데가 바로 틸라크 공작이었다. 검은 머리에 희끗한 백발이 섞여 있고 장대한 체구에 거대한 바스타드 소드를 등에 메고 부리부리한 눈으로 앞을 주시하는 모습은 확실히 위압감을 주기에 충분했다. 다만 화려한 예복에 어울리지 않는 바스타드 소드가 좀 거슬리기는 하나 오히려 그것이 틸라크 공작의 평소 성격을 나타낸 듯했다.

그의 왼편에 예의 아젝스 틸라크가 자리하고 있었다. 역시 화려한 예복에 롱 소드를 허리에 차고 있었는데, 아버지를 닮아 장대한 체구를 하고 있었지만 어쩐지 어깨가 축 처진 것이 아버지와는 달리 왜소하고 덜떨어져 보이게 했다. 그의 반대 편에는 틸라크 영지의 기사단장인 지멘 이튼이 자리했다. 지멘은 대대로 틸라크 공작가에 봉사해 온 가신으로 현 틸라크 공작이 그 누구보다도 신뢰하는 부하요, 동료였다.

그들이 이처럼 성문 앞에 있는 것은 조금 있으면 당도할 포러스 제국의 제1황녀인 아레나 샤틀리에 공주를 맞이하기 위해서였다. 그녀를 맞이하기 위해 성내의 모든 주민을 동원해 환영 행사를 준비하고 며칠에 걸쳐 예행 연습을 하였다. 비록 늦기는 하였지만 선황의 뜻을 받들어 약속을 지키신 황제 폐하의 은혜를 기리며 앞으로 틸라크 영지도 좀 더 나은 상황이 될 거라고 내심 기대하는 틸라크 공작이었다.

이윽고 마차가 성문으로 들어섰다. 성 주민들의 우레와 같은 함성을 싣고 틸라크 공작 이하 아젝스와 지멘이 뒤따라 마중을 나섰다. 마차가 서고 시녀가 내리고, 이윽고 공주가 차분한 걸음으로 마차에 내려 주위를 둘러보았다. 우중충한 건물들 사이로 함성을 지르는 사람들과 자신에게 다가오는 이들이 보였다. 가운데의 인물은 중후한 미소로 다가오고 오른 편의 젊은이는 멍한 시선으로 입을 벌리고 있었다. 그리고 왼편의 기사는 무표정한 모습으로 틸라크 공작을 보필하듯이 곁에서 떨어지지 않았다.

그들은 마차에 다가와 말에서 내렸다. 이윽고 공주 앞에 다가온 그들이 일제히 한쪽 무릎을 땅에 대며 인사를 하였다.

"틸라크 영지에 오신 것을 그라시스 틸라크 이하 모든 영지민이 환영합니다."

그와 동시에 온 성이 떠나가라고 함성이 일었다. 아레나 공주는 여느 귀족처럼 화려한 수식어를 사용하지 않는 공작을 보며 역시 변방의 귀족임을 인정해야 했다. 게다가 곁에 있는, 아마도 자신의 남편이 될 것이 확실한 아젝스라는 청년의 멍한 태도는 아레나 공주의 심기를 상당히 거슬리게 했다.

"그만 일어나세요, 그라시스 공작님. 우선 좀 쉬고 싶군요. 상당히 먼 길을 오느라 좀 피곤해서요."

차갑게 나오는 아레나 공주의 말투에 일어서려던 그라시그 틸라크 공작이 잠시 주춤했다. 그러나 다시 옆으로 이동하며 길을 내주었다.

"송구스럽습니다, 공주님. 우선 쉬시기 바랍니다. 누추한 곳이나 성의껏 모시도록 노력하겠습니다. 저를 따라오십시오."

"감사합니다."

그 한마디만 남기고 공주는 다시 마차에 들어섰다. 그러자 웃음 짓던 틸라크 공작의 얼굴은 삽시간에 굳은 표정이 되어 뒤돌아섰다. 마차에 오르느라 공주는 보지 못했지만 그 곁에 있던 나시스는 공작의 모습을 보며 씁쓰레하니 인상을 구겼다. 첫 만남이 좋지 않았기 때문이다.

오늘 아레나 공주의 모습은 평소의 모습이 아니었다. 공작과 동격의 신분인 공주는 틸라크 공작의 극존칭을 섞은 예절에 오히려 아랫사람을 대하는 듯한 태도를 보였다. 물론 특별히 뭐라 할 정도의 무례는 없었지만 '아' 다르고 '어' 다른 법. 왜 그랬는지는 모르나 결과적으로 좋지 못한 행동이었다. 어쩌면 틸라크 공작의 협력을 얻지 못할지도 모른다는 생각이 뇌리를 스쳤다.

이윽고 마차가 출발하자 그 뒤를 틸라크 공작 일행이 따라갔다. 그때까지 아젝스는 멍한 눈으로 마차를 보다가 정신 차리고 급히 마차를 뒤따랐다. 그러면서 속으로 어떻게 하면 한스에게 최대한 괴롭힘을 줄 수 있을까 궁리하였다.

퍽, 퍼벅!

틸라크 공작가의 한 귀퉁이에 마련된 조그만 연무장은 오늘 때아닌 먼지바람이 일었다. 먼지를 일으키는 주범은 한스 멕그리거라는 힘없는 기사요, 그 원인은 지금도 주먹과 발을 열심히 놀리고 있는 아젝스 틸라크에 있었다.

"뭐? 아레나 공주가 얼굴도 못생기고 말도 제대로 못해 연회장엔 나오지도 못하고 황궁 안에서만 처박혀 있다고? 너! 어제 봤지, 엉? 어디가 박색이고 어디가 말더듬이야!"

퍽, 퍽, 퍽!

"어휴! 내가 널 믿은 게 잘못이지. 어디서 그런 소문은 들어가지고 나를 놀려? 내가 그동안 속끓인 걸 생각하면 정말……."

퍽!

"한스, 너! 오늘 한번 나한테 죽어봐라."

"도련님, 잘못했어요. 한 번만 봐줘요. 제가 어디 도련님 잘못되라고 그런 말을 했겠어요? 다 도련님을 위해 그런 거지요. 저 아니면 저 얼음탱이 앙리가 그런 소문이나마 가져왔겠습니까? 다 도련님을 생각하는 저의 작은 정성이었지요. 그러다 작은 실수가 있었지만 정말이지 제 진정을 잊으시면 안 됩니다. 어디까지나 도련님이 걱정이 되어 그런 말씀을 드린 겁니다. 믿어주세요, 예?"

"만약 아레나 샤틀리에 공주님이 예쁘다는 소리를 했으면 더 이상 아젝스 도련님이 술집이며 여자 꽁무니 따라다니는 행동을 안 할 테니까 막가는 인생 마지막을 화려하게 보내자는 생각이었겠지."

앙리 베델이 옆에서 기름을 부었다.

"야! 말리지는 못할망정 아예 죽여라, 죽여! 도련님, 저놈 말은 믿을 게 못 됩니다. 저런 말에 속으시면 안 돼요. 만약 제가 잘못 말했다면 앙리, 저 자식이 왜 바른 말을 안 했겠어요. 앙리 저놈도 그렇게 소문을 들었으니 도련님의 행동을 막으려 할 뿐 다른 말은 안 했잖아요. 그건 아젝스 도련님도 인정하셔야 합니다. 결국 앙리는 그런 소문을 듣고도 아젝스 도련님께 일언반구도 내비치지 않았고, 도련님을 생각하는 마음이 지극한 제가 결국 어렵게나마 도련님께 말씀드린 게 아닙니까. 만약 소문대로였다면 그동안의 화풀이도 없이 결혼했을 것인데 이보다 서러운 일이 어디 있습니까? 그래서 저는 결혼 전이나마 기분 전환이라도 하시라고 그런 말을 한 겁니다. 잘못은 오히려 저 앙리 놈이 더 크다고 생각합니다, 네!"

"그 소문을 들은 것이 사실이냐?"

아젝스는 고리눈을 하고 앙리를 쩨려보았다. 그러자 앙리는 머뭇거리며 시선을 피하다가 결국 한스를 보고 눈을 부라렸다. 그러나 한스는 이제 살았다는 표정으로 미소 지으며 앙리를 바라보았다.

"아앙리~ 네놈은 언제나 나를 못살게 구는 것이 삶의 낙이지? 내가 잠시 그걸 잊고 있었다. 그래, 너도 한번 죽어봐라! 그래, 그런 소문을 들었으면서도 나에게 한소리도 안 해? 그게 내 호위 기사의 자세냐, 엉?"

획—

"어? 피해? 너, 또 움직이면 죽어. 뭘 잘했다고 피해! 당장 이리 안 와?"

"아젝스 도련님, 진정하시지요. 어차피 지난 일, 이런다고 뭐가 달라지겠습니까? 그리고 그 소문이 사실이었다면 그동안 잘 지내신 것이고, 이처럼 소문이 유언비어로 끝난 것이니 덤 아니겠습니까? 결국 아젝스 도련님은 손해 본 것 없고 오히려 득을 보았으니 이보다 더 좋은 일이 어디 있겠습니까? 게다가 그처럼 아름다운 신부를 보신 오늘 산뜻한 마음으로 심신을 가다듬어야 할 때 이처럼 먼지를 뒤집어쓰면 되나요. 어서 몸을 씻으시고 새로운 의복을 갖춰 아레나 공주님을 뵈러 가야지요."

"흠, 그도 그렇군. 좋았어. 한스, 어서 가자. 빨리 준비하고 아레나 공주를 보러 가야지. 아까는 잠시 넋이 나가 제대로 보질 못했어. 인사도 제대로 하고 얼굴도 제대로 봐야지."

퍽, 퍼벅!

"하지만! 역시 앙리, 네놈의 자세는 틀렸어. 감히 내 주먹을 피하다니!"

아젝스는 뒤돌아 자신의 방으로 향했고, 한스는 아젝스를 따르며 후련하다는 눈빛을 앙리에게 보냈다. 앙리는 잠시 방심한 자신을 후회하며 아젝스를 따랐다. 언제 아젝스가 그처럼 머리가 좋아졌는지를 되짚어보며.

화려한 내실. 들어오는 석양의 햇살을 받으며 아레나 공주는 테라스에서 잠시 성 밖을 둘러보았다. 오밀조밀 들어선 각양각색의 건물들 너머 회색 빛 성벽이 보이고, 그 너머 황량한 들판과 드문드문 보이는 낡은 판잣집, 그리고 사방엔 지평선, 그 끝이 안 보이는 지평선을 향해 구비구비 흐르는 베다 강.

"후우."

절로 한숨이 나왔다. 지금 상황이 아니었다면 아마 아름다운 석양을 배경으로 한 목가의 풍경을 정겨운 눈으로 바라보고 있었을 것이다.

성안의 건물들은 아기자기하게, 성 밖의 들판은 푸르른 싱그러움으로, 그리고 판잣집은 정겹고 아늑한 풍경으로 비춰졌을 것이다.

연일 귀족과 황족 간의 암투 속에서 살아온 자신이 늘 동경하던 모습이 이런 것이었다. 평화로운 세상. 그러나 막상 지금 보이는 풍경에서 느끼는 감정은 막막함과 허전함, 한심, 절망, 그리고……

"아레나 공주님, 시간이 다 되었습니다. 그만 준비를 하시지요."

뒤에서 나사스의 목소리가 들렸다.

"아, 나사스 경. 오늘 만찬에 꼭 참석해야 하나요? 내키지가 않아요. 그냥 피곤하다고 하고 나가고 싶지 않네요."

"안 됩니다. 반드시 참석하셔야 합니다. 오늘 만찬에 이은 연회에서 이곳 틸라크 영지의 모든 귀족들이 참석할 것입니다. 그들을 만나보고 인재를 얻고 그들의 마음을 공주님께 향하도록 하셔야 합니다."

"하지만 오늘 틸라크 공작을 보니 다 쓸데없다는 생각이 드는군요. 너무나 차이가 나요, 중앙의 귀족들과. 나머지 다른 귀족도 마찬가지겠지요. 과연 이들이 황태자에게 도움이 될 수 있을지 의심스러워요."

"그 때문이셨군요. 아까 틸라크 공작과의 첫 대면에서 평소와 다른 모습을 보여 이상히 여겼는데 이제야 이해가 갑니다. 하지만 공주님, 한 가지 간과한 것이 있습니다. 그들은 물론 중앙 귀족처럼 세련되지는 않습니다. 그러나 그런 그들인만큼 한 번 마음을 주면 끝까지 충성을 맹세할 것입니다. 자신의 이익 때문에 이리저리 따지며 충성을 맹세하는 여타의 귀족보다 마음으로 충성을 맹세하는 이들이 황태자 전하께 더 필요하십니다. 이들을 얻으면 반드시 황태자 전하께 도움이 되실 겁니다."

"나사스 경처럼 말이군요."

아레나 공주는 포근한 미소로 나사스를 바라보았다.

"무슨 말씀을. 저 역시 제 자신의 이익 때문에 공주를 도와드리는 속물에 지나지 않습니다."

"아니에요, 나사스 경이 없었으면 지금의 세력은 모을 수 없었을 거예요. 그 점 고맙게 생각해요. 거기다 지금은 모든 것을 버리고 저를 따라 여기까지 왔잖아요. 그래요, 그들을 만나보고 인재를 찾아야지요. 황태자를 위해, 아니, 내 동생 보를레앙 샤틀리에를 위해."

"잘 생각하셨습니다."

만찬회장. 아레나 공주가 들어섰을 때 이미 참석할 자는 모두 와 있었다. 중앙 탁자의 상석에는 틸라크 공작과 공작 부인이 앉아 있었고, 좌측에는 낯선 여인이 둘, 우측에는 낮에 보았던 덜떨어진 공작 자제와 기사단장이 앉아 있었다. 아젝스는 공주를 보자 낮에와 마찬가지인 멍한 눈길로 공주를 보기에 여념이 없었다. 그를 제외한 나머지 이들은 공주가 보이자 모두 일어나 공주에게 인사를 던졌다.

"어서 오십시오."

나사스는 하녀의 안내를 따라 아레나 공주와 함께 틸라크 공작의 맞은편 자리에 앉았다.

"마음껏 드시고 여행의 노고를 푸시기 바랍니다, 변방의 오지라 차린 건 없지만."

나사스는 틸라크 공작의 말을 듣고 그의 심기가 그리 편치 않다는 것을 느꼈다. 아레나 공주는 낮에 자신이 한 실수를 아는지라 아무 말도 못하고 있었다.

"무슨 말씀이십니까? 성찬을 마련하고 겸손을 부리시는군요. 여기

롤을 이용한 음식만 하더라도 이곳 틸라크가 아니라면 맛볼 수 없는 음식이지요. 사막에서만 사는 롤을 먹을 수 있다니 참으로 행운입니다."

"많이 드시오."

틸라크 공작은 더 이상 말을 안 했다. 오히려 전보다 더 경색된 분위기가 연출되었다. 그러나 나사스는 왜 그런지 이유를 알 수가 없었다.

"죄송합니다. 지금은 여름철이라 왕궁에서 드시던 음식들을 구할 수가 없답니다. 드베리아 산맥을 넘는 동안 모두 상하기 때문이죠. 그래서 평소 틸라크에서 연회를 벌일 때 만드는 음식을 마련했는데, 마음에 들지 않더라도 며칠만 기다려 주시기 바랍니다. 곧바로 자렌 성으로부터 공주님께서 드실 만한 음식을 마련하겠습니다."

틸라크 공작의 옆에 앉아 있는 공작 부인이 부연 설명을 하고서야 나사스는 공작의 태도가 이해가 갔다. 아마도 오전 공주의 태도와 자신의 말투에서 오해가 있었던 듯했다.

"아, 오해를 하셨군요. 저는 그런 뜻으로 드린 말씀이 아니었습니다. 정말로 색다른 음식을 먹게 되어 기쁘다는 뜻이었지요. 어느 곳으로 가든지 똑같은 음식을 먹으면 그 무슨 재미로 여행을 떠나겠습니까? 어느 지방에는 어떤 음식이 유명하니 그것을 맛보고 어느 땅에는 무엇이 나니 그것을 먹어보자. 이런 게 여행에서 얻을 수 있는 참맛이 아니겠습니까? 게다가 이 롤을 이용한 음식은 이곳이 아니면 도저히 맛볼 수 없는 음식이니 더욱더 그러하지요. 이름은 정확히 모르나 예전부터 이 음식의 맛이 훌륭하다는 말은 많이 들었습니다. 정말 대단한 행운을 접하게 되어 기쁩답니다."

그러나 여전히 틸라크 공작은 무표정한 모습으로 식사를 했다. 그러자 나머지 사람들도 나이프를 들어 음식을 먹기 시작했다. 공주는 이러한 모습에 내심 화가 났지만 나사스의 조언을 생각해서 조용히 음식을 먹기 시작했다. 그러나 확실히 손이 갈 만한 음식은 눈에 별로 들어오지 않았다. 생전 보도 듣도 못한 음식이 절반 이상을 차지하고, 그나마 눈에 보이는 것은 대부분 과일과 채소류가 대부분이었다. 따라서 그녀의 손길은 느릿할 수밖에 없었다.

반면 나사스는 주로 보도 듣도 못한 음식 위주로 먹었는데 먹을 때마다 이리저리 따져 가며 먹는 듯했다. 그런 나사스를 보며 아레나 공주는 잠시 주저하다가 롤인가 하는 음식을 먹어보았다. 그러나 곧 물을 한 잔, 두 잔 먹고 쓴웃음을 지으며 나사스를 흘겨보았다.

"나사스 경, 정말 대단한 식성이네요. 어떻게 이런 음식을 그리도 맛있게 먹을 수 있죠?"

공주의 나직한 속삭임에 답한 것은 공작 부인이었다.

"공주님, 너무 무리하지 않으셔도 됩니다. 그 음식은 원래 사막 부족들이 그들의 기후에 적응하기 위해 먹는 것인데, 낮에는 체내의 열을 발산해서 더위를 쫓는 역할을 하고 밤에는 몸의 열을 보존해 주는 역할을 한답니다. 하지만 처음 먹어보는 사람은 견딜 수 없는 매운맛에 입에 대기가 쉬운 음식이 아니지요. 저도 처음 그 후아를 먹은 후 이곳으로 시집온 것을 엄청 후회했답니다. 이런 음식을 먹고 어떻게 살아가나 막막해서 눈물을 흘렸지요. 그런데 이이는 제가 눈물을 보이자 매운맛 때문에 그런 줄 알고 막 웃더라구요. 그래서 한동안 침실문을 걸어 잠그고 살았지요."

장내는 웃음이 감돌았다. 공작도 그때가 생각나는지 웃음 짓다 공주와 눈빛이 마주치자 헛기침을 하며 다시 식사에 열중했다. 그러나 경색됐던 분위기는 완전히 풀려 여기저기서 잡담이 오가기 시작했다.

"공작 부인은 이곳 틸라크 영지 분이 아니신가요?"

공주의 물음에 공작 부인은 나직이 웃으며 답했다.

"저는 레반트 영지의 베르누이 백작가의 사람이었답니다."

"그런데 어떤 인연으로 이곳에……."

아마도 레반트 영지가 수도인 미미르 시에서 서쪽으로 위치해 있으므로 이런 오지, 그것도 드베리아 산맥을 넘어야 있는 동쪽의 맨 끝에 있는 틸라크까지 시집온 것이 이상했던 것이다. 그런 공주의 물음이 당연하다는 듯 공작 부인도 고개를 끄덕이며 답했다.

"사실 처녀 적만 하더라도 제가 이곳에 시집오리라고는 생각을 못했지요. 이래 봬도 처녀 적에는 황실에서 열리는 무도회장을 다니며 귀족가 청년들의 시선을 한 몸에 받았답니다. 그런데 어느 날 느닷없이 아버님께서 얼마 후면 제 약혼자가 올 테니 조신하게 있으라지 뭐예요? 알고 봤더니 오래전 벌어진 농노전쟁 당시 제 시아버님과 아버님 사이에 약속을 했다더군요. 비록 시아버님께선 이미 고인이 되셨지만 제 아버님은 약속을 잊지 않고 계시다 제가 나이가 차자 바로 틸라크가에 연락을 했답니다. 처음엔 청천벽력처럼 들리던 말이 차츰 호기심으로 돌아서고 막상 이이를 보고서는 한눈에 반했지요. 멋진 흑발에 장대한 체구, 빛나는 눈동자, 저를 보고서도 흔들리지 않던 당당한 태도. 여태껏 보아왔던 그 어떤 귀족가의 청년들과는 확실히 달랐답니다. 그래서 망설이지 않고 이곳으로 시집을 왔지요."

"그랬군요."

아레나 공주는 공작 부인의 말을 들으며 잠시 자신의 장래 남편 될 아젝스를 살폈다. 멍하게 자신을 바라보는 흐리멍덩한 눈, 기다란 흑

발과 장대한 체구는 같았으나 멍한 눈빛과 구부러진 어깨를 보며 확실히 그 아버지의 자식은 맞지만 너무도 다른 모습에 실망했다. 차라리 그라시스 틸라크 공작이 자신의 남편감으로 낫다는 생각을 하다 깜짝 놀라 고개를 숙였다.

이때 공주를 살피던 나사스가 공주의 실망감을 눈치 채곤 화제를 다른 곳으로 바꿨다.

"참, 아직 소개를 못했습니다. 저는 아레나 샤틀리에 공주 전하를 모시는 나사스라고 합니다. 이제 이곳에서 같이 생활하게 될 테니 많은 도움을 부탁드립니다."

"그대는 귀족이 아닌가? 어째서 성이 없지?"

기사단장인 지멘 이튼이 이상하다는 눈으로 물었다. 황실에서 보낸 사람이면 당연히 귀족가의 자제여야 당연한데 평민처럼 단순히 이름만 댄 것이 이상했던 것이다. 그러나 나사스는 의문의 눈이지만 경멸의 감정이 없는 지멘의 태도에서 반가운 마음이 들었다.

"저는 아라사 국 출신입니다."

그러나 지멘의 모습은 변함이 없었다. 아라사라는 나라가 있는 줄은 얼핏 들어 알고 있지만 그것과 나사스가 성을 안 대는 것과의 상관 관계를 모르는 것이다.

"아, 아라사 국에는 성이 없답니다. 왕에서부터 천민에 이르기까지 모두가 이름만이 있지요."

"휴노이 국과 똑같군. 하지만 휴노이 국은 요즘 귀족들 간에 성을 갖는 것이 유행인데 아라사 국은 그렇지 않은가? 아직 문명이 그리 발달하지 않았나?"

그제야 이해한 지멘이 다시 이상한 질문을 하자 장내의 반은 동조의 눈으로 나사스를 보았고 나머지 반은 웃음을 참으며 지멘을 보았다.

"아라사 국은 건국한 이래 벌써 1,000년이 넘게 존재한 국가입니다. 한때는 전 대륙을 석권했을 정도로 국력이 강했던 적도 있었지요. 그러다 300년 전부터 국력이 쇠하여 지금의 왕국으로 남아 있지만 아직도 많은 나라에서 우리 아라사 국의 문물을 승계하고 있답니다. 죄송한 말씀이지만 이 포르스 황가 역시 한때 아라사 왕국의 일개 신하의 신분이었습니다. 다만 독립 전쟁을 벌이면서 과거 아라사 국 신하라는 것을 지우기 위해 성을 쓰기 시작한 것입니다. 그리고 가나트 제국과의 경쟁을 통해 현재의 대제국을 건설한 것이지요. 현재 아라사 국은 남부연방의 일원으로 남아 있지만 과거의 영광을 잊고 살지는 않습니다. 그래서 지금도 여전히 성을 쓰지 않지요."

그제야 장내는 웃음바다가 되었고, 지멘은 자신의 무식함을 드러낸 질문 덕에 고개를 푹 숙이고야 말았다. 아젝스 또한 조금 전 궁금함으로 가득했던 눈을 치우고 지멘을 비웃고 있었다. 그러한 모습을 보고 있던 아레나 공주는 처음으로 아젝스와 눈을 정면으로 마주치며 물었다.

"아젝스님은 알고 계셨던 모양이군요. 역사에 관심이 많으신가 봐요?"

아젝스는 처음으로 아레나 공주가 웃음을 담뿍 담아 자신에게 관심을 보이자 정신이 없었다. 그래서 질문이 무엇인지도 모르고 마냥 고개만 끄덕였다. 그러다 아레나 공주의 또 다른 질문을 듣고는 완전히 석고상이 되어버렸다.

"그럼 제 물음에 답해주시겠어요? 아직 이곳에 대해 잘 몰라서요. 이 틸라크 영지가 처음과는 다르게 작아졌는데 언제부터 이렇게 되었나요?"

그러자 장내의 분위기는 점차 경색되어 갔고 나사스도 걱정이 되었다. 공주가 아젝스에 대해 엄청 실망하고 있다는 것은 알고 있지만 이런 식으로 망신을 주어서는 안 됐다. 어쩜 아젝스는 공주의 질문을 알고 있을지도 모른다. 그러나 차마 말을 할 수 없을 것이다. 틸라크 공작가의 수치 중의 수치니까. 어느 가문이 자신의 영지를 빼앗기고서도 이를 모를까. 다만 힘이 없으니 말은 않고 속으로 참는 것일 뿐. 나사스는 속으로 혀를 챘다.

"참, 아직 소개를 못 받았는데, 다른 분들을 소개시켜 주시겠습니까?"

나사스는 재빨리 화제를 넘겼다. 그러자 그런 나사스를 이해한다는 듯 공작 부인이 말했다.

"아, 제가 실수를 했군요. 여기 좌측에 있는 아젝스와 지멘 이튼 경은 이미 낮에 보았지요? 지멘 경은 우리 틸라크 가의 가신으로 현재 기사단장을 수행하고 있답니다. 그리고 이쪽은 제 여동생인 멜라니로 보어 백작가의 안주인이고, 그 옆은 제 딸인 라미에르랍니다."

소개가 있자 둘은 가볍게 고개를 숙여 가볍게 인사할 뿐 다시 식사를 계속했다. 여전히 식사 분위기는 어색하기만 했다. 그 와중에 아젝스가 다시 공주에게 시선을 주자 공주는 참지 못하고 나이프를 내려놓았다.

"즐거운 시간이었습니다. 전 이만 물러났으면 합니다."

하면서 휭하니 나갔다. 명백히 공작을 무시하는 처사였지만 나사스는 어쩔 수 없었다. 만찬장의 분위기도 어차피 더 이상 나빠질래야 나빠질 수 없을 정도로 엉망이었으므로 나사스 역시 공작에게 고개를 숙이며 식탁을 떠났다.

쾅!

접시가 들썩일 정도로 세게 두 주먹으로 식탁을 치며 틸라크 공작이 자리를 박차고 일어났다.

"지멘, 미안하네만 오늘 연회는 취소해야겠네. 아마 공주님도 내키지 않으실 게야. 그러니 다른 손님들에게 오늘 밤 연회에는 참석할 필요가 없다고 연락해 주게."

"예."

지멘의 짧은 답을 들으며 공작은 만찬장의 문을 열었다. 나가다 잠시 멈춘 그는 아젝스를 뒤돌아보며 나직이 외쳤다.

"한심한 놈! 내일 아침 대련 준비해!"

넓은 방 안. 화려하나 비교적 소탈하달 수 있는 공작가 장남의 방에는 안절부절못하며 이리저리 왔다 갔다 하는 인영과 이를 한심하게 바라보는 사람 하나, 멀찍이 떨어져 눈이 마주치지 않으려고 노력하는 이가 차지하고 있었다.

"이를 어쩌지? 이봐, 한스. 뭔가 좋은 방법이 없을까? 아까 못 봐서 그렇지 아마 내일 아침이 내 마지막 아침이 될 거야. 분명히 아버님은 날 죽이려 들 거야, 틀림없어. 그러니까 생각 좀 해보라고. 어떡하지, 어떡하지, 엉?"

"설마 공작님께서 아젝스님을 죽이시기야 하겠습니까? 그저 잠시 대련을 하며 울화를 푸시려는 거겠지요. 그러니 내일 일은 내일 생각하고 이만 푹 주무시지요."

"이이… 그래! 앙리, 네놈 말이 맞다! 설마 나를 죽이겠냐고? 당연히 안 죽이시겠지. 무려 4대 독자에 아직 대도 못 이었으니 대를 이을 때까진 죽이고 싶어도 죽이진 못할 거야. 단! 죽지 않을 만큼 두드려 팰 뿐이지. 그래! 그저 잠시 대련일 뿐이지. 울화가 풀릴 때까지가 문제일 뿐. 아마 먼지나게 맞고 다섯 대는 더 맞을 거다! 그래, 앙리, 네놈이 나 대신 대련할래, 엉? 우와, 미치겠네!"

그러자 앙리는 귀를 막고 한스는 창문 밖의 어두운 밤하늘만 뚫어져라 쳐다보았다. 그러다 갑자기 좋은 생각이 들었는지 한스가 회심의 미소를 지으며 아젝스를 돌아보았다.

"도련님, 요는 내일 아침 대련을 피하기만 하면 되는 것 아니겠습니까?"

"한스, 뭔가 좋은 생각이 났구나!"

"험험, 뭐, 좋은 생각이라기보다 가히 획기적인 생각이라고 해야지요. 우선 공작님의 심기가 불편하신 이유를 생각해 보자면 당연히 아젝스님의 한심함……."

"하안스?"

"…이라기보다 공주님께서 아젝스님과의 결혼을 탐탁하게 여기지 않고 있다는 겁니다. 따라서 내일 아침 공주님께서 친히 공작님께 직접 사과의 말과 함께 아젝스님과 다정한 모습을 보이신다면 공작님도 마음이 풀어지고 당연히 아침 대련도 없어지게 될 거라 생각합니다."

앙리가 한심한 듯이 한스를 쳐다보며 말했다.

"무슨 수로 아젝스님과 다정한 모습을 취하게 하냐? 이미 아젝스님은 공주님께 찍혀도 단단히 찍혔는데. 혹시나 공주님과 아젝스… 설, 설마, 너?"

"뭐야, 뭐? 둘이만 알지 말고 같이 좀 알자!"

그러자 한스는 앙리를 내려보며 말했다.

"자슥, 눈치는 빨라 가지고. 예, 아젝스 도련님. 앙리도 예상했다시피 현 상태로는 공주님과의 다정한 모습은 거의 불가능에 가깝습니다. 하나 남녀 사이란 게 오늘 다르고 내일 다른 법. 만약 공주님과 아젝스 도련님이 한 침대를 사용하는 사이라면 뭐, 설마 공주님께서 그 부군 되실 분이 맞아 죽는 일을 보고 있을 수는 없지 않겠습니까?"

그러자 아젝스는 아직도 모르겠다는 표시이다.

"험험, 에, 그러니까……."

"답답하다. 말 좀 똑바로 해!"

"안 됩니다, 도련님. 절대 그래선 안 됩니다."

"뭐가 안 되냐고. 뭔지 알아야 될지 안 될지 알지!"

그러자 한스가 속삭이듯이 말했다.

"오늘 밤 공주님 침실로 들어가 일을 치르시는 겁니다."

순간 멍해졌던 아젝스의 표정은 어느새 환희로 들떠 있었다.

"그래! 그거야. 왜 그 생각을 못했지? 그야말로 꿩 먹고 알 먹고네. 한스, 너밖에 없다!"

"도련님, 저 아니면 누가 도련님 생각을 해주겠습니까. 나중에 저를 잊지나 마십시오."

"안 됩니다, 도련님! 200의 호위병들을 어떻게 피하고, 그 나사스라는 마법사는 어떻게 따돌립니까? 게다가 그들을 다 물리치고 침실로 잠입한다 해도 막상 공주님께서 차후에 이 일을 공작님께 고하면 그 뒷감당은 어떻게 하실려고요? 아젝스 도련님 말씀을 들어보면 공주님도 한성격 하시는 듯한데……."

"야, 앙리! 넌 뭐든지 안 된다냐? 호위병이 전부 다 경계 서냐? 마법사는 뭐 하러 생각해? 이곳에서 무슨 일이 벌어지리라고 생각이나 하겠어? 그리고 남녀 사이를 잘 몰라서 그러는데, 이미 한 번 응응하면 이미 끝이야. 싫어도 다 나를 따라온다고. 어디 장사 하루 이틀 하나."

"역쉬! 경험에서 우러나오는 말씀은 가히 빈틈이 없습니다, 도련님. 바로 시작하시죠."

"이 바보야! 아직 시간이 이르잖아. 좀 더 시간이 지난 후에 일을 치르자. 그동안 계획이나 제대로 짜봐."

밤잠을 설친 아레나 공주는 누워서 창밖의 별을 바라보았다. 별 하나에 그리운 얼굴들이 차곡차곡 겹쳐서 생각났다. 보를레앙은 잘 지내는지, 멕시밀리앙 경은 보를레앙을 잘 보필하는지, 아바마마는 별고없으신지……. 그러자 자신의 신세가 참으로 우습게 생각되었다. 여기서 아무리 걱정을 해봤자 아무런 도움을 줄 수가 없는 것이다. 황태자 보를레앙이 좀 더 강건한 성격이었다면 그나마 걱정이 덜할 텐데, 몸도 유약한 것이 마음도 여려서 어디 쓴소리 한번 한 적이 없었다.

'그래, 아무래도 가만히 있을 수는 없겠지. 비록 오늘은 실수를 했다마는 내일이라도 다시 세력을 쌓아 보를레앙을 도와야겠다.'

그러자 마음이 한결 가벼워졌다. 그리고 슬금슬금 잠이 들어갔다.

잠시 후 침대 앞의 진열장이 소리없이 밀리며 한 인영이 들어섰다. 달빛을 받아 드러난 인영은 간단한 침의를 걸친 아젝스였다.

아젝스는 살금살금 침대로 다가가 공주를 바라보며 떨리는 마음을 추슬렀다. 어쩜 이리도 이쁜지, 이처럼 어여쁜 공주가 자신의 아내가 맞는지. 좀처럼 마음이 가라앉지 않았다. 그러다 시간을 더 지체하면 안 된다는 생각에 슬그머니 침대로 기어들어 갔다.

'우선 옷을 벗기고. 왜 이리 안 벗겨져? 그냥 확 찢어버려? 아냐, 아냐, 공주가 깨면 안 되니까 좀 더 차분히 하자. 그래, 그래, 이제 속옷을 벗기고… 음, 예술이군, 예술이야. 아이고, 미치겠다!'

아젝스는 재빨리 옷을 벗었다. 그리고 침대로 뛰어들어 갔다. 아젝스의 몸이 공주의 가녀린 몸에 실리자 공주가 눈을 떴다. 잠시 아젝스와 눈길이 마주친 공주가 마침내 사태를 파악하고 막 고함을 치려 하자 아젝스는 입으로 공주의 입을 막으며 공주의 두 손을 한 손으로 잡고 남은 손으로 공주의 다리를 벌리기 시작했다. 공주가 발악하듯이 온몸을 비틀다 순간적으로 왼손이 빠져나가자 힘껏 아젝스의 얼굴을 밀어 올렸다.

그때 공주의 눈에 반지가 보였다. 오래전 나사스가 호신을 목적으로 선물했던 마법 무구. 생각할 것도 없었다.

"매직 애로우!"

손바닥을 뒤집자마자 시동어를 외쳤고, 반지에서 시작된 새하얀 빛이 아젝스의 목을 관통하며 빠져나갔다. 아젝스는 한껏 눈을 부릅뜨고 공주를 바라보다 힘없이 옆으로 쓰러졌다.

그때 문밖에서 호위를 서던 기사 둘이 문을 박차며 들어오고, 동시에 방 안에서 검은 실루엣이 생기며 나사스가 나타났다.

칼을 빼어 든 호위 기사들은 피칠갑을 하고 있는 공주를 보자 어쩔 줄 모르고 사방을 두리번거렸지만 나사스는 곧바로 침대로 다가가 공주를 살폈다. 공주는 침대보로 몸을 가리고 바들바들 떨며 멍하니 아젝스를 바라보았다.

"공주님! 공주님! 정신을 차리십시오!"

그제야 공주의 눈이 초점을 맺으며 나사스를 바라보았다.

"어디 다치신 데는 없습니까?"

아레나 공주는 말없이 고개를 끄덕이더니 허리를 숙여 침대에 얼굴을 묻었다. 잠시 후 시녀들이 허겁지겁 다가오자 나사스는 기사들에게 말없이 물러나라 눈짓하고 시녀들에게는 공주를 다른 방으로 옮겨 뫼시라 한 후 정체 불명의 괴한을 살피기 시작했다.

"이, 이런!"

나사스가 괴한을 살피다 말고 헛바람을 삼켰다. 아젝스 틸라크. 이곳에 있어서는 안 되는 사람. 아니, 이렇게 죽어서는 안 되는 사람이 이곳 공주의 침실에서 벌거벗은 채 목이 뚫려 죽은 것이다. 아직도 그 뚫린 목에선 피가 배어 나와 침대를 적시고 있었다.

"힐링!"

나사스는 급한 마음에 우선 피를 멈추고 목의 상처를 치료했다. 그리고 심장에 강한 충격을 주며 재활 치료를 시작했다. 그러나 아무런 소용이 없었다.

허탈했다. 모든 것이 끝난 것이다. 아젝스의 죽음으로 공주의 운명도, 보를레앙 샤틀리에 황태자의 운명도, 그리고 자신의 운명도 끝났다. 아들의 죽음을 틸라크 공작이 알게 된다면 공작은 엄청난 분노를 표출할 것이고, 그것은 분명 공주가 아닌 황태자에게 귀착될 게 분명했다.

틸라크 공작이 비록 변방의 별 볼일 없는 귀족이기는 하나 공작 자신만 해도 소드 익스퍼트 최상급의 실력자에 사병만도 3,000을 헤아린다. 어차피 다음 대가 끊긴 마당에 영지를 지킬 생각이 없다면 단지 복수를 목적으로 이 힘을 2황자에게 몰아줄 수가 있는 것이다. 게다가 가을이면 단 한 순간이나마 용병을 5,000명 이상 합법적으로 의심없이 고용할 재력과 이유가 있으므로 이를 이용해 단번에 반역을 꾀한다면 순식간에 포러스 제국의 주인을 바꾸는 것은 여반장이었다.

"빌어먹을 놈! 돼먹지 못한 놈! 머저리 같은 놈! 확 껍질을 벗겨 버릴 놈! 껍질을… 껍질!!"

시녀의 부축을 받고 다른 방으로 옮겨진 아레나 공주는 목욕을 마치고 말없이 침대에 누웠다. 별별 생각이 다 들었다. 한 나라의 공주로 태어나 평생 즐겁게 살아도 모자랄 판에 어려서부터 권력의 암투 속에 살고, 뜻하지 않는 결혼을 하게 되나 싶었는데 듣도 보도 못한 곳에서 처음 보는 괴한에게 강간의 위협까지 받게 되다니 참으로 서러웠다. 이 일이 밖으로 유출된다면 자신의 결백은 차치하고라도 귀족가의 가십거리로 세상에 퍼질 것이다.

틸라크 공작가의 파혼은 무시하고 넘어가더라도 자신의 오명과 파혼이라는 호재를 이용해 2황자 측의 세력 확대와 황태자의 입지 약화가 걱정되었다. 아니, 정말로 화가 났다. 뭐 이런 곳이 있단 말인가! 감히 한 나라의 공주를 겁간하려는 자가 있다니! 말도 안 된다. 반드시 이를 폐하께 고해 틸라크 공작을 박살 내고 말 테다. 아니, 그것만으로는 성이 안 찬다. 카발레타 휠테른. 그래, 황후와 나를 여기로 오게 만든 모든 것들을 박살 내고야 말 테다. 아레나 공주는 이를 악물었다.

나사스는 급해졌다. 서둘러서 일을 치러야 한다. 급히 밖에 있는 호위 기사들에게 절대로 자신의 허락 없이 방 안에 아무도 들이지 말라고 명령을 했다. 설혹 공주의 명이랄지도. 그리고 나서 침대에 있는 아젝스의 시신을 방바닥에 누인 후 그를 중심으로 마법진을 그리기 시작했다. 아젝스 주위에 그려진 마법진을 보고 방바닥에 끄적거려 수식을 계산하더니 다시 마법진을 그리기를 몇 번. 마침내 마법진을 완성한 나사스는 이마의 땀을 닦더니 잠시 창밖을 보았다. 아침이 되려면 아직 얼마의 여유가 있었다. 그러나 지금 자신이 시행하려는 마법은 아직 한 번도 해본 적이 없는 마법이므로 보다 세심한 노력이 있어야 한다. 그 어떤 변수도 있어서는 안 되는 것이다.

멀리 창밖으로 검게 칠한 하늘에 한줄기 선이 그어지기 시작하더니 점차 검은 하늘을 파랗게 물들이기 시작하였다. 밤새 한숨도 못 잔 아레나 공주는 멍하니 창밖을 보더니 결심한 듯 옷을 입고 문을 나섰다. 밤새 생각을 거듭해도 이번 사태를 수습할 명안이 떠오르지 않았다. 틸라크 공작을 박살 내는 것도, 카발레타 황후와 그 일당을 없애는 것도 우선은 보를레앙이 황제로 등극해야 한다. 아니, 황제까지는 아니더라도 확고한 지위를 갖춰야 한다. 그 다음에야 생각할 일인 것이다. 따라서 이번 사태를 원만히 수습해 황태자의 안위에 위해를 주어서는 안 된다.

그러나 밤새 생각해 봐도 서럽고 분통한 생각만 들 뿐 이번 일을 해결할 방법은 떠오르지 않았다. 그래서 하는 수 없이 비록 새벽이지만 나사스를 찾아가기로 했다. 아마 나사스 경도 잠을 이루지 못하고 이번 일을 원만히 해결할 방법을 찾고 있을 것이다. 아니, 벌써 찾고 편안하게 잠들어 있을 것이다. 반드시 그래야 했다. 언제나처럼……

나사스의 진언과 마나를 받아들인 마법진에서 서서히 빛을 발하기 시작하더니 아젝스의 시신을 공중으로 떠우기 시작했다. 이윽고 아젝스의 시신은 마법진의 중앙에 선 채로 공중에 떠서 빙빙 돌았다. 그 주위를 뿌연 안개가 따라 돌면서 서서히 아젝스의 모습이 사라지기 시작하더니 종내에는 마법진 전체가 뿌연 안개로 가득 채워졌다. 그러나 신기하게도 마법진 밖으로는 안개가 새어 나가지 않았다.

얼마의 시간이 지났을까. 나사스의 온몸이 땀으로 적셔지고 나사스가 힘겨워 몸을 부들부들 떨고 있을 때, 마법진 속의 안개가 점점 엷어지더니 마침내 아젝스가 나타나고 서서히 내려앉았다. 이윽고 아젝스의 시신이 처음의 모습으로 누이게 되자 나사스는 그제야 털썩 주저앉더니 숨을 헐떡이며 흥건해진 소매로 이마를 훔쳤다. 그리고 조심스레 아젝스의 시신으로 다가갔다. 경건한 마음으로 아젝스의 가슴에 손을 대어보았다.

'뛴다!'

그제야 환한 미소를 지으며 아젝스의 몸을 침대로 옮겼다. 어찌나 무거운지 몸이 휘청였다. 침대가 피로 물든 것을 생각할 겨를도 없이 거의 던지다시피 침대에 누이고 나서 마지막으로 아젝스를 살폈다.

목의 상처는 아물었지만 어느 정도 흉터가 남았다. 하지만 조만간 사라질 것이다. 훌륭한 포션이 있으니까. 심장은 미약하지만 계속해서 아젝스의 몸에 피를 공급해 주고 있다. 점점 뛰는 소리가 크게 들려온다. 일단은 완벽하다. 그러나 아직 한 가지 커다란 일이 남아 있다. 바로 아젝스가 살아 있음을 증명해 주는 것. 바로 영혼의 존재 여부였다.

나사스는 조용히 진언을 외웠다. 희미한 빛이 나사스의 손에서 나와 아젝스의 머리를 감쌌다. 잠시 후 아젝스의 눈꺼풀이 꿈틀거리더니 이윽고 눈을 떴다. 멍하던 눈동자가 초점을 잡고 이리저리 움직이다가 마침내 나사스를 발견했다. 그러자마자 뒤로 움직이려는 듯하다가 마음대로 안 되자 나사스를 다시 한 번 보더니 몸에 힘을 빼고 눈을 다시 감았다.

"잠시 나를 좀 보게나."

나사스가 나직하니 이야기하자 아젝스가 눈을 떠서 나사스를 바라 보았다.

"말을 할 수 있겠나? 성대를 다쳐서 말하기 거북하겠군. 잠시 기다리게."

나사스가 잠시 방을 나갔다가 다시 돌아오더니 조그만 병을 아젝스 앞에 내밀었다. 그러자 아젝스는 한참을 나사스와 약병을 보더니 손을 움직이려 했다. 그러나 마음대로 움직여지지가 않았다. 하는 수 없이 나사스가 아젝스를 부축해 포션을 입에 흘려 넣어주고 약간을 목 주변에 바르기 시작했다.

잠시 후 아젝스가 좀 안정된 듯하자 나사스가 다시 말을 걸었다.

"자, 다시 하지. 자넨 누군가?"

그러나 아젝스는 뚫어져라 나사스만 바라볼 뿐 아무런 말도 안 했다.

"겁먹을 필요 없네. 다만 자네가 누구인지 궁금해서 묻는 걸세. 자넨 누군가? 그리고 어디서 무얼 했나?"

그러나 여전히 묵묵부답이었다. 게다가 어딘지 모르게 어색했다. 뭔가 이상했다. 나사스는 뭔가 잘못된 것을 느끼고 아젝스를 세밀히 관찰했다. 분명 아무 이상이 없었다. 어리둥절해하는 눈빛을 빼고는 몸도 정상은 아니더라도 잘 움직이고 있고 영혼도 분명히 제대로 머리속에 박혀 있다. 그런데 자신의 물음에 답하지 않는 것이다. 한참을 생각하다 도저히 있을 수 없는 일을 생각해 보았다.

'혹시 인간이 아닌 몬스터의 영혼이 들어선 것은 아닐까? 아냐, 그렇다면 몬스터 특유의 흉포함을 보여야지, 저런 어리둥절한 눈빛을 보일 수는 없어. 그럼 혹시 엘프? 그것도 아니야. 엘프라면 당연히 현 상황을 바로 깨달을 수 있었을 거야. 게다가 조화의 종족이 영혼이라고 떠돌 리도 없을 테고. 그럼 뭐냐!'

나사스는 머리가 지끈거렸다. 아무리 생각해 봐도 이유가 생각나지 않았다. 결국 생각해 낸 것이 될 대로 되라는 심정으로 통역 마법의 시행하는 것이었다. 통역 마법은 그 어느 종족을 막론하고 대화가 통하는 마법이다. 단, 그 종족이 어느 정도 대화가 가능할 정도의 지능을 갖고 있어야 하지만.

─그대는 누군가?

그러자 아젝스의 눈이 커지며 나사스를 뚫어지게 바라보기 시작했다.

─그리 놀라지 말게. 이건 통역 마법으로 나의 말을 자네의 머리에 공명시켜 의사를 소통하는 것일세. 자네가 말하면 그 의미가 나에게 다시 공명되어 뜻을 전달하게 되네. 그러니 잠시 나와 이야기 좀 하세. 그래, 자네는 누구인가? 어떤 곳에서 살았기에 대륙 공용어를 모르나?

다시 한참을 나사스를 바라보다 아젝스가 말했다.

─이곳은 어딥니까? 나는 분명히 죽었을 텐데.

─여기는 포러스 제국의 동쪽 틸라크 공작가의 영지라네. 그리고 자네는 아마 죽었을 게야. 그러니 여기에 왔겠지.

아젝스는 도무지 무슨 말인지 이해를 못하는 듯했다. 그러자 나사스가 부연 설명을 했다.

─사실 자네의 영혼이 있는 그 아젝스의 몸도 얼마 전 죽은 자의 것

이었네. 다만 나의 마법으로 다른 사람의 영혼을 불러들여 살린 것이지. 따라서 자네와 아젝스는 둘 다 살아 있지만 둘 다 죽은 것과 같지.

—왜 하필 접니까?

나사스는 할 말이 없었다. 그는 급한 마음에 차혼 마법을 시행했고 이 마법은 자신이 영혼을 선택하는 것이 아니라 단지 공간을 제공하는 것에 불과했다. 영혼이 사람의 육신에서 벗어나 영계에 다다르는 과정에서 영계로 가는 길에 잠시 다른 길을 열어 그 길에 들어서는 영혼을 죽은 시신에 이르게 하는 것이다. 따라서 어떤 영혼이 들어설지 나사스도 모르는 것이다. 다만 그 길에 들어서는 영혼의 조건을 제한하는 것일 뿐. 게다가 죽었다 살아난 사람이 말하는 게 왜 자기냐고? 도저히 이해가 안 되었다. 살아난 것을 감사히 여겨야 정상이 아닌가. 은근히 기분이 나빠졌다.

—흠, 자네는 다시 생을 살게 된 것이 기쁘지 않은가? 이곳은 공작가고 자네는 공작가의 독자네. 게다가 얼마 후면 이 포러스 제국의 공주와 결혼을 하게 되네. 기쁘지 않은가?

—저는… 살고 싶지 않습니다.

그러더니 다시 말없이 침대 깊숙이 몸을 누이며 눈을 감았다. 나사스는 다시 말을 잃었다. 아마도 전생에 무슨 사연이 있어 자살을 했거나 다른 사연이 있는 모양이었다.

—아참, 아직 소개를 안 했군. 나는 나사스라고 하네. 아라사 국 출신으로 현재 7서클의 마법사네. 지금은 포러스 제국 제1황녀이신 아레나 샤틀리에 공주님을 모시고 있지.

그러나 아젝스는 여전히 묵묵부답이었다.

—험, 자네는 이름이 어찌 되나? 그리고 살던 곳은 어디고……?

―…….

―험, 내가 자네를 다시 살린 것에는 이유가 있네. 사실 자네를 살리고 그 대가로 자네에게 뭔가 부탁을 하려 했지. 하지만 자네의 모습을 보니 그도 어렵게 되었군. 아마 이게 다 하늘의 뜻인가 보네.

―…….

―휴우, 사실 자네 몸의 주인은 죽어서는 안 되는 인물이네. 아니, 죽더라도 공주의 손에 죽어서는 절대로 안 되는 인물이네. 문제는 거기에 있지. 공주의 손에 공작가의 자제, 그것도 며칠 후면 남편이 될 인물이 죽은 것. 그래서 해서는 안 될 일을 내가 저지르고 만 것이지. 차혼 마법은 어찌 보면 역천의 마법일세. 아직까지 아무도 해낸 적도 없고, 해낸 나도 사실 제대로 되리란 확신이 없었네. 하도 급한 마음에 될 대로 되란 심정으로 행한 것이지. 사실 차혼 마법도 방금 내가 지어 낸 이름이야. 원래는 공간 이동을 응용해서 만든 건데, 공간 이동에 차원 마법을 섞어서 다른 공간에 있는 물체를 내가 있는 공간으로 가지고 오는 원격 이동 마법이라고 보면 되지. 여기서 물건 대신 영혼이라는 변수에 다른 공간 대신 다른 차원이란 변수를 넣어서… 다른 차원…….

나사스는 말끝을 흐리더니 한참을 생각했다. 뭔가 넋이 나간 듯이 중얼거리더니 갑자기 두 눈을 동그랗게 뜨고 아젝스를 뚫어지게 보았다.

―자, 자네! 자넨 누군가? 제대로 말해야 하네. 이번에도 말하지 않으면 내 손에 죽게 될 거야. 어서 말을 해!

그러나 아젝스는 여전히 말이 없었다. 나사스는 참지 못하고 온몸의 마나를 집중해서 커다란 빛의 광구를 형성하더니 아젝스를 뚫어지게 바라보며 두 손을 높이 들었다. 그러나 한참을 그렇게 있다가 긴 한숨과 더불어 두 손을 아래로 내렸다. 그러자 곧 광구는 소리없이 사라지고 창밖의 여명이 방 안으로 들어서기 시작했다.

—제발 부탁이네. 자넨 어디서 온 누군가?

아젝스의 눈이 잠시 떠지더니 나사스를 바라보다 애절한 나사스의 눈빛을 피해 다시 창밖을 보며 말했다.

—나는… 한국이란 곳에서 살던 한대연이라고 합니다.

—한국? 거긴 또 어딘가. 전혀 들어보지 못한 곳인데?

—지구라는 별에 있는 조그만 나라입니다. 저도 이곳이 어디인지는 모르겠습니다. 지도상으로 나와 있지도 않은 지명에 들어보지도 못한 언어를 쓰고, 보지도 못한 옷을 입고 있는 당신을 보며 처음엔 이곳이 천당인 줄 알았지요. 하지만 잠시 생각을 해보고 내가 도저히 천당에 갈 이유가 없다는 걸 깨닫고는 꿈을 꾸고 있다고 생각했습니다. 당신이 내가 알아듣는 말로 말을 걸기 전에는요.

나사스는 허허 하며 허탈한 웃음을 흘릴 뿐 다시 아젝스에게 말을 걸지 않았다. 도저히 있을 수 없는 일이 벌어지고 만 것이다. 여태껏 이 가이아 말고 다른 곳에 사람이 살고 있으리라고는 생각도 못했다. 그래서 그가 알고 있는 명유계는 당연히 가이아 대륙의 영혼만이 있을 줄 알았다. 따라서 다른 차원, 즉 명유계에 길을 열어 인간의 영혼만 들어오게 조건을 잡아놓으면 될 줄 안 것이다. 만약 또 다른 차원이 있고, 그곳에 다른 문명의 인간이 존재한다는 것을 알았다면 나사스는 이런 어처구니없는 실수를 하지는 않았을 것이다. 아니, 아마 다른 차원 제거하는 수식을 계산하지조차 못했을 것이다. 한참을 자기 생각에 몰두하던 나사스는 다시 아젝스를 바라보았다.

어차피 일은 벌어졌다. 그가 어디에 살았든 어떤 차원의 인물이든 중요한 것은 아젝스가 살아 있다는 것이다. 단 일 년. 공주가 결혼을 하고 다시 포러스의 황도인 미미르 성에 들어가기까지만 이 사건이 들통나지 않으면 된다. 아마 수도에서는 아젝스가 아무리 이상한 행동을 하더라도 미친놈으로 볼 뿐 아무도 아젝스가 다른 사람이라는 것을 눈치 채지는 못하리라. 문제는 이곳 틸라크 영지에서의 1년이다.

나사스는 고심했다. 아마 아젝스가 공주님의 침실로 들어선 것은 들통이 날 것이다. 아젝스의 호위 기사가 있을 터이니 당연하다. 따라서 아젝스는 이곳에서 나가야 한다. 그럼 어떻게 되나. 아마 나가자마자 호위 기사의 안내로 침실로 들어설 테고, 시녀의 시중을 받고… 시녀가 시중을 들면 아마 들통이 난다. 하루 이틀도 아니고 1년이면 당연히 아젝스가 다른 사람임을 알 수 있을 것이다. 따라서 아젝스는 시녀의 시중을 받으면 안 된다. 어떻게? 이곳을 안 나가면 된다. 무슨 이유로? 아젝스는 다쳤다. 그러나 완치가 안 됐다. 그래서 여기서 치료를 해야 한다. 아냐, 이곳도 쓸 만한 마법사가 있을 거다. 당연히 공작이 데려가서 자신들이 치료를 하겠지.

나사스는 다시 아젝스를 바라보았다. 여전히 창밖을 내다보는 모습에서 생기를 느끼지 못했다. 생기. 그래, 그거야! 아젝스는 다쳤다. 그러나 완치가 안 되어 기억 상실증에 걸렸다. 말도 못한다. 이전의 기억을 몽땅 잊어먹었다. 그래서 처음부터 다시 배워야 한다.

'그럼 아귀가 맞는다!'

나사스는 잠시 생각을 정리했다. 어느 모로 보아도 알맞은 대안이다. 다만 아젝스—아젝스가 아닌—가 기억 상실증에 걸린 것처럼 행동해 주어야만 가능한 방법이긴 하지만 이보다 나은 것은 없어 보였다.

—이보게, 내 말 좀 들어보게나.

　아젝스가 나사스를 보았다. 여전히 무표정에 말이 없었다.

　—아까 한 말 기억하나? 자네를 살려두고 부탁을 하려 했다는 말 말일세. 곰곰이 생각해 보니 여러모로 문제가 많더군. 해서 생각해 봤네만, 잠시 자네가 기억 상실증 환자가 되었으면 하네. 어차피 자네는 이곳 말도 못하고 생활 풍습도 잘 모를 테니 기억 상실증 환자 노릇 좀 하면서 이곳 말도 익히고 풍습도 익히면 되지 않겠나? 1년이면 되네. 1년 후면 이곳을 벗어나 포러스 제국의 황도인 미미르에 가게 되고, 그러면 자네도 자네 맘대로 행동할 수 있네. 어떤가, 한번 해볼 의향이 있나?

　—저는 다시 살 생각이 없습니다.

　나사스는 곤혹스러웠다. 왜 살고 싶지 않은지 이유를 모르는 것이다.

　—무슨 이유인가. 말해 주면 안 되겠나? 혹시 내가 도움을 줄지도 모르는데…….

　그러나 아젝스는 다시 창밖을 내다보았다. 나사스는 속이 탔다. 벌써 창밖은 훤히 날이 밝아오기 시작했다. 시간이 없었다.

　—제발 부탁이네. 1년만 내 말대로 해주게. 아니, 잠시라도 좋네. 단지 공주가 자네를 죽이지 않았다는 것만 확인해 주면 되네. 한 한 달 정도만 정상적인 모습을 보여주게. 그 후는 내 자네가 무슨 일을 해도 아무 말 안 하겠네. 제발, 시간이 없어. 공작가에서 난리가 나기 전에 모든 것을 해결해야 한단 말일세.

　아젝스는 눈을 감아버렸다. 그렇게 한참을 있었다.

　—이보게…….

―잠시… 잠시 이렇게 있어보지요. 그게 얼마나 오래갈지는 몰라도요.

　―고, 고맙네. 정말 고마워!

　나사스는 웃으며 눈물을 흘렸다. 왜인지 뭔가 손해 본 듯한 마음이지만 어쨌든 뜻은 이루었다. 그는 잠시 아젝스의 손을 잡고 뭔가 중얼거리더니 방문을 향해 나갔고, 아젝스는 수면 마법에 걸려 곤히 잠이 들었다.

　나사스의 방을 찾아갔지만 그의 방은 비어 있었다. 호위에게 물어 나사스가 얼마 전까지 자신의 방이었던 곳에 들어가 아직 나오지 않았다는 말을 듣고는 곧장 그리로 향했다. 때마침 방문을 열고 나오는 나사스가 보였다. 여태껏 그 방에서 무엇을 했는지 궁금해하던 공주가 물었다.

　"나사스 경, 그 방에서 무엇을 하셨나요?"

　나사스는 잠시 고민을 했다. 자신이 한 일을 공주에게 말할 것인가, 아니면 감출 것인가. 어느 것이 좋은 일인지 갈피를 못 잡았다. 그래서 일단은 얼버무리고 좀 더 생각한 후에 말하기로 작정했다.

　"예, 공주님. 환자를 치료하였습니다."

　"환자라뇨? 설마 그 파렴치한 괴한을 말씀하시는 것은 아니겠죠?"

　"맞습니다, 공주님."

　"어떻게… 그런 파렴치한 놈은 죽어도 싸요. 게다가 나사스 경이 저에게 준 반지로 이미 죽었을 게 뻔한데 살릴 수 있었다니 믿을 수가 없군요. 살긴 살았나요?"

　"예, 살았습니다. 다행히 큰 상처에도 불구하고 조기에 발견해 숨을 이을 수 있었지요."

"왜 살렸습니까, 죽게 내버려 두지 않고."

"흠, 사실 저도 심력을 고갈해 가면서까지 살리고 싶은 마음은 없었습니다. 다만 그런 황당한 일을 벌인 자가 누구인지 궁금해서 잠시 살펴보았을 따름이었지요. 그런데 그 인물이 누구인지 아십니까?"

"누구였지요?"

"후우, 바로 아젝스 틸라크 공작 자제랍니다."

공주는 그 말에 잠시 몸을 휘청였다. 도저히 있을 수 없는 일이다. 아니, 있어서도 안 되는 일이 벌어졌다. 공주는 다급히 물었다.

"그는 괜찮나요? 아무 이상 없겠지요?"

"그것이 약간 문제가 있습니다. 모든 치료를 시행해서 다행히 목숨은 건졌지만 안타깝게도 기억 상실증에 걸린 듯싶습니다. 아마도 매직 에로우가 목을 관통하면서 커다란 충격을 받아 그리된 것이 아닌가 합니다."

아레나 공주는 이마에 손을 얹고 잠시 생각에 잠겼다. 그러더니 나사스를 바라보곤 이내 뒤돌아 걸으며 말했다.

"잠시 쉬었다 다시 이야기하도록 하지요. 너무 황당한 일을 겪다 보니 무슨 말을 해야 할지 모르겠어요."

"그러시지요. 일단 이 일은 제가 알아서 처리하도록 하겠습니다."

벌써 해가 떠오르기 시작하는데 아젝스 녀석은 보이지가 않았다. 어제 분명히 아침 대련에 나오라고 했는데도 말이다. 그라시스 틸라크 공작은 점점 얼굴이 벌겋게 달아오르더니 결국 터지고 말았다.

"앙리! 도대체 아젝스 녀석은 왜 안 보이는 거냐? 대체 어디에 처박혀서 아직까지 나오지 않는 거지? 설마 어제도 집 밖을 나가 아직까지 안 돌아온 것은 아니겠지? 대답해 봐라!'

새벽부터 가슴을 졸이며 아젝스를 기다려 온 한스와 앙리는 어쩔 줄을 몰랐다. 이미 나왔어도 한참 전에 나왔어야 할 아젝스가 아직까지 소식이 없는 것이다. 그렇다고 공주님과 응응하러 몰래 공주의 처소에 들어갔다고 말할 수도 없는 둘은 땅만 바라보며 속으로 아젝스를 원망할 뿐이었다.

"한스, 너는 입이 없냐, 왜 땅만 보고 아무 말이 없는 게냐? 어서 말하지 못할까?"

한스는 공작의 고함에 깜짝 놀라 고개를 들어 뭐라고 입을 놀렸다. 그러나 워낙 작고 떠듬떠듬 말을 해서 도저히 알아들을 수가 없었다. 공작은 기어이 칼을 빼 들며 외쳤다.

"내 이놈을 그냥! 한스, 앙리! 한 시간 내로 아젝스를 찾아와라. 만약 한 시간 안에 아젝스를 못 데려오면 네놈들이 대신 나와 대련을 해야 할 것이다! 물론 진검으로!"

죽으라는 말이다. 한스와 앙리는 떨어지지 않는 발걸음으로 연병장을 나섰다. 아마 아젝스는 저택 내 공주님의 처소에 있겠지만 일단은 문밖으로 나가야 했다. 그 다음에 다시 들어와 공작님 몰래 아젝스에게 연통을 넣어 불러내야 하리라. 물론 나올 때는 공주님과 함께 나와야 한다. 그래야 아젝스도 살고 자신들도 산다.

막 한스와 앙리가 대문을 향할 때, 저택의 문을 열며 나사스가 나왔다. 나사스는 그 둘이 아침부터 어디로 가는지도 모르고 공작을 향해 다가가 아침 인사를 했다.

"좋은 아침입니다, 공작님."

그러나 결코 좋은 얼굴은 아니었다.

"좋은 아침이오, 나사스 경."

얼굴을 찡그리며 화답한 공작은 잠시 손에 쥔 칼을 보더니 다시 검집에 넣었다.

"산책을 나왔는가 본데 이곳은 그리 볼 것도 없다오. 잠시 둘러보다 아침이나 같이 드십시다."

그러면서 저택 안으로 들어가려 했다. 그러자 나사스가 황급히 공작을 보며 말했다.

"저, 틸라크 공작님. 잠시 드릴 말씀이 있습니다."

"뭐요?"

공작은 그리 편치 않은 기색을 숨기지 않고 말했다. 어제의 일도 생각나고 오늘 아침의 일도 겹치고 해서 공작의 기분은 최저였다. 게다가 아마도 이 마법사는 어제 공주의 행동을 보고 자신의 태도에 문제가 있었음을 말하리라. 그게 황족의 수행자의 당연한 태도고, 또 그렇게 해야 공주나 이 마법사나 부담없이 다음에도 같은 행동을 할 수 있으니까. 역시 중앙의 떨거지들은 재수가 없다.

"저… 아젝스 공작 자제의 일입니다."

갑자기 아젝스의 이야기가 나오자 공작은 순간 의문이 들었다. 아젝스가 모자라니 혹시 파혼 이야기가 아닐까 하는 의구심이 든다.

"아젝스의 일이라니 대체 무슨 이야기요?"

"어제 아젝스 공작 자제가 아레나 공주님의 처소를 방문하셨습니다. 한데 그 시간이 하도 야심한 시간이었는지라 이미 공주님은 깊은 잠에 드셨던 듯싶습니다. 그런데 아젝스 공작 자제는 돌아가시지 않고 공주님 처소에 계속 있었는데, 마침 공주님이 깨어보니 웬 괴한이 방 안에 있어 심히 놀란 모양입니다. 해서 대뜸 마법 무구를 사용해 아젝스 공작 자제를 상해하는 사건이 있었습니다."

"뭐, 뭐요?! 어제 아젝스가 공주님의 처소에 들어갔다고? 설마 다른 어떤 일이 벌어진 것은 아니겠지요?"

"두 분 사이에 별일은 없으십니다. 다만 아젝스 공작 자제가 좀 크게 다치셨습니다."

"죽지만 않았으면 되오. 정말 다른 일은 없었지요?"

"물론입니다, 공작님. 뭐, 다른 일이 있었다 한들 그리 큰 문제가 되겠습니까? 어차피 두 분은 결혼할 사이가 아닙니까? 다만 아까도 말했다시피 아젝스 공작 자제가 크게 다쳤다는 것이 문제지요."

"아, 글쎄 죽지만 않았으면 된다니까 그러오."

"그게 죽지는 않았지만 다른 문제가 있습니다."

나사스는 내심 황당했다. 제 자식이 다쳤다는데 어쩜 이렇게 말할 수가 있단 말인가. 뭐, 죽지만 않았으면 된다고?

"아무래도 기억 상실증에 걸린 듯합니다. 우선 외부의 상처는 제가 급한 대로 치료를 하였으나 마법 공격을 받는 도중 충격에 머리를 다쳐 그리된 것이 아닌가 합니다. 일단은 안정을 취하기 위해 제가 잠시 재워놓았지만 이후 어떻게 될지는 저도 잘 모르겠습니다."

그제야 공작도 심각해졌다. 그는 나사스를 보다 곧바로 공주의 처소로 뛰어갔다. 그러나 공작은 그 방에 들어가지 못했다. 공주의 호위 기사들이 한사코 들여보내 주지 않았기 때문이다. 겨우 나사스가 도착해서야 공작은 나사스와 함께 단둘이서만 방에 들어갈 수 있었다.

방 안은 평온했다. 어제의 모습 그대로였다. 다만 침대의 주인이 공주에게서 아젝스로 바뀐 것뿐 붉은색도 똑같았다. 아니, 우리 집에 붉은 침대가 있었던가? 그제야 침대를 살펴본 공작은 상황을 짐작할 수 있었다. 자신이 왜 이곳으로 뛰어들어 왔는지는 벌써 잊어버렸다. 어젯밤 벌어졌을 일이 머리 속에서 날아다녔다.

"분명 어제 아무 일도 없었소?"

"물론입니다, 공작님."

"그럼 이 피는 어떻게 된 거요. 침대에만 피가 있지 않소?"

"물론 그렇습니다만, 아무 일도 없었다는 것은 제가 보장하지요."

"이, 이!!"

더 이상 들을 필요도 없었다. 이런 짐승 같은 놈은 맞아 죽어야 한다. 갑자기 공작은 주먹을 들더니 잠자는 아젝스를 무지막지하게 패기 시작했다. 깜짝 놀란 나사스는 공작을 뒤에서 잡아끌며 말렸다.

"공작님, 참으십시오. 환자입니다. 지금은 절대적으로 안정이 필요합니다. 몸은 나았다지만 아직 완전한 것이 아니라서 기동하기도 힘든 상태입니다. 게다가 정신적 충격으로 인해 기억 상실 증세가 있는데 이런 충격을 받으면 더욱더 악화됩니다."

그러나 공작은 막무가내로 아젝스를 패기 시작했다. 뒤로 밀려 팔이 안 닿자 다리를 들어 차기 시작했다. 그 충격에 잠이 깬 아젝스가 잠시 멍하니 있더니 누가 자신을 패자 몸을 굴려 침대에서 떨어졌다. 쿵 소리와 함께 극심한 통증이 밀려왔다. 전신 어디 한 군데 안 아픈 곳이 없었다. 그러나 아무것도 모르고 잠자다 얻어맞는 것보다는 나았다. 겨우 벽을 기대어 일어났다. 그러자 자신을 패려는 노인과 이를 말리려는 중년인이 보였다. 노인은 몰라도 중년인은 얼마 전까지 자신과 이야기하던 사람이었다.

노인은 뭐라고 고래고래 소리를 치며 자신에게 오려고 했다. 그러나 왜 자신을 패려는지, 뭐라고 소리치는지 모르는 아젝스—한대연—는 잘 움직여지지 않는 몸을 벽에 기대며 그를 바라보았다. 그러자 노인은 더욱 큰 소리로 고함을 질렀다.

"이놈이! 이제 아비를 보고도 뭘 잘했다고 두 눈을 똑바로 쳐다봐! 너 이놈, 죽고 싶은 게냐?"

"공작님, 고정하십시오. 아까도 말씀드렸다시피 아젝스 공작 자제는 기억 상실증에 걸렸습니다. 그간의 기억은 물론 말도 못 알아듣습니다. 그러니 그렇게 고함을 치셔도 아젝스 공작 자제는 무슨 말인지 모른단 말입니다."

그제야 공작이 몸부림을 그치고 아젝스를 바라보았다. 확실히 어딘가 이상했다. 아니, 정확히는 자신의 말을 못 알아듣는 것이 분명했다. 상황이 심각한 것이다.

그때 밖이 소란하자 달려온 공주와 공작 부인, 기타 다른 사람들이 몰려와서 문밖에서 호위 기사와 실랑이하는 소리가 들렸다. 나사스가 소리치자 곧 공주와 공작 부인 등이 방 안으로 들어왔다.

공주는 숨겨도 시원치 않을 판에 공작은 물론이요, 다른 사람들에게까지 이 사실을 알리는 나사스를 개운치 못한 눈으로 바라보았고, 공작 부인 등은 씩씩거리는 공작과 벽에 기댄 아젝스, 그리고 피로 물든 침대를 보더니 뒤로 넘어갔다.

그제야 나사스가 나서서 지난밤 벌어진 일을 각색해 모든 이에게 이야기했다. 공주는 그제야 나사스의 의중을 눈치 챘다. 어차피 벌어진 일, 숨길 수도 없으니 사실대로 이야기하되 공주의 허물은 작게 하고 아젝스의 허물은 크게 해서 피차간 없었던 일로 하고 원한은 갖지 말자는 것이다. 공주의 입장에서야 어차피 얼마 후면 약혼할 사이니 설혹 무슨 일이 있었다 한들 그리 큰 문제는 되지 않지만 아젝스가 생명이 위태로울 정도로 다친 것은 자칫 잘못하면 파혼의 이유가 된다. 황제의 위엄을 등에 업고 있는 공주의 신분이므로 함부로 파혼까지 가지 않을 수도 있지만 억하심정이 남는 것은 사실이다.

이때 크나큰 허물이 있는 아젝스의 행위를 덮어둔다는 나사스의 말은 이들의 마음을 풀어줄 것이다. 솔직히 공주의 심정은 이성적으로야 나사스의 말이 옳음을 인정하나 감정적으로는 도저히 아젝스가 용서 안 된다. 다만 그 감정을 드러내면 또 다른 파문이 일 것이 뻔하므로 이럴 때는 다른 말을 해야 한다.

"심히 미안한 마음을 금할 수 없군요. 너무 어두웠는지라 아젝스님인 줄은 미처 확인하지 못하고 경솔한 행동을 했습니다. 심려를 끼쳐 죄송하다는 말밖에 할 말이 없군요."

공작 내외는 허리를 숙일 뿐이었다. 심히 부끄러운 마음을 감당하기가 어려운 까닭이다. 공작의 입장에서야 도저히 있을 수 없는 일을 아젝스가 저질렀으니 죽어도 할 말이 없다. 비록 나사스가 저리 돌려서 말해도 지난밤에 벌어진 일을 유추해 내는 것은 세 살 먹은 어린애도 알 일이다. 거기다 공주의 사과까지 받고 보니 더 이상 할 말이 없다. 아젝스가 기억 상실증에 걸렸다지만 따지기는커녕 죽지 않은 것만으로도 다행으로 여겨야 할 판이다.

"아닙니다, 공주님. 오히려 자식을 잘못 키운 소신의 잘못이 큽니다. 사과의 말씀은 거두시기 바랍니다."

공작은 이 말을 끝으로 허리를 숙이며 방을 나섰다. 그 뒤를 따라 공작가 일행 역시 허리를 숙인 후 공작을 따라 방을 나갔다.

"일을 상당히 원만하게 처리하신 듯하군요. 고마워요, 나사스 경."

"무슨 말씀을. 우선 좀 더 쉬시지요."

아레나 공주는 잠시 나사스를 따뜻한 눈으로 바라보더니 미소와 함께 방을 나섰다. 이제 틸라크 공작은 자신의 사람이 될 것이 분명했다. 언젠가는 보를레앙에게 도움이 되리라.

"그래, 좀 차도가 있던가?"

그라시스 틸라크 공작은 눈앞의 노인에게 다그치듯 물었다. 하얀 수염을 멋지게 기르고 있는 이 노인은 틸라크 영지에서 없어서는 안 될 중요 인물 중의 한 사람이었다. 이 노인의 이름은 시멀레이러로 마법 왕국이라 할 수 있는 마에스타 출신이었다. 마에스타는 가나트 제국의 북쪽에 위치한 나라로 나라라기보다는 도시 국가의 집합체로 보는 것이 정확할 것이다.

아라사의 유민이 마에스타에 들어가면서 그 지역에 살던 엘프 족과 융화되며 성장한 도시들은 엘프에게서 배운 마법으로 가나트의 정복 전쟁을 이겨내며 성장해 이제는 유수의 국가와 비견되는 국력을 키웠다. 시멀레이러 역시 엘프에게서 마법을 배워 젊은 시절 자신의 국가를 위해 전쟁에 참여하였고, 전쟁이 끝난 후에는 방랑벽을 이기지 못하고 용병으로 이리저리 떠돌아다녔다. 전쟁의 상흔으로 지치기보다는 전쟁의 흥분을 잊지 못해 이리저리 싸움터를 찾아 돌아다닌 것이다. 그러다 틸라크의 용병으로 고용이 되어 사막 부족과 북쪽의 몬스터를 퇴치하면서 틸라크 공작의 회유와 수시로 보이는 몬스터와의 싸움에 매료되어 이곳에 정착하게 되었다. 벌써 20년도 지난 일이지만.

"에, 그게 잘 모르겠습니다."

"뭐라고? 아니, 8서클의 마법사가 모른다는 게 말이 되나? 자네, 밥만 축내는 식충이인가?"

길길이 날뛰는 공작을 보며 시멀레이러는 속으로 혀를 찰 수밖에 없었다.

'젠장, 마법사는 만능인 줄 아나? 모를 수도 있는 거지. 그리고 제 자식 귀한 줄 알면 진작에 교육 좀 잘 시키지 이제사 후회하면 뭐 해? 이래서 무자식이 상팔자라니까.'

자신보다 어린(?) 공작의 막말에 그러려니 하고 시멀레이러는 능청스런 표정으로 말을 이었다. 계급이 깡패요, 한두 번 겪은 일도 아니고, 저리 말해도 자기에게 무슨 악감정이 있어서 그런 것이 아님을 잘 알기 때문이다.

"에, 우선 나사스라는 마법사의 말을 종합해 보면 기억 상실증, 그것도 중증의 기억 상실에 걸린 것이 확실하다고 말할 수 있습니다. 아마도 상처 부위가 목이어서인지 머리에 충격이 전달된 듯합니다. 게다가 상처가 나자마자 바로 치료를 받지 못한 관계로 과다 출혈로 인한 후유증까지 겹쳐 저리된 듯합니다. 제가 이리저리 살펴보았지만 원상태로의 복원은 불가능하다고 보시는 것이 정확할 겁니다."

얼굴을 벌겋게 물들이던 공작이 겨우 진정했는지 숨을 들이마시며 마음을 진정시키기 시작했다.

"그래, 시멀레이러. 원상태로 되돌리는 것은 포기한다 치고, 그럼 이제 어떻게 하면 좋겠나?"

"흠, 흠, 그게… 사실 좀 어렵습니다. 말도 못하니 아이처럼 처음부터 다시 가르쳐야겠지요. 다행히 걸음마는 뗐으니 그나마 다행이랄까, 사실 걷는 것도 상당히 힘들어합니다. 따라서 말과 운동을 병행해서 처음부터 다시 가르쳐야 합니다. 완전히 백지 상태지요."

"허허, 참. 이런 황당한 일이 있다니… 에휴, 늘그막에 이 무슨 일이란 말인가. 첫째를 잃고 나서 애지중지 키웠더니 이놈도 이런 사고를 당하다니, 정말 하늘이 원망스럽구만."

'하! 애지중지 좋아하네. 맨날 성질에 못 이겨 대련을 핑계로 두드려 패다 마님이 나서서야 겨우 멈추는 게 애지중지? 하기사, 아젝스의 버릇이 저리된 것도 마님의 잘못이 크긴 크지. 큰아들이 죽자 아젝스를 너무 싸고돌아 저리 제멋대로 되었으니.'

"험, 공작님. 나쁜 일이 있으면 좋은 일도 있습니다. 아까 말씀드렸지요, 아젝스는 현재 백.지. 상태라는 것. 좋은 기회 아닙니까? 그간 아시다시피 아젝스가 어디 사람 구실 하며 살 놈이었습니까? 맨날 사고나 치고 공부는 마다하고 여자 뒤꽁무니나 따라다니던 놈이 아닙니까. 제가 비록 스승이었다지만 어디 마님의 서슬에 큰 소리 한번 쳐보지도 못하고 그나마 가정 교육이라고 해봐야 공작님의 매타작이 고작 아니었잖습니까? 그러니 이번엔 확실히 정.신. 교육을 시키는 겁니다."

시멀레이러의 말을 들은 공작의 인상은 차마 못 볼 정도로 구겨졌다.

"그러니까 자네 말은 아젝스가 저리된 것이 다 나하고 내 마누라 탓이다 이 말이지?"

"헛, 그 무슨 지당한 말씀이십니까. 당연하지요. 하지만! 중요한 것은 그게 아니지요. 과거의 과오는 잊고 다시 새롭게 시작하자! 이게 중요하죠."

"자네, 요즘 많이 심심한가 보구만. 하기사 나와 대련한 지도 꽤 되었지? 어떤가, 지금 나가서 잠시 몸 좀 풀까?"

그러자 시멀레이러는 능글맞은 미소를 지었다.

"그러시지요. 저도 한 며칠 아젝스와 마.님.의 병세를 간호하느라 여간 몸이 찌뿌둥한 게 아니었답니다. 공작님과 대련한 후 한 며.칠. 푹 쉬면서 몸 좀 추슬러야겠군요."

공작의 일어나려던 몸이 멈칫하더니 시멀레이러를 뚫어지게 노려보았다. 아젝스가 저리된 뒤로 몸져누운 공작 부인은 아직 몸을 추스르지 못하고 있어 그간 시멀레이러와 여러 마법사들이 밤낮 들락거리며 치료를 하고 있었다. 공작은 피곤한 몸으로 치료에 전념하는 마법사들을 내심 고맙게 생각했었다. 그러나 시멀레이러의 징그러운 미소를 보더니 머리를 감싸 쥐며 외쳤다.

"나가! 이 빌어먹을 놈! 이번 달 지원금은 한 푼도 없을 줄 알아!"

"허허, 그럴 줄 알고 이미 당겨 썼답니다. 어디 한두 번 들어본 말이어야 말이죠."

공작에게 마법사의 고마움을 완전히 잊게 해주는 말이었다.

나사스는 며칠간 심각한 고민을 해야 했다. 자신이 벌인 차혼 마법으로 아젝스가 사실은 다른 사람이라는 것을 아레나 공주에게 말할 것인가 말 것인가. 말한다면 어떤 이득이 있고 손해가 있는가. 감춘다면 어떤 이득이 있고 손해가 있는가. 사실 나사스는 왜 처음부터 공주에게 사실을 말하지 않고 거짓말을 했는지 그 이유부터 생각해야 했다. 단지 무의식적으로 그랬다고밖에 할 말이 없었다. 그러나 지금은 다르다. 자신이 행한 마법이 어떤 것인 줄 안 것이다.

소위 말하는 흑마법. 만인의 지탄을 받는 소환술인 것이다. 비록 제물을 바치지 않았고, 마계의 생물을 불러들인 것도 아니지만 자연의 법칙에 위배되는 일을 저질렀다는 것에는 변명의 여지가 없는 것이다.

백마술은 바로 자연의 법칙을 순응하고 그 힘을 차용하는 것인 바, 자신의 행위는 도저히 용서받을 수 없는 짓이다. 만일 이 사실을 타인이 알게 된다면 자신은 사회적으로 매장당하는 것은 물론이요, 생명의 위험도 감수해야 한다. 게다가 아레나 공주에게도 치명적인 오명이 뒤따를 것이다. 바로 아레나 공주의 모든 행위가 흑마법사의 사주로 이루어졌다는 것과 아레나 공주를 따른다면 결국 포러스 제국은 흑마법의 저주에 빠질 것이라는 유언비어가 돌 것이다. 이 한 가지만 가지고도 아젝스의 진위 여부는 감추어져야 한다.

'그래, 알려지면 안 되지.'

그런 다음 아젝스가 진짜라는 가정 하에 이득을 따져 본 결과 그리 나쁘지만도 않다. 아니, 더 큰 이익이다. 우선 아젝스의 약점을 잡고 있는 만큼 그에게서 상당한 양보를 얻을 수 있을 것이다. 아예 틸라크 영지를 공주의 손아귀에 쥐어줄 수도 있다. 틸라크 영지를 포기하고 그 사병만 취하더라도 엄청난 힘이다. 게다가 아젝스의 말대로 1년 후에 그자가 죽어만 준다면 약점이고 뭐고 자연스레 틸라크의 모든 것이 공주의 소유가 되는 것이다. 그리고 두 번째로는 아젝스가 기억 상실 중에 걸린 것을 핑계로 미미르에 다시 입성할 수 있다는 것이다. 아무래도 이곳보다는 제국의 수도에 마법사가 더 많을 테니까 아젝스를 치료한다는 명목으로 미미르로 떠나는 것이다. 물론 틸라크의 사병을 대거 이끌고서.

그리고 마지막 이득.

'차라리 공주가 모르고 있는 것이 좋을 게야. 공주의 행복을 위해서라도.'

아마도 가장 중요한 이유이리라. 만약 이 사실을 안다 하더라도 공주는 결혼을 마다하지 않을 것이다. 결혼을 함으로써 얻어지는 이득이 큰 것을 알기 때문이다. 그러나 그로 인해 공주가 겪는 혼란은 엄청날 것이다. 이계의 사람이 자신의 남편이라니. 그런 인물과 살을 섞고 살아야 한다는 것은 대단한 고통일 것이다. 정략 결혼도 모자라서 이런 인물과 살아야 한다면 공주로서는 도저히 견디지 못하리라.

'그래, 이 사실은 나 혼자만 알고 있자. 무덤까지 지고 가리라!'

제 2 화

틸라크에서의 생활

틸라크에서의 생활

조그만 서재에서는 두 사람이 수많은 책들 사이에 앉아 서로 멀뚱하니 바라만 보고 있었다. 아젝스와 시멀레이러였다. 아젝스가 다친 지도 어느덧 한 달이 넘어갔다. 그간 아젝스의 생활은 오전에는 그라시스 틸라크 공작에게서 운동을 겸한 검술 훈련을 받고 오후에는 시멀레이러에게서 언어를 배우는 것으로 꽉 채워졌다. 아레나 공주와의 약혼도 아젝스의 건강을 이유로 미루어졌다. 물론 빨리 약혼식을 치르고 황성인 미미르로 되돌아가야 하는 공주 일행은 강력히 항의를 했지만, 말도 못하고 제대로 걷지도 못하는 아젝스를 핑계로 대니 더 이상의 항의는 무의미했다.

아젝스의 건강은 상당히 양호해졌다. 처음에는 걷는 것도 제대로 못하더니 며칠을 걷는 것만 시키자 나중에는 스스로 어느 정도 뛰기까지 하는 것이다. 이에 힘입어 공작은 연습용 롱 소드를 쥐어주며 가로 베기, 세로 베기, 사선 베기를 시켰다. 운동을 겸해 과거에 공작에게 맞으며 익혀온 검법을 익히다 보면 과거의 기억이 돌아올지도 모른다는 내심이 깔린 처사였다.

처음 잡은 검이 익숙지가 않아서인지 어설프기도 하고, 몇 번 휘둘러 보지도 못하고 힘이 빠져 검을 휘두르다 놓쳐 옆에서 관전하던 한스를 죽일 뻔한 첫날 이후로는 그럭저럭 자세가 나오기도 하고, 힘도 붙고 하여 일주일 후에는 우에서 좌로 수평 베기, 아래에서 우위로 사선 베기, 위에서 아래로 수직 베기, 아래에서 좌위로 사선 베기, 좌에서 우로 수평 베기, 위에서 좌 아래로 사선 베기, 아래에서 위로 수직 베기, 위에서 우 아래로 사선 베기, 정중앙 찌르기의 기본 동작을 무리없이 행할 수 있었다.

물론 처음부터 이렇게 가르치는 것이 수월하지는 않았다. 말이 통하지 않아 공작의 손이 오르락내리락하기를 수십 번. 마침내 공작과 앙리, 그리고 한스의 피눈물나는 노력—앙리가 한 동작을 할 때마다 석상처럼 굳은 자세를 유지하면 한스가 거기에 따르는 호흡법을 천천히, 눈물이 나오도록 천천히 시행하고, 공작은 아젝스가 따라 하는 모양을 보고 틀리거나 어색한 점이 있으면 연습용 롱 소드로 아젝스의 몸을 어루만지며 수정을 해주었다.—의 결과로 이루어진 것이다. 그 결과물이 저렇게 움직이고 있다. 아젝스가 휘두르는 롱 소드의 궤적은 과거 보여주던 엿가락이 아니었다. 절도있는 움직임, 깨끗한 마무리, 부드러운 연결 동작. 한 획 한 획 힘이 넘쳤다. 정말이지 내 아들이 맞나 싶을 정도의 모습에 흐뭇해하는 공작이었다. 지금은 죄다 잊어먹어 가전의 검법도, 마나의 축적과 운용도 새로 가르쳐야 하지만 조만간 말만 할 수 있게 된다면 금방 과거의 실력은 물론 더 나은 경지에 이를 것이라고 기대했다.

반면 시멀레이러가 맡은 언어 교육은 지지부진이었다. 글도 잊어먹고 말도 안 통하니 어디서부터 시작해야 할지 막막했던 것이다. 그래서 처음에 시작한 것이 사물을 가리키고 이름을 알려주는 것이었다. 그러나 세상에 널린 게 이름이고 물건이다 보니 도저히 끝이 없다. 그나마 과거나 지금이나 머리가 나쁘지는 않아서 한 번 제대로 가르치면 좀처럼 잊어먹지는 않았다. 아니, 과거의 아젝스는 제 잘난 머리만 믿고 좀처럼 집중을 하지 않아 10개를 알려주면 처음의 1, 2개만 기억할 뿐 나머지는 듣지도 않았다. 하지만 지금 눈앞에 있는 아젝스는 자신이 말한 것을 집중해서 듣지 않는 것 같은데 이상하게도 10개를 알려주면 아홉은 기억하는 것이다.

'분명 똑같은 학습 태도인데 결과가 이리도 다르다니. 거참, 신기한 노릇일세. 확실히 연구 대상이야.'

언어 가르치기를 어느덧 한 달이 넘었다. 답답한 마음에 비명을 한 번 내지르고 씩씩거리며 문을 나서는데 전 궁중 마법사라는 나사스를 만났다. 이 녀석은 틈만 나면 아젝스에게 붙어서 떨어지지를 않았다. 처음에는 공작이 반대를 했지만 나사스와 시멀레이러의 얼르고 뺨 치는 말빨에 나 몰라라 하고 포기하자―나사스는 빨리 아젝스가 회복해서 약혼해야 한다는 명분을 내세웠고, 시멀레이러는 나사스에게 아젝스를 교육하는 것을 떠넘길 작정으로 나사스를 도왔다. 물론 지금은 아젝스 가르치는 재미를 넘길 생각이 없지만―시멀레이러의 수업이 끝나면 이렇게 아젝스에게 다가와 이리저리 살폈다. 그날도 어김없이 문 앞에서 기다리고 있었다.

"수업을 벌써 마치십니까?"

"아, 어디 답답해서 견딜 수가 있어야지. 젖먹이를 가르치는 것도 아니고, 빠른 시일 내에 예전처럼 말빨로 스승을 뭉개 버릴 정도로 만들라치니 미치고 환장할 노릇일세."

"하하, 8서클을 이룩하신 대마법사께서 이처럼 조바심을 내시다니 의외십니다. 좀 더 노력을 해보시지요. 곧 나아지겠지요."

"휴우, 사실 아젝스 저놈이 확실히 예전하고는 달라. 예전엔 제 잘난 머리만 믿고 노력이란 것을 모르던 놈이었거든. 그런데 지금 이놈은 딴청을 부리는 것은 똑같은데 가르치는 족족 잘만 따라온단 말이야. '요게 의자' 하면 다음날 '의자' 하고 지가 말을 해요. 처음엔 신났지. 이놈이 저세상 구경하고 왔더니 드디어 정신을 차렸구나 하고. 하지만 하루에 가르치는 물건은 백 개를 못 넘기고, 더 큰 문제는 충성이니, 사랑이니, 우정이니 하는 추상적인 것은 도저히 가르치질 못하겠다는 거야. 어디 말이 통해야 설명이라도 하지. 내 지금도 아름답다는 말을 설명하려다가 포기하고 나오는 길일세."

"허허, 그런 어려움이 있었군요. 음, 혹시 이런 방법은 어떨까요? 먼저 글을 가르치는 겁니다. 그런 다음 어린애들이 좋아하는 영웅전기를 읽어주면서 거기에 나오는 이야기를 그림으로 표현하는 것이지요. 그러면 글과 그림을 연결해서 말뜻을 익힐 수 있지 않겠습니까?"

시멀레이러는 나사스의 말을 듣자 자신의 머리를 때리기 시작했다.

"그래! 그런 방법이 있었어! 역시 큰 물에서 놀던 사람은 달라도 확실히 뭔가 다르군. 나이가 먹으니 과거의 영특함이 다 사라져서 예전 같지가 않아. 어쨌든 고맙네. 아, 아젝스를 만나러 왔을 텐데 어서 들어가 보게. 나는 내일 수업 준비를 해야겠어. 흐흐, 내일이 기다려지는구나."

나사스는 그런 시멀레이러를 보며 웃을 수밖에 없었다. 시멀레이러는 나이에 맞지 않게 어린애의 심성을 유지하고 있었다.

처음 그를 만났을 때 나사스는 놀랐다. 이런 변방에 8서클 유저라니. 시멀레이러의 마법 실력이면 어느 나라라 할지라도 수석 궁중 마법사를 꿰찰 수 있는 실력자다. 그런 사람이 이런 오지에서 아무런 작위도 없이 작은 작업실에 만족하며 생활한다는 것이 이해가 안 되었다. 그만 하더라도 7서클 유저가 되자마자 청운의 꿈을 품고 포러스에 와서 실력을 과시해 궁정 마법사가 되지 않았는가. 그리고 지금은 7서클의 마스터가 되었다. 실력으로만 따진다면 조만간 레미언 샤를의 사후 수석 궁정 마법사의 자리에 오르는 것도 꿈은 아니었다. 보를레앙 샤틀리에 황태자가 황제가 된다면 바로 현실이 될 것이다.

그리고 나사스는 두 번을 놀랐다. 보기에 약간 심술궂긴 하지만 마음씨 좋아 보이는 동네 할아버지 같은 노인네가 밖으로 나가면 확 바뀐다는 것이다. 아직 보지는 못했지만 영지민들이 그를 가리켜 '광폭의 마법사'란다. 이유는 사막의 약탈 부족이나 몬스터가 보이면 파이어 볼을 난사하며 종횡무진 전장을 누비고, 눈에 보이는 모든 적은 살려 보내는 법 없이 무조건 황천행이라서란다. 나이도 지긋한 분이 제일 설치니 실력에서나 지위에서나 달릴 수밖에 없는 일반 병사와 기사들은 그의 뒤를 따르며 다 타버린 시체나 치우다 돌아오기 일쑤였고, 그래서 신참 병사가 가장 좋아하고 능력있는 기사가 가장 기피하는 인물이라나?

나사스는 이런저런 생각을 하며 아젝스에게 다가갔다. 그리고 잠시 주위를 살핀 후 통역 마법을 펼쳤다. 아젝스와 자신이 대화하는 장면을 들킨다면 큰일 나기 때문이다. 모두들 아젝스가 아직 말을 못하는 것으로 알고 있으므로.

—그래, 오늘은 무얼 배웠나?

—여러 가지 물건 이름을 배웠습니다.

아젝스의 무표정은 여전했다. 그나마 지금은 나았다. 처음엔 아무리 말을 걸어도 화답이 없었다. 나사스는 그래도 멈추지 않고 현재 포러스 제국의 권력 구도와 공주의 역할, 그리고 아젝스라는 인물의 중요함을 이야기하며 협력을 구했다. 아젝스가 자신의 진영으로 확실히 넘어온다면 많은 도움이 되고, 하다 못해 공주라도 빨리 미미르에 가야 하기 때문이다. 그러나 아젝스의 죽어 있는 눈을 보며 나사스의 이야기에 단 한 점 호기심도 서려 있지 않음을 알 수 있었다. 그러다 보니 점차 신세 한탄을 하게 되고, 일상사를 이야기하고, 자신의 관심사를 이야기하다 보니 어느덧 한마디씩 주고받게 되었다.

—아까 들어오면서 시멀레이러에게 들으니 아름다움에 대해 설명했다고 하던데, 자네가 살던 곳에는 그런 말이 없었나?

아젝스는 그 말을 듣자 뭔가를 생각하는 듯하더니 미소 짓다 우울한 인상을 하곤 이내 무표정으로 돌아왔다.

—아마 그곳에도 그런 말이 있었나 보군. 그곳에서는 어떨 때 그 말을 쓰나? 예를 든다면 이곳에서는 이렇게 쓴다네. 아레나 공주님은 참 아름답다.

그 말을 듣자 아젝스의 표정이 굳어졌다. 그러더니 아무 말 없이 서재를 걸어나갔다. 언제나 이런 식이었다. 나사스가 이런저런 말을 걸며 아젝스에게 말을 시키면 몇 마디 하다 말고 멍한 표정이거나 굳은 표정으로 자리를 뜨는 것이다.

'언젠가는 말할 날이 오겠지.'

나사스는 쓸쓸한 미소를 삼키며 자리를 떴다.

나사스가 시멀레이러에게 제시한 방법은 의외로 효과가 좋았다. 첫날엔 글자를 가르치며 그 조합의 결과물인 단어의 소리를 들려주어 글자 하나하나의 의미를 깨우치고 그 조합 방법을 가르쳤다. 그리고는 이내 얇은 책을 읽으며 한 문장을 읽고 그 문장이 의미하는 뜻을 그림으로 보여주며 단어를 가리키고, 그림을 가리키며 사물의 이름을 알려주는 기존의 방식을 병행했다. 사흘간의 노력 끝에 드디어 아젝스 혼자 글을 읽을 수 있게 되었다. 물론 자신이 읽은 문장이 무슨 말인지 태반 모르기는 했지만 그러면 아젝스가 모르는 단어를 손가락으로 가리키고 시멀레이러는 그림으로 표현하고, 문장을 가리키면 그림과 손짓 발짓으로 의미를 표현했다. 완전히 1인 무언극이었지만 무척이나 즐겁게 행하는 시멀레이러였다. 이렇게 여러 날이 지나자 드디어 아젝스의 말문이 트였다.

"안녕하셨습니까, 스승님."

"바, 방금 뭐라고 했냐? 다시, 다시 한 번 말해 봐라!"

그러나 아젝스는 아무 일도 없었다는 듯이 자리에 앉아 책을 펼쳤다. 시멀레이러는 잡아먹을 듯한 표정으로 아젝스를 향해 외쳤다.

"다시 한 번 말해 보라니깐!"

"안녕하셨습니까, 스승님."

"그래, 바로 그거야! 와하하하! 드디어 말을 하는구나! 해냈다, 해냈어! 이 위대하신 시멀레이러가 드디어 아젝스의 말문을 열었어! 이야하하하하하!!"

그날 아젝스가 한 말은 그것이 전부였다. 그 말 외엔 이전과 동일하게 수업이 진행되었다. 그러나 이를 계기로 시멀레이러는 더욱더 수업에 박차를 가해 말을 가르친 지 두 달이 되어가는 시점에선 더듬거리긴 했지만 어느 정도 의사 소통이 가능하게 되었다.

이때부터 공작도 아젝스를 데리고 그간 벼르고 별러왔던 가문의 검법과 마나 운기법을 가르치기 시작했다. 다행히 얼마 되지는 않지만 예전에 아젝스가 축적해 왔던 마나는 고스란히 남아 있었다. 따라서 검법과 더불어 호흡법을 가르치며 마나의 운용 방법을 바로 가르칠 수 있었다. 그리고 아침이면 공작보다 먼저 나와 검을 휘두르고 있는 아젝스의 모습을 감상하며 상쾌한 하루를 시작할 수 있게 되었다.

"그래, 그렇게 하는 거다. 검을 내뻗을 때는 몸속의 숨을 모조리 뱉어내고, 검을 끌어안으며 숨을 들이쉬고, 검과 검이 부딪칠 땐 숨을 멈춘다. 이렇게 기본을 알고 나서 우리 틸라크 가문의 검법을 호흡법에 따라 익힌다면 자연스레 마나도 축적되어 소드 마스터에 이르게 될 게다."

아젝스는 여전히 아무 말 없이 롱 소드만 휘두를 뿐이었다. 사실 아젝스—한대연—는 소드 마스터가 뭔지 몰랐다. 소드 마스터에 이를 생각도 없었다. 다만 검만 휘두를 뿐이었다. 전신의 힘이 다 빠지도록 검을 휘두르면 모든 잡생각이 사라지는 것이다. 이렇게라도 해야 답답한 마음이 가라앉고 그날 하루를 버틸 수 있는 것이다. 그에게 있어 하루하루는 고통의 연장일 뿐이었다.

아젝스가 열심히 검술을 연마하는 연병장의 한쪽에서 이를 지켜보는 이들이 있었다.

"앙리, 뭔가 이상하지 않냐? 언제부터 도련님이 저렇게 연습벌레에 학구열에 불타는 학생이 되었지?"

"당연히 태어나면서부터겠지. 그 아버지에 그 아들 아니겠어? 다만 주변에 도련님을 악의 구렁텅이로 유혹하는 무리가 있어서 그간 그 재능이 감추어져 있었을 뿐이지."

"뭐야! 그럼 내가 도련님을 잘못된 길로 유혹했다는 거야?"

"도둑이 제 발 저린다고 잘도 아는군."

"이놈, 결투다!"

"시답잖은 소리 말고 힘이나 아껴뒀다 나중에 써먹어라. 조만간 네놈의 그 무지막지한 힘이 필요할 테니."

"이이, 못 참아!"

"시끄럽다! 거기서 떠들 거면 당장 사라져!"

갑자기 공작의 외침이 들리자 발작하려던 한스는 꼬리를 내릴 수밖에 없었다. 시무룩해진 한스가 아젝스가 열심히 검술 연마하는 모양을 보더니 다시 말을 했다.

"역시 아무리 생각해 봐도 이상해."

"이상할 것 하나도 없다니까. 그간 누군가로 인해 숨겨졌던 재능이 저번에 충격을 받으면서 드러난 것뿐이야."

"이이! 에휴, 그게 아니라 아젝스 도련님 성격 말이야. 그래, 도련님이 연습벌레에 열혈 학생이 된 것은 그렇다고 쳐. 하지만 성격도 그렇게 변할 수 있나? 아무리 생각해도 이상하지 않아? 그렇게 떠들기 좋아하고, 돌아다니기 좋아하고, 여자 쫓아다니기 좋아하던 도련님이 하루아침이 변했어. 게다가 이젠 나를 보며 웃지도 않아. 언제나 무표정일 뿐이잖아."

그러자 앙리도 자못 심각하게 생각하기 시작했다. 그러나 핏 웃으며 결론짓듯이 말했다.

"뭐, 그리 나쁠 것 없잖아? 다만 누군가만 섭할 뿐이지. 떠들지 않는 거야 말을 잘 못하니 그런 거고, 돌아다니지 못하는 거야 검술과 말 배우느라고 시간이 없는 거고, 여자 쫓지 않는 거야 공주님께 크게 당했으니 정신 차린 거고, 게다가 너를 보며 웃지 않는 거야. 너의 그런 허무맹랑한 계획 때문에 저리되셨으니 본능적으로 너를 피하는 게 당연하지. 좋게 생각하자고. 오히려 과거보다 더 공작 자제 같잖아? 위엄도 있어 보이고, 사나이 같고, 멋있기도 하고. 요즘 시녀들이 아젝스 도련님에게 은근히 관심 갖고 보는 거 모르지?"

"정말이야? 언제는 도련님만 보이면 도망가더니… 네 말을 들어보니 맞는 말이기는 한데 그래도 역시 이상하기는 해. 마치 딴사람 같단 말야."

그날 검술 연습은 아젝스의 검에서 나오는 날카로운 파공음과 앙리와 한스의 잡담과 공작의 노려보는 눈빛 속에 종반으로 가고 있었다.

"어제는 아라사 제국의 탄생과 쇠퇴에 관해서 배웠다. 복습하는 의미에서 그간 배운 것을 정리해서 말해 보아라."

아젝스가 말문이 트인 이후로 시멀레이러가 아젝스에게 가르치기 시작한 것은 역사와 위인전이었다. 아젝스는 여전히 말이 없었으나 가르치는 족족 자기 것으로 빨아들이니 시멀레이러로서는 여간 신나는 게 아니었다. 과거의 아젝스는 속만 박박 긁어놓고 하라는 공부는 팽개치고 밖으로만 싸돌아다녀 제자라는 의미를 모르게 하더니, 지금 눈앞에 있는 아젝스는 그야말로 눈에 넣어도 아프지 않을 만큼 이쁘기 그지없었다.

아젝스의 태도도 많이 달라졌다. 처음의 냉담한 모습은 많이 사라져서 공작 내외와 시멀레이러, 그리고 아젝스의 여동생인 라미에르에게 말은 잘 안 해도 따뜻한 눈길을 보내는 것이다. 물론 그 외의 사람에게는 아직 무표정으로 일관하지만. 하기사 다른 사람은 몰라도 공주는 여전히 예전의 일로 엘프 드워프 보듯 하니 서로 피차일반이긴 하다.

"예, 태초에 라그랑즈가 있고 세상을 만드신 후 온갖 생명체를 창조하게 되었습니다. 그러나 너무 커다란 힘을 써서 그의 아들, 딸이신 헤모스와 가이아에게 세상을 보살피게 하니 아들 헤모스는 바다를, 딸인 가이아는 육지를 책임지게 됩니다. 땅에서는 가이아의 보살핌으로 많은 동식물들이 자라게 되는데, 처음에는 드넓은 곳이어서 다툼이 없었으나 점차 이익을 좇는 이들이 생기더니 종내에는 종족 간의 전쟁으로 발전하게 됩니다. 세상에서 가장 큰 힘을 차지하는 드래곤 족은 자신의 터전으로 수많은 산과 바다를 택했고, 그보다 약한 대형 몬스터는 산자락을, 힘이 약한 인간과 오크는 평야로 내쫓기고 말았습니다. 조화의 종족인 엘프는 드래곤의 보호와 무관심 속에 숲에서 삶을 영위했고, 가장 힘이 미약했던 드워프는 처음 드래곤의 억압에 못 이겨 평야로 나왔다가 끝내 그들의 숙명을 버리지 못하고 광산을 찾아 다시 산속으로 들어갑니다. 그들은 드래곤의 협박과 보호막, 그리고 그들의 손으로 만든 각종 무기를 장비해 몬스터들의 위협을 견디며 산에다 자신들의 터전을 마련하게 됩니다."

아젝스의 조용한 음성이 서재에 울려 퍼졌고 시멀레이라는 얼굴을 구기고서 아젝스의 독백을 듣고 있었다. 자신이 어제 그렇게 열을 올리며 대서사시를 읊조리듯이 재미나게 말했건만 오늘 아젝스의 입을 통해 나오는 말을 듣자니 완전 역사책이었다. 그것도 시구나 주석 하나 없는 연대와 사건만 간략히 기술한, 정말 제정신이 아닌 아젝스만 아니었다면 때려잡고 싶다는 충동이 밀려왔다. 그러나 아젝스는 그런 시뮬레이러의 심정을 이해할 생각이 없는지 갈수록 억양이 무뎌졌다.

"풍요로운 산과 들에서 살다 척박한 평야로 내쫓겨 먹을 것이 부족해진 인간과 오크는 굶주림에 허덕였습니다. 먹을 것을 얻기 위해 하루 종일 사냥과 들에 난 풀들을 채집하였지만 언제나 먹을 것이 부족했지요. 이에 가이아 여신은 인간과 오크에게 농사법을 알려주어 기아에서 벗어나게 해주셨습니다. 배고픔에서 벗어난 인간은 가이아의 은혜를 찬양하였습니다. 이때부터 이 세상의 모든 땅은 가이아라 칭해지고 인간이 사는 모든 곳에 가이아를 모시는 신전이 들어서게 됩니다. 반면 오크는 인간과 마찬가지로 가이아로부터 농사를 배우기는 하였지만 농사일에 적응하지 못하였습니다. 투박한 손으로는 농기구를 만들수 없었을 뿐만 아니라 농사를 지어 얻는 것보다 태어나는 자손을 먹이는 식량이 부족하였기 때문에 인간이 농사를 지어놓으면 약탈을 하기 시작하였습니다. 그러다 힘든 농사보다 약탈이 더 손쉽다는 것을 안 오크는 끝내 농사를 포기하고 인간의 식량을 약탈하는 것으로 그들의 양식을 구하기로 했습니다. 결국 인간과 오크 간의 종족 간 대전쟁이 벌어지고, 힘에서나 인구 수로나 오크의 상대가 안 되는 인간은 점점 오크에게 밀리게 되어 그들의 노예로 전락할 위기에 직면하게 됩니다. 그러나 그때 아젝스라는 대영웅이 나타나게 됩니다. 아젝스는 한손에 칼을 쥐고 다른 손으로는 나약한 인간의 손을 잡고 앞으로 앞으로 나갔습니다. 그의 손을 잡은 동료의 손은 다른 사람을 잡고, 그 사람은 또 다른 사람의 손을 잡아 모든 인류가 하나 되게 하여 오크와 대적합니다. 뛰어난 전략과 오크가 지니지 못한 손재주로 수많은 무기로 장비한 인간은 드디어 오크를 드래곤 산맥과 동쪽의 끝 리미트 산맥 너머로 쫓아내게 됩니다. 이에 모든 사람들이 아젝스를 찬양하며 그의 밑으로 들어서니, 그것이 인간의 나라 아라사의 탄생이었습니다. 아라사 제국의 크기는 그간 인간이 알고 있는 모든 평야의 전부였습니다. 지금의 가나트 제국과 국경이 되어버린 리미트 산맥에서부터 북으로 셴 사막에 이르는 거대한 제국입니다."

뽀드득.

절로 이가 갈렸다. 귀를 막고 싶었다. 이건 절대 자신이 가르친 내용이 아니었다. 어제 공부 시간의 절반 이상을 할애해 목이 터져라 설명한 부분이었고, 그만큼 할 말도 많은 부분이었다. 한데 어떻게 가이아 여신을 달랑 한 줄로 설명할 수 있단 말인가. 대체 피 터지게 싸운 전투 장면은 어디로 갔고, 아젝스 대제의 여인들이 벌인 권력 암투는 어따 팔아먹었단 말인가. 아니, 연극하듯 가슴에서 치미는 감정을 섞어 표현한 아라사 제국의 탄생기를 이렇게 무감정하게 말할 수 있는 아젝스가 인간임을 포기한 것이다. 이건 분명 제자를 사랑하는 스승에 대한 배신 행위였다. 두고 보자, 이놈!

"그러나 그 영광은 500년이 지나면서 쇠락의 길을 걷습니다. 사람들이 모이면서 계급이 생기고, 리미트 산맥 너머 또 다른 세상이 있다는 것을 알게 되면서 귀족의 박해를 피해 리미트 산맥을 넘어 동으로 동으로 퍼져 나가게 됩니다. 그러면서 귀족 간의 영역 분쟁이 벌어지고, 아라사 황족과 귀족 간의 갈등이 유발되면서 아라사 제국은 분열을 시작합니다. 결국 300여 년 전 포러스 제국의 시조이신 프로미어와 가나트 제국의 초대 황제인 슈미츠는 아라사 제국에 반기를 들게 되고, 혁명에 실패하자 리미트 산을 넘어가 신천지를 개척하게 됩니다. 처음 이 둘은 서로 협력하며 새로운 땅을 잘 이끌어갔으나 점점 안정을 찾으면서 서로 권력욕에 사로잡혀 드디어 서로 간의 내전에 들어서고, 결국 이에

패한 포러스 황가는 또다시 동으로 이동하게 되었지요. 가나트 제국의 황제는 이를 쫓아 말살을 시도했지만 하늘의 도움으로 마랑트 강을 건너자마자 시작된 폭우로 강이 범람하여 추격에 실패하게 되고, 이렇게 시간을 번 포러스 황가는 곧바로 군세를 정비해 마랑트 강을 경계로 목책을 세우고 성벽을 구축해 가나트의 침공에 대비하게 됩니다. 마침내 가나트는 마랑트 강이 고요해지자 다시 원정을 나섰지만 그때는 이미 포러스 제국의 수비가 워낙 견고했는지라 어찌하지 못하고 있던 때에 아라사 제국의 침공을 받게 되어 이 대(對) 가나트 침공은 포러스로서는 고마운 일이지만 아라사 제국으로서는 최후의 침공으로 아라사의 모든 정기를 잃고 마는 악재로 작용합니다. 가나트는 동쪽의 군세를 바로 돌려 아라사 침공군을 막아서게 됩니다. 최초의 무주공산이나 다름없던 가나트를 지나치며 너무나 손쉬운 승리에 도취된 아라사의 침공군은 막상 가나트의 최정예병인 기마 5만을 맞이했을 때는 군율도 사라지고 자신에게 떨어질 재물과 명예만 생각하던 귀족들 탓에 오합지졸이나 다름없는 상태였습니다. 결국 보병 20만에 기병 3만의 대군은 단 5만의 가나트 대군을 맞아 반나절 만에 처절한 패배를 하고 리미트 산맥을 넘어가게 됩니다. 이를 뒤쫓은 가나트 기병을 리미트 산맥 너머 아라사 제국의 영토 내에서 겨우 패퇴시키기는 하지만 그때는 이미 황실의 권위와 힘은 다 사라지고 지방 귀족 세력이 득세하게 됩니다. 결국 채 10년을 넘기지 못하고 지방 곳곳에서 반란과 이를 막기 위한 아라사 제국의 궁여지책인 공국의 난립으로 아라사 제국은 현재의 9개국으로 분열되어 버립니다. 오늘날 아라사 국은 과거의 정기를 모두 잃어버리고 단지 남부연방국의 일원으로서 겨우 명맥을 유지하고 있습니다."

"잘 기억하고 있구나. 뿌듯! 그런데 이놈아, 어떻게 같은 말을 해도 그렇게 재미없게 말할 수 있냐? 너무 심심해서 하품이 다 나오겠다. 종족 간 전쟁에서의 그 참혹함! 평야로 쫓겨났을 때의 비참함! 가이아의 은혜로움! 대영웅 아젝스의 위대함! 아라사 제국의 영광! 신흥 제국 탄생에서의 박진감! 말 좀 해봐라. 뭔가 가슴에서 꿈틀거리는 게 없냐?"

"……."

"네가 그러고도 인간이냐? 에휴, 말을 말자. 이런 목석 앞에서 입만 아프지. 그래, 오늘은 네가 말하다 만 신흥 제국의 탄생과 각 제국 간 세력 분포에 대해 말하마. 잘 들어라, 딱 한 번만 말할 거야. 내일 물어서 답하지 못하면 기대해도 좋을 선물을 주마!"

현재 가이아 대륙에서의 세력 분포는 3강, 2중, 2약으로 대별된다. 3강은 가나트, 남부연방, 포러스의 순으로 세력이 강하나 어느 하나가 다른 두 세력을 한 번에 도모할 힘은 안 되었다. 아니, 그럴 힘이 생길 만하면 서로 합심해서 그 싹을 잘랐다. 따라서 이들은 서로를 견제하며 200여 년을 보낸 것이다. 가장 강력한 힘을 가진 가나트는 그 강대한 힘을 정복 전쟁으로 소모할 수가 없었다. 기력이 다한 아라사 제국을 부흥시키기 위한 혁명 전쟁—가나트의 주장—에서 패배하고 처음 리미트를 넘어온 가나트와 포러스의 황가는 다른 땅에서도 자신들 외에 인간이 살고 있다는 것을 알게 되었다. 그들은 미개하여 말도 안 통하고 아직도 오크와 싸우며 수렵을 통한 부족 사회를 이루고 있었다. 자신보다 먼저 이곳에 정착한 아라사의 몰락 귀족들은 그들의 밑으로 들어가 생활하거나 한 지역을 점령해 왕처럼 살고 있었다. 가나트의 황가는 이런 미개 부족을 노예처럼 부리며 군세를 키웠고, 먼저 넘어온 귀족들을 회유하여 자신의 수하로 삼게 된다. 그들은 오로지 아라사 출신만이 인간이고 원주민들은 짐승 취급 하면서 농노로 부렸다. 차츰 안정을 찾은 가나트는 세력을 불리면서 가나트 황족과 포러스 황족 간에 반목이 시작되고 제 살을 깎아먹는 내전을 벌이게 된다. 250여 년 전 가나트의 황가와 포러스의 황가 간에 벌어진 내전 당시 아라사 제국의 침공으로 한때 어려움을 겪었던 가나트는 포러스의 마지막 숨통을 끊지 못해 눈물을 머금고 회군했다. 리미트 산맥을 넘어 아라사 제국 깊숙이까지 쳐들어갔지만 병참의 소홀로 패퇴하고 만다. 그 뒤로 여러 번 아라사를 도모하려 하였지만 끝내 리미트 산맥의 험준함에 좌절을 맛보아야 했다. 서쪽의 포러스도 여러 번 침공했다. 그러나 언제나 마에스타가 문제였다. 항상 포러스를 침공하면 마에스타는 용병이란 명목으로 군사를 내어주고, 마법 무구를 무수히 지원했다. 게다가 남부연방이 치고 들어오는 것이다.

그래서 20만이라는 대단위 군사를 조직, 포러스나 남부연방이 도움을 주기 전에 마에스타를 멸망시키기 위해 일명 '삼일전쟁'을 벌이게 된다. 그러나 그 전쟁에서 가나트는 치명적인 패배를 하게 된다. 처음에는 물밀듯이 쳐들어갔다. 아무런 예고도 없이 침공한 가나트 제국의 대군 앞에 조그만 도시 국가들은 추풍낙엽처럼 스러져 갔다. 엘프의 숲이라 일컬어지는 밀림에 모인 마에스타의 패잔병들은 마지막 항전을 외치며 숲 속의 엘프와 함께 결전을 준비한다. 마침내 가나트의 대군이 밀림에 당도하고 치열한 전투가 벌어졌다. 밀림을 배경으로 한 전투에서 마에스타는 열심히 싸우며 강력한 전투력을 보여주었지만 머릿수로 밀고 들어오는 가나트의 대군에게 주도권을 내주며 한 발 한 발 뒤로 밀리게 된다. 그때 기적이 일어났다. 치열한 전쟁 중이라 몰랐던 안개가 어느새인지도 모르게 숲을 가득 메우더니 가나트의 군사들이 하나둘 쓰러지기 시작했다. 그리고 고막을 찢을 듯이 들리는 소리…
바로 드래곤 피어였다. 엘프의 숲에서 조용히 지내던 그린 드래곤이
자신의 숲이 황폐화되자 참지 못하고 전쟁에 끼어든 것이다. 모든 이
들을 죽이려고 했으나 그간 엘프와의 정리를 생각해서 그 반대 편만
사라지게 만들었다. 그 덕에 엘프와 같이 싸우던 마에스타에 뿌리내리
며 살아온 사람들도 살게 되었다. 반면 가나트는 생각지도 않은 청천
벽력이었다. 거의 수백 년간 인간사에 끼어든 적이 없던 드래곤이기에
생각지도 못한 비극이 벌어진 것이다. 가끔 가다 한 번씩 인간 세상에
나오기는 하지만 그저 그뿐, 인간들이 벌이는 일에는 무심했던 드래곤
이었다. 그래서 비록 드래곤의 산자락이지만 드래곤이 전쟁에 끼어들
것이라고는 생각지도 못했다. 결국 허망하게 20만이라는 대군을 잃은
가나트는 이후 50여 년이란 긴 세월 동안 인내와 눈물로 쇠약해진 국
력을 키우게 된다.

"정말 고소하지 않냐? 벌받은 거지. 어디서 듣도 보도 못한 농노제
란 것을 만들어 사람을 괴롭힌 것에 대해 하늘을 대신해 내린 벌이야.
아직 포러스는 평안하다만 포러스 역시 이에 자유로울 순 없다. 너도
명심하거라. 언제고 포러스도 가나트와 같은 벌을 받을 게야."

남부연방은 포러스와 거의 같은 시기에 생성된다. 가나트의 역침공
으로 그 힘이 다한 아라사 제국은 각 지역에서 벌어지는 반역을 막기
위해 그 지역에서 가장 세력이 강대한 귀족을 공왕으로 추대하고, 그
지역을 공국으로 명명해 지역의 반발을 막고, 힘으로 막을 수 없으면
그들 지역을 공국으로 인정하며 안정을 꾀하게 된다. 결국 아라사 제
국의 거대한 영토는 내전으로 재편성되며 아라사, 미에바, 베르싱어,
도란, 카약, 네드발, 롯트베이, 스키타, 피레나의 아홉 개로 나뉘게 되

었는데 이들은 가나트의 침공을 맞아 자연스럽게 힘을 합쳐 연방이라는 이름 아래 뭉치게 된다.

포러스는 처음부터 고난의 연속이었다. 가나트에게 쫓겨 구사일생으로 마랑트 강을 넘은 포러스의 황가는 부랴부랴 목책과 성벽을 쌓아 가나트를 방비하는 한편 동쪽으로 나아가 과거 가나트에서와 마찬가지로 그 지역 원주민을 복속시키며 세를 키웠다. 그러나 가나트에서와는 다른 양상으로 포러스는 발전하게 되는데, 이는 잦은 가나트의 침공과 수시로 출몰하는 오크 등의 몬스터들이 원인이었다.

처음부터 내치에 치중할 수 있었던 가나트는 농노를 억압하며 급속히 세를 불리는 게 가능했지만 포러스는 가나트의 잦은 침공으로 세를 불릴 새도 없이 만든 족족 까먹을 수밖에 없었던 것이다. 게다가 오크떼와 오거나 트롤 등 대형 몬스터들이 수시로 출몰하니 원주민들은 아무리 포러스 군사들이 강압해도 제 가족을 떠나려 하지 않았다. 하는 수 없이 포러스의 황가와 귀족들은 특단의 조치를 취한다. 부족의 족장에게 작위를 주어 귀족의 대우를 해주며 그 휘하의 부족을 황제군으로 편입하는 한편, 농노로 전락한 부족민 중 전쟁에 참여하는 농노는 평민으로 승격시킨다는 것이다. 처음 이 조치에 귀족들과 일반 평민들은 내심 불평이 있었으나 필요악이라 생각하고 말은 안 했지만 깔보는 눈빛으로 원주민을 대했다. 그러나 수십 차례의 치열한 전투를 치르며 서로서로가 동료라는 의식이 생기게 되자 원주민의 열등 의식이나 아라사 출신의 우월 의식은 사라지게 되었다. 이에 힘입어 어느 정도 세 불리기에 성공한 포러스는 마에스타와 협력하며 가나트의 침공을 막을 수 있게 되었다. 때마침 가나트의 삼일전쟁에서의 패전으로 한숨을 돌리게 된 포러스는 내치와 동쪽의 평원을 평정해 현재 제국으로서의 면

모를 갖추게 된다.

"아젝스, 이들 3강의 특징이 뭘까 말해 봐라. 이들이 3강이 될 수 있었던 이유는?"

"인구 수에서 여타의 나라와 비교가 안 되고, 자본의 축적이 이루어졌기 때문입니다."

"그렇다. 남부연방이야 원래 인류의 문화가 탄생한 곳이므로 사람도 많고 풍요롭기도 하지. 반면 가나트와 포러스는 농노 제도라는 극악한 방법으로 수많은 인구와 부를 축적했다."

아마 다른 귀족이 이 말을 들었다면 시멀레이러를 무지한 놈이거나 반체제 인사라고 비난할 것이다. 그만큼 포러스의 귀족들은 농노 제도를 지지하며 포러스 제국을 발전, 유지시키는 근간이라 생각하고 있는 것이다. 그러나 엘프의 영향을 받아 왕도 없고 귀족도 없는 마에스타 출신인 시멀레이러로서는 농노 제도가 못마땅할 따름이었다.

"다음은 2중에 대해 설명하마."

2중은 마에스타, 휴노이 국이다. 마에스타는 나라 명이 아니고 단지 도시들 간의 협력체로써 드래곤 산맥의 산자락에 둘러싸인 숲 전체를 이루는 말이었다. 마에스타 전체의 힘은 3강에 들고도 남았으나 그 근간이 엘프에게서 비롯된 것이 문제였다. 전체 인구는 겨우 100만이 넘는 수준으로 군사나 일반 시민들의 전투력은 여타 제국의 정예보다 월등하나 마에스타 곳곳에 퍼져 있고, 처음 이곳에 발을 들인 후 엘프의 도움으로 삶을 이어온 그들에게 있어 '목숨이 위태롭지 않는 한 싸움을 하지 않는다' 라는 엘프와 자신의 선조가 약속한 것이 그들의 발목을 잡게 되었다. 게다가 엘프 없이 마에스타를 지키는 것은 꿈도 못 꿀 일이다.

마에스타의 선조는 가나트가 생기기 이전부터 이곳에 정착하기 시작했다. 몰락 귀족이나 모험가, 엘프를 찾아 마법을 연구하기 위한 이들이 차츰 모이더니 하나의 도시를 형성하게 되었고, 홀로 떨어져 생활하던 이들이 차츰 왕래를 시작하며 곳곳에 마을이 생겨났다. 그러다 가나트 제국이 들어서면서 이들을 피해 몰리는 사람들을 수용하며 인구가 급격히 늘게 되었다. 선조들이 원래 학식있는 마법사나 몰락 귀족 출신이 많았던 관계로 마에스타는 대부분의 주민들이 마법사나 검사들이었다. 특출난 사람은 없어도 웬만한 사람이면 남녀 구별 없이 몇 가지 마법이나 쓸 만한 검술을 익히고 있는 것이다. 게다가 툭하면 가나트나 몬스터의 침입이니 힘은 곧 생존과 직결되는 문제였다.

"원래 마법이란 드래곤 고유의 능력이다. 다만 드래곤과 사이가 좋은 데다 조화의 종족이란 특성 때문에 엘프가 이 능력을 습득할 수 있었지. 물론 그 특성 때문에 인간도 무서운 드래곤이 아닌 친절한 엘프에게서 마법을 전수받을 수 있었고. 인간에게 마법이 언제 전수되었는지는 잘 모른다. 다만 아라사 제국 이전에도 인간이 마법을 썼다는 것이 정설로 받아들여지고 있지. 참! 네놈은 아직 엘프를 보지도 못했지? 이 몸은 무려 10년간이나 엘프와 생활하며 마법을 배웠다. 덕분에 대마법사가 될 수 있었지. 흐흐, 엘프가 얼마나 예쁜지 아냐? 뽀얀 피부에 균형 잡힌 몸매, 한 번 보면 절대 잊을 수 없는 얼굴. 어때 보고 싶지? 안고 싶지? 흐흐, 네놈이 그렇게 아무렇지도 않다는 표정을 짓지만 내가 네놈의 속을 모를까 보냐?"

휴노이는 초원의 패자로 현 틸라크 영지의 시조인 다리안 틸라크 공작에 의해 세상에 알려지게 된다. 강성했던 초원의 각 부족은 차츰 분가하여 군락을 형성해 띄엄띄엄 살며 유목 생활을 영위하였고 서쪽의 드베리아 산맥과 남쪽의 대습지, 북쪽의 사막을 제외한 광대한 지역을 세 개의 대부족 일가가 나누어 지배하게 된다. 이 3개 부족에게 복속되지 않은 소수 부족은 사막이나 대습지로 쫓겨나게 되었는데, 한때나마 휴노이를 궁지로 몰아 현 왕국 체제로의 전환에 결정적인 계기를 마련해 주었다.

사막 부족은 우선 세력이 약한 서쪽 평원을 평정하고 남으로 내려갔다. 휴노이는 서쪽이 너무도 쉽게 패하자 3개 부족은 하나로 뭉치게 되고, 결국 서쪽의 프라나(현 틸라크) 평원을 잃는 참담한 패배로 세력이 약화된 운씨족이 차씨족을 밀어줌으로써 이씨족을 누르고 차씨족이 휴노이의 주인이 된다. 이때부터 사막 부족과 휴노이의 전쟁은 팽팽한 양상으로 굳어지게 된다.

이렇게 수십 년을 이어온 전쟁은 어이없게도 다리안 틸라크의 출현으로 휴노이의 승리로 막을 내리게 된다. 다리안이 지나온 길은 사막 부족의 보급창과 병력 보충을 위한 곳이었다. 그런데 그곳을 다리안이 차지하자 더 이상 버티지 못하게 된 사막 부족은 다시 황량한 사막으로 내쫓기게 되었다. 덕분에 다리안 틸라크는 휴노이의 어이없는 착각―새로운 막강한 실력자의 등장인 줄 알았다. 번쩍이는 창검과 갑옷, 그리고 보도 듣도 못한 마법사의 능력은 도저히 항거할 수 없는 위엄이었다. 게다가 수십 년간 사막 부족과 싸우느라 힘도 없었고 사막 부족을 손쉽게 패배시키는 모습에 질리기도 했다―으로 손쉽게 거대한 지역을 차지하게 되었다. 베다 강 하류부터 가로로 쭉 장난치듯 그은 다리안의 손짓만큼 포러스 제국의 영토로 확정된 것이다. 이는 현 틸라크 영지의 5배, 포러스 제국의 10분지 1에 해당하는 것이었다.

휴노이는 눈물을 머금고 다리안과의 화친에 동의했다. 그러나 그리

오랫동안 유지되지는 못했다. 자기네가 속았다는 것을 알게 된 휴노이는 다리안과 포러스의 황제에게 자신들의 땅을 되돌려줄 것을 요구했고, 이는 묵살됐다. 결국 휴노이는 이때부터 틸라크 영지를 계속 공격하게 되는데, 당시 휴노이는 과거와 마찬가지로 운씨와 차씨, 이씨 간으로 분열되었다. 사막 부족과의 전쟁으로 가장 큰 피해를 입었던 운씨는 차씨를 도움으로써 세력을 보존함과 동시에 이씨와 차씨의 세력을 깎아내어 과거의 세력 균형을 이루는 데 성공했다.

그러나 운씨의 고토를 회복하려는 노력은 곧 이씨의 반대에 부딪치고, 운씨의 세력이 강해질 것이 두려운 차씨가 이에 동조함에 따라 틸라크의 공격은 결국 운씨 일족 하나뿐이었다. 그러나 사막 부족과 몬스터, 운씨의 공격을 모두 막아내기에는 역부족이었던 틸라크 가는 결국 조금씩 조금씩 영지를 잃게 되고, 마침내 50여 년 전 농노전쟁으로 잠시 돌프레앙 틸라크 공작이 군사와 함께 잠시 자리를 뜨는 틈을 타 벌어진 전쟁으로 현재의 땅—베다 강의 중류에서 북쪽의 사막까지—을 차지하게 되었다.

"휴노이 놈들은 언제 보아도 멍청하고 짜증나는 놈들이야. 안 되는 줄 알면서 꼭 쳐들어와요. 누구처럼 목숨이 왔다 갔다 해야 정신을 차린다니까? 흠! 계속하자. 이들이 2중으로 머물 수밖에 없는 가장 큰 이유는 바로 폐쇄성에 있다. 마에스타는 여러 나라, 심지어 가나트와도 교류하는 데는 주저함이 없지만 마에스타에서 벗어나려는 노력은 안 하고 휴노이는 오직 가나트와만 통교를 했다. 이유는 포러스의 적은 휴노이의 친구라는 어이없는 이유지. 둘째는 힘의 분산이다. 둘 다 강한 힘을 지녔으면서도 뿔뿔이 흩어져 있어 제 힘을 발휘하지 못하고 있는 것이다."

2약은 남부연방 북쪽에 있는 센 왕국과 헤모시아다. 센 왕국은 용병의 천국으로 국가의 군사력 대부분이 이들 용병으로 유지된다고 보아도 무방했다. 드래곤 산맥에 살고 있는 드워프의 공예품을 사기 위해선 센 사막을 횡단해야 하는데, 이때 필요한 것이 용병들이었다. 상인을 노리는 마적과 각종 몬스터들의 처리, 게다가 짐꾼의 역할까지 하니 고용 안 할래야 안 할 수가 없는 것이다.

센 왕국은 약간의 초원과 대부분의 사막으로 이루어져 있기 때문에 이들 상인과 용병에 부과되는 세금, 그리고 수도이자 항구인 골고리아에서 벌어지는 중개 무역이 아니었다면 유지될 수 없는 나라였다. 하기사 골고리아가 없었다면 애초에 생겨나지도 못했을 것이다.

최초에 드워프와 교역에 성공한 쥬펠 시―현 피레나 왕국의 수도로 사막의 남단―는 중개 무역으로 엄청난 이익을 내게 되고, 이를 계기로 많은 사람이 몰리게 되어 아라사 제국에서 손꼽히는 대도시로 성장하게 된다. 그러다 아라사의 쇠락이 시작되자 쥬펠 시를 영지로 갖고 있던 휴고 공작은 그간 벌어들인 막대한 자본으로 키운 사병과 용병을 이용해 국가 명을 피레나로 천명하고 아라사에서 독립하는 데 성공한다. 그러나 전란으로 상인들이 돌아다니기가 어려워지자 쥬펠이 아닌 다른 길을 찾기 시작했고, 결국 한 상인이 뱃길로 골고리아를 발견하여 드워프와의 교역을 실시하게 되었다. 골고리아 역시 사막을 횡단한다는 점은 같았으나 처음에는 전란으로 인한 위험 때문에 나중에 남부연방이 들어서서는 각 왕국에 바쳐야 하는 세금을 면하기 위해 골고리아로 가는 뱃길을 이용하게 되었다.

"이래서 돈이면 못할 일이 없고 안 되는 일이 없다는 말이 나온 거다. 돈에 환장한 상인이 아니고서야 겨우 몇 푼이 아까워 수없이 바다를 뒤지고 사막을 헤맬 놈이 있을 리가 없지. 그리고 그놈의 돈이 아니라면 조금만 걸어도 헥헥거리게 만드는 열기와 치명적인 독으로 무장한 온갖 몬스터들이 돌아다니는 사막을 횡단하는 데 평생을 보내는 용병도 생겨나지 않았을 게야. 에휴, 돈이란 게 뭔지. 그나저나 공작이 이번 달 연구비를 떼먹으면 안 되는데……."

차츰 골고리아를 찾는 사람들이 늘어나면서 과거 주펠에 있던 용병들 중 다수가 골고리아로 갔고, 이중 아라사의 내전으로 몰락한 귀족 출신이었던 아르고가 용병을 규합해 골고리아의 패권을 잡는 데 성공한다. 처음에는 아라사의 귀족들이 여럿 들어와 골고리아를 자신의 영지로 만들기 위해 갖은 노력을 다했지만, 그들의 힘의 중추였던 용병들이 하루아침에 다른 사람의 수족이 되어버린 시점에서는 두 손을 들 수밖에 없었다.

아르고는 용병이었지만 그전에는 마적이었고, 귀족이었기에 용병의 심리를 잘 이해하고 있었으므로 그들의 불만을 이용해 규합한 다음 마적처럼 잔인하게 적들을 없애고 귀족처럼 고아한 솜씨로 상인들을 안심시켰다. 마침내 아르고는 상인과 용병의 자유로운 활동 보장과 최소한의 의무 부과를 약속하고 센 왕국을 건립하게 된다. 이처럼 용병들과 상인들의 전폭적인 지지를 기반으로 왕국을 설립했으므로 센 왕국은 왕권보다는 귀족과 상인, 용병의 입김이 다른 나라보다 컸다.

헤모시아는 그 역사가 언제부터라고 말할 수 없는 국가였다. 헤모시아가 세상에 알려진 지는 수백 년이 넘었으나 아라사 제국과의 관계가 그리 좋지 못했다. 가이아 대륙이 가이아 여신의 은혜를 입었다면 헤모시아는 헤모스의 은총을 받은 곳이었다. 그들의 선조들은 바다에서 모든 것을 얻었고, 그들을 지켜주는 해신 헤모스를 위해 매년 제사를 지냈다. 자신들이 바다에 나가 풍랑에 표류를 하더라도 해신 헤모스의 은혜로 언제나 헤모시아로 되돌아오게 되기 때문이다. 때문에 헤모시아의 어부들은 맘놓고 먼바다로 항해할 수 있었고, 만약 풍랑을 만나면 몸을 의지할 수 있는 나무에 전신을 묶었다. 그리고 헤모스의 은총을 기다리면 가족이 있는 헤모시아에 어느새 도달해 있는 것이다.

이런 믿음을 바탕으로 원항을 나서다 아라사 제국에 이르렀다. 헤모시아 인들은 자신들 외에 다른 사람이 있다는 것에 놀랐고, 아라사 제국은 가이아 여신을 믿지 않는 그들에게 적의를 느꼈다. 그들은 만나면 싸웠다. 아무래도 헤모시아보다 풍요로운 아라사이므로 헤모시아 인들은 처음엔 잘 지내려 했지만 아라사의 적의가 사라지지 않자 마침내 참지 못하고 헤모시아가 침략을 한 것이다. 해전이랄 것도 없이 상륙하자마자 도시들을 공격했다. 하지만 막상 내륙에서 전쟁이 벌어지자 더 이상 아라사와 상대가 되지 않았다. 오크와의 전쟁으로 다져진 아라사의 국력은 막강했던 것이다. 그리하여 바다로 피했다. 아라사는 더 이상 추격하지 못했다. 해전은 상대가 안 된다는 것을 알기 때문이다. 이때부터 아라사와 헤모시아는 서로 알고 있으면서도 모르는 사이가 되어 왕래도 없이 살게 되었다.

"이는 어디까지나 아라사의 아집으로 점철된 역사의 내용이고 실제와는 많이 다르다. 헤모시아 인들은 원래 욕심이 없는 민족이라 남이 잘산다고 손 벌릴 사람들이 아니다. 순진한 마음에 더럭 달려가 반가움을 표했겠지. 하지만 아라사 제국민들은 당시까지만 해도 오크에 대한 원한에 사무쳐 있었고, 그만큼 가이아에 대한 믿음이 강했던 때라 가이아는 모르고 헤모스만 아는 헤모시아 인들을 도저히 받아들일 수 없었던 거다. 그래서 아라사 인근에 나타난 헤모시아 인들만 보면 시비를 걸고 목숨을 빼앗았지."

이런 둘의 관계가 달라진 것은 약 300년 전이다. 아라사의 내전으로 대륙이 불안해지자 해안 각지에서 사람들이 배를 타고 헤모시아로 들어온 것이다. 처음부터 헤모시아를 목표로 출항한 것은 아니었다. 리미트 산맥을 넘기엔 너무도 멀기에 배로 우회해서 가려 했지만 연안에서만 운행되던 배가 원해로 나오자 해도도 없는 상황에서 길을 찾아가기란 여간 힘든 것이 아니었다. 게다가 물도 식량도 떨어지고 바람까지 없자 모두 자포자기를 하였다. 그때 그들의 눈에 육지가 보였다. 처음에는 리미트 너머의 신대륙인 줄 알았지만 가까이 가보니 아니었다. 여기는 헤모시아였던 것이다. 물론 중간에 불상사도 있었지만 의외로 헤모시아는 이들을 포용했다. 예전부터 바다에서 실종된 아라사 제국인들은 모두 헤모시아에서 살고 있었던 데다가 바다를 알고 바다를 사랑하는 사람은 모두 헤모스의 자손이라고 생각하기 때문이었다.

이후 이들이 주축이 되어 가아아 대륙과의 관계가 원만해지고 해상 교역을 함으로써 헤모시아는 해상 왕국으로 발돋움하게 된다. 다른 나라에서 쫓아오지 못할 항해술과 조선술이 있었기에 남부연방의 물산을 포러스에, 포러스의 물산을 남부연방의 제 국가에 판매하는 데 독점적 지위를 누리게 된 것이다.

"이들이 2약이 된 이유는 지리적 특성과 사회적 특성을 들 수 있다. 센 왕국은 생성 시기도 겨우 200년도 안 된 데다 사람 살기 곤란한 사막이 대부분이고 주된 인구도 유동적인 용병과 상인들이라 취약할 수밖에 없지. 반면 헤모시아는 바다 한가운데 있는지라 아무리 강력한 군사가 있더라도 그 영향력을 행사하기가 곤란하다. 게다가 인구도 많은 편은 아니고. 그런데 이들이 아직도 살아남아 있는 것은 역설적이게도 이 지리적 이점과 관련이 있다. 센 왕국은 사막이므로 여타 제국의 입장에서 보자면 먹을 게 없는 거야. 게다가 급하면 용병도 빌려주니 건드릴 필요도 없지. 헤모시아는 바다가 있지. 가나트나 포러스에서 여러 번 헤모시아를 건드렸지만 아무도 성공하지 못했어. 그들의 해군이 너무도 막강할 뿐 아니라 갈 땐 잘 가는데 올 땐 갈 때의 두 배가 더 걸리거든. 그래서 언제나 보급의 문제로 실패를 거듭했지. 알아들었냐?

아젝스는 아무 말 없이 책을 덮었다. 시멀레이러가 이 말을 하면 수업 끝이다라는 말이었다. 그는 고개를 한 번 꾸벅하더니 내일 보자며 나갔다.

"녀석, 붙임성이 있으면 좀 좋아? 이렇게 성심성의껏 가르쳤는데 고작 고개나 까닥이고. 에잉, 고얀 놈."

시멀레이러는 아젝스의 그 생기없는 눈이 안타까운지 연신 투덜거렸다. 사고 이후 다른 점은 다 좋은 쪽으로 바뀌었는데, 그놈의 눈빛은 확실히 아니었다. 마치 죽은 자의 눈빛을 보는 듯해서 여간 찜찜한 것이 아니다.

"후, 언젠간 나아지겠지. 그나저나 올해는 왜 이리 늦어? 마음도 꿀꿀한데 화풀이도 못하게. 확 내가 먼저 사막으로 찾아가?"

"수련아, 이제 집으로 가자."

"후후, 우리 집이 어디 있어? 팔린 지가 언젠데. 그리고 난 이곳이 편해. 가고 싶으면 너나 가."

"제발 수련아……."

"야, 너 뭐야! 누군데 은아 앞에서 아른거려?"

"아, 아냐, 오빠. 그냥 아는 오빤데 여기서 만나는 바람에 잠깐 얘기 좀 하고 있었어."

"그래? 어이, 형씨. 우리 은아에게 흑심 품으면 알지! 은아는 내 거야, 알았어?"

그러면서 한 팔을 수련의 어깨에 두르며 은근히 가슴을 두드린다. 뒷골이 당겨온다. 피가 거꾸로 솟구친다.

"그 손 치워."

그러나 그는 오히려 꾹 손에 힘을 더했다. 얼굴 가득 비웃는 미소와 함께.

언제인지 모르게 녀석은 바닥에 쓰러져 있고 내 손은 피로 물들어 있다. 그리고 나를 비난하는 눈빛.

"왜, 왜 가만히 있었지? 왜 여기가 좋다는 거야? 가자, 우리 다시 시작해. 할 수 있어."

"대연아, 비 오는 날 사람들의 모습을 봤어? 비가 오면 처음엔 비를 피하려고 이리저리 뛰어다녀. 하지만 비에 온몸이 다 젖으면 더 이상 뛰지 않아. 이제 그만 가. 이 사람은 비록 누구처럼 잘나지도, 착하지도 않지만 내가 힘들 때 내 곁을 지켜주었어. 누구처럼 필요할 때 도망가지도 않았구. 난 이런 사람이 좋아."

난 이런 사람이 좋아. 난 이런 사람이 좋아. 난……

오늘도 어김없이 수련의 꿈을 꾸었다. 내가 한대연임을 알 수 있는 유일한 시간이었고, 하루하루를 고통의 나날로 보내게 만드는 원동력이었다. 대연은 말없이 침상에서 일어나 창문을 열었다. 가을을 알리는 선선한 바람이 자신을 감쌌다. 정신이 맑아진 대연은 이내 옷을 갈

아입더니 검을 들고 연병장을 향해 방문을 나섰다.

아직 어둠이 내려앉은 새벽. 연병장 한 귀퉁이를 차지하고 있는 아름드리 나무 밑에서 대연은 가부좌를 틀고 혼원일기공을 하며 명상에 빠졌다. 언제나 꿈을 꾸고 난 다음이면 어김없이 행하는 것이다. 혼원일기공에 집중하면 수련이 사라진다. 그것으로 족했다. 그 다음엔 검을 휘둘렀다. 현재 자신의 아버지로 되어 있는 사람이 가르쳐 준 호흡법에 맞춰 전신의 힘이 빠지도록 날뛰었다. 칼끝에 정신을 집중해서 세포 하나하나가 섬세하게 움직이도록 유지하는 것이다. 그래야 한다. 왜인지는 이제 모르겠다. 아까까지는 알았던 듯했는데… 누가 나를, 아니, 아젝스를 부른다. 그래, 내 이름이다. 여기서 새로 얻은 내 이름.

"아젝스, 아젝스! 이제 정신이 들었느냐? 몸은 괜찮은 게냐?"

아젝스는 검을 휘두르다 말고 자신을 부르는 아버지를 바라보았다. 공작은 몹시 기쁘면서도 걱정스런 표정으로 자신을 보고 있었다. 그의 곁에 한스와 앙리도 이상한 표정으로 자신을 보고 있었다.

"예, 뭐가 잘못되었습니까?"

그러자 공작 등은 더욱 이상한 표정이 되어갔다.

"몰랐더냐? 드디어 너의 칼이 빛을 발했다. 축하한다, 아젝스! 드디어 네가 소드 익스퍼터가 되었구나."

"축하드립니다, 도련님."

그러나 아젝스는 무슨 말인지 모르겠다는 표정이다.

"다시 한 번 검을 휘둘러 보아라, 이번에는 칼을 잘 살펴서. 물론 정신을 집중해서 검술을 펼쳐야 한다."

아젝스는 공작의 말을 듣고 다시 검술을 펼쳤다. 힘차게 휘둘러진 롱 소드는 어느새 하늘을 가리키고 있었고, 다시 보니 대지와 수평으로 날았다. 그리고 그 정점. 검끝과 만나는 지점이 파랗게 빛을 발했다. 파랗게……. 아젝스는 그 순간 검을 멈추고 자신의 검을 바라보았다. 파랗게 빛나던 검은 사라졌지만 마치 아직도 여운이 남아 있는 듯 아젝스의 뇌리에서는 여전히 빛나던 검이 보였다.

"핫하하하! 역시 잘못 본 게 아니었어. 네놈들도 보았느냐? 드디어 아젝스가 소드 익스퍼터가 되었다. 소드 익스퍼터! 이놈! 네놈이 이리도 빨리 검술이 늘 줄 누가 알았겠느냐? 나조차도 20이 넘어서야 이룬 경지에 네가 도달하다니! 하하하하! 하나 더욱 정진해야 한다. 그간 나오지 않던 소드 마스터를 이루어 휴노이에게 빼앗긴 땅을 되찾아야 하지 않겠느냐?"

공작의 말을 들으며 아젝스는 이것이 무엇인지를 알았다. 처음 가전의 검법을 가르치며 검술의 경지에 대해 말해 준 것이 생각난 것이다. 처음 검을 잡으면 스칼라라 하고 검술의 경지에 따라 초급, 중급, 상급, 최상급으로 나누고 여기서 마나를 검날에 싣는 경지, 즉 검기를 사용하는 경지에 이르면 익스퍼터가 되며 숙련도에 따라 또다시 네 등급으로 나눈다. 그 다음이 마스터의 경지로 역시 네 등급으로 나누는데 마스터는 오러 블레이드를 뿜어내야 하는 것이다. 설명으로는 오러 블레이드로 못 자를 것이 없어, 가장 단단하다는 미스릴뿐만 아니라 드래곤의 가죽조차 베어낼 수 있는 세상에서 가장 강력한 공격 무기이자 방어구란다.

아젝스는 마치 꿈을 꾸는 듯했다. 상상 속에서나 가능하리라던 경지를 실제로 자신이 이루다니. 아젝스, 아니, 한대연은 욕심이 났다. 검기를 다룰 수 있다면 검강도 가능하리라. 아니, 분명히 될 것이다. 이루어보고 싶다, 검강의 경지를. 과거 자신이 항상 꿈꾸어왔던 그것을… 순간 아젝스는 몽상 속에서 깨어났다.

'내게 아직도 욕망이란 것이 있었나? 살고자 하는 마음이 있었던가? 후훗, 우습구나, 한대연. 고작 이런 것으로 흥분하다니.'

아젝스는 갑자기 키득거리며 웃기 시작했다. 하늘을 향해 큰 소리로 웃던 그는 이내 칼을 내던지고 저택을 향해 걸어갔다.

공작과 한스 등은 처음엔 흥분된 마음으로 아젝스의 변화를 몰랐다가, 갑자기 아젝스가 웃기 시작하자 드디어 아젝스가 웃음을 되찾았다고 좋아하다가, 웃음을 뚝 그치고 방으로 들어가자 저마다 걱정에 휩싸였다.

"저기… 공작님, 혹시 저런 증상을 들어본 적이 있습니까? 제가 듣기로 소드 익스퍼터에 들어설 때에 각혈이나 전신 경직, 혹은 고열은 들어봤어도 멍하니 있다 미친 듯이 웃는 증상은 들어본 적이 없는데요."

"혹시 정말 미친 게 아닐까? 아무래도 처음부터 정상이 아닌 상태에서 소드 익스퍼터에 들어섰으니 정상인과 다를 테지. 안 그렇습니까, 공작님?"

"그걸 네놈 유언으로 들으마."

공작은 냅다 칼을 빼어 들더니 한스를 향해 달려들기 시작했다.

"으악! 공작님, 잘못했어요! 한 번만 용서해 주세요! 야, 앙리. 공작님 좀 말려줘! 으악, 사람 살려!"

벌컥 문을 열며 급작스레 들어온 시멀레이러는 조용히 창가에 앉아 차를 즐기고 있는 아젝스를 보며 기가 막혔다. 급작스레 자신을 찾는 공작의 전갈을 받고 혹시나 사막 부족의 침공이 시작됐나 싶어 급히 달려가니 당장 아젝스에게 가서 몸 상태를 확인해 보라는 것이다. 이유를 물어보니 오늘 소드 익스퍼터의 경지에 들어섰는데 아무래도 후유증이 이상하다는 것이다.

해서 부랴부랴 달려온 시멀레이러였다. 보통 한 단계의 경지를 뛰어넘을 때마다 커다란 위험을 감수해야 하는 것이 검사의 숙명이었다. 자칫 잘못하다가는 그간 쌓아온 검술은 물론 생명까지 위험한 것이다. 그리고 근간이 미천한 용병의 경우에는 다반사였다. 물론 명가의 경우는 그간의 경험을 토대로 한 대책이 있고, 틸라크 공작가도 마찬가지로 후유증에 대한 대처법이 있었다. 그러나 아젝스의 경우는 그 어떤 증상과도 달라서 이도 저도 못한 공작이 하는 수 없이 시멀레이러를 찾은 것이다. 그간 아젝스에게 흠뻑 빠져 정이 푹 들었는데, 다시 충격을 받아 정신이 나간다면 정말 큰일이다 싶어 다급히 아젝스의 방으로 달려갔다. 그런데 노심초사하며 달려와 보니 이 빌어먹을 놈은 한가하게 차나 마시며 풍경을 감상하고 있는 것이 아닌가.

"이, 이, 이놈! 네놈이 사람이냐? 누구는 네놈이 잘못되지나 않았을까 걱정하며 달려왔는데 쳐다보지도 않고 한가하게 차나 마시며 희희낙락거려? 그래, 어디 너 죽고 나 살아보자!"

시멀레이러는 저도 모르게 뭉쳐진 마나를 화염으로 바꿔 아젝스에게로 던졌다.

"베리어!"

시멀레이러의 파이어 볼은 아젝스의 몸을 향하다가 벽에 부딪친 듯 튕겨 나가더니 벽에 맞아 터져 버렸다.

"아이스 윈드."

벽과 바닥에 붙은 불은 어디서 불었는지 북풍 찬바람에 삽시간에 꺼지고 검댕만 남은 채 사라졌다.

"시멀레이러님, 그만 고정하시지요."

"나사스! 자네도 보았지? 저놈은 사람이 아냐! 어떻게 이럴 수 있나! 내가 저놈을 얼마나 아끼는데 이렇게 걱정을 시키고 저럴 수 있냔 말일세! 어디 나뿐인가? 공작 내외는 어떻게 하고? 모든 사람을 걱정에 빠뜨리고 저 혼자만 저리 태연히 있을 수 있나!"

시멀레이러는 아직도 분이 안 풀리는지 입에 거품을 물고 고래고래 소리쳤다. 그런 시멀레이러를 나사스는 단지 붙잡고 있기만 했다. 지금 말리고 있기는 하지만 내심 그도 어이없어하기는 마찬가지인 것이다. 정말 무슨 큰일이 나지나 않을까 걱정하며 달려온 나사스의 마음도 그리 편치 못했다. 그러나 시멀레이러의 행동은 얼마 가지 못했다.

"시끄러워요! 잔말 말고 아젝스의 상세나 진찰해 봐요."

갑자기 들려온 공작 부인의 목소리에 시멀레이러는 죽은 듯이 조용해졌다. 나사스는 웬일인가 했다. 공작이 화를 내도 제 할 말 다 하고 능글맞게 웃음을 흘리던 시멀레이러가 공작 부인에게 꼼짝을 못하는 모습은 이해가 안 되는 것이었다. 그러거나 말거나 시멀레이러는 여전히 말없이 자신을 바라보는 아젝스를 향해 성심성의껏 진찰을 시작했다. 어쨌든 아젝스가 걱정되기는 했으니까.

"흠, 이상한걸? 흠, 역시 이상해."

시멀레이러는 고개를 갸웃거리면서 연신 아젝스를 진찰하는 데 여념이 없었다. 나사스는 호기심이 들어 가까이 가 물었다.

"무엇이 이상하십니까?"

"뭐가 잘못되기라도 했나요?"

"왜 그러는가?"

함께 다가온 공작 내외도 동시에 물어왔다.

"허참, 분명 오늘 아침에 소드 익스퍼터가 되었다고 들었는데 마나의 흐름이 이상해서 그렇네. 이건 마치 익스퍼터 최상급의 경지가 아닌가 생각될 정도로 마나의 흐름이 안정되어 있는 것이 아닌가? 자네도 한번 살펴보게나."

나사스는 즉시 마나 스캔을 시도했다. 그러자 아젝스의 몸에 흐르는 마나가 눈에 보이기 시작했다. 아젝스의 몸에 흐르는 마나는 마치 피가 흐르는 것처럼 진한 붉은빛을 띠며 전신을 원활하게 흐르고 있었다.

확실히 이상했다. 마나의 전체적인 양은 분명 소드 익스퍼터 초심자 정도, 아니, 그보다도 좀 모자란 듯했다. 그러나 그 분포는 너무도 달랐다. 보통 초급의 경우는 마나가 몸 전체로 퍼진 가운데 힘을 쓰면 그곳으로 마나가 집중되는 것이 정상이었다. 따라서 현재 가만히 있는 아젝스라면 마나가 전신에 퍼진 상태로 가만히 있어야 하는 것이 정상이다. 한데 아젝스의 마나는 아랫배에 있는 조그마한 덩어리를 제외하고는 마치 실마냥 가느다란 줄기로 전신을 천천히 돌고 있는 것이다.

"안 좋은 건가요?"

다시 공작 부인이 물어왔다. 시멀레이러는 가만히 생각에 잠기더니 천천히 말문을 열었다.

"뭐, 딱히 좋다 나쁘다 말하기가 어렵습니다. 일단 아젝스의 몸은 정상입니다. 다만 아젝스의 몸에 있는 마나의 움직임이 여태껏 알려진 것과는 사뭇 다른지라 좀 헷갈리는군요. 이보게, 나사스. 자네는 이런 경우를 본 적이 있나?"

"저도 이런 경우는 처음입니다. 과거 소드 마스터의 몸을 스캔해 본 적이 있는데 그들의 몸에 있는 마나가 이처럼 움직이는 것을 본 기억이 납니다. 다만 익스퍼터의 경우에 이처럼 움직이는 것은 저도 처음 보는군요."

"아니, 그럼 우리 아젝스가 소드 마스터라는 건가요?"

"그건 아닙니다. 익스퍼터의 경지를 건너뛰고 마스터에 이를 수는 없습니다. 당연히 소드 마스터는 아니지요. 오히려 일반 익스퍼터보다 마나의 양이 부족한 형편입니다. 확실히 이해가 안 되는 일입니다."

"어쨌든 아젝스는 무사한 것이지요?"

"예."

"물론이지요."

나사스와 시멀레이러는 그것만은 자신있는 듯 동시에 말했다. 이에 안심한 공작 부인은 따뜻한 눈길로 아젝스를 보았다.

20여 년 전 급작스런 휴노이 군의 침입으로 공작이 자리를 비웠을 때 공작 부인은 자신의 다섯 살 난 아들인 카쟌과 함께 영지민을 안심시키기 위해 각 마을을 돌았다. 그러다 어느 마을을 지날 때였다.

20여 명의 호위 기사들과 함께 가던 공작 부인의 마차는 갑자기 나타난 오크 떼에 포위되어 공격받게 되었다. 순식간에 마차의 말들이 날아온 도끼날에 쓰러지고 마차가 전복되어 급하게 달려온 기사들이 공작 부인과 아들을 마차에서 끌어내 가까스로 포위망을 뚫고 도망치는 데 성공했다.

그러나 공작 부인의 안전을 위해 호위 기사들은 줄줄이 죽어 나갔고, 안전한 마을로 도착한 것은 공작 부인 모자와 호위 기사 다섯이 전부였다. 아니, 공작 부인과 호위 기사만이었다. 마차가 부서진 관계로 호위 기사들이 공작 부인과 아들을 나누어 자신의 말에 함께 타고 도주하던 도중 카쟌이 탔던 말이 오크가 던진 도끼에 맞아 호위 기사와 카쟌이 낙마하였다. 바로 카쟌은 다른 기사가 안아 들어 자신의 말에 태웠지만 말을 잃은 기사는 다른 동료를 위해 칼을 들고 오크와 싸워야 했다. 그러나 막상 마을에 도착해 보니 카쟌은 이미 목이 꺾여 숨져 있었다. 낙마했을 당시 이미 숨져 있었던 것이다.

그 이후 몇 번의 유산을 겪은 후 아젝스를 낳았다. 공작 부인은 온갖 정성을 다해 아젝스를 고이 키웠다. 비록 자신의 과보호로 아젝스가 약간 삐뚤어지게 된 것을 알았지만 아젝스가 괴로운 표정을 하면 차마 가만히 있지 못했던 것이다. 그러다 얼마 전 큰 사고를 겪자 또다시 자식을 잃는 것은 아닌가 하여 노심초사하다 몸져누웠다. 시름시름 앓다 아젝스가 건강해졌다는 말을 듣고 겨우 몸을 추슬렀는데 또다시 아젝스가 이상하다는 말을 듣자 제정신이 아니었다. 그러다 괜찮다는 시멀레이러의 말을 듣자 안심이 되는 공작 부인이었다.

"아젝스, 어디 불편한 데는 없니? 말해 보렴."

"괜찮습니다, 어머니. 걱정하지 마세요."

다른 사람은 몰라도 확실히 어머니에게는 달랐다. 유일하게 꼬박꼬박 대답을 하는 사람이 어머니였다.

"그래, 그래, 오늘은 푹 쉬렴. 시멀레이러 경, 오늘 오후 수업은 없는 것이 좋겠군요. 아젝스가 피곤할 것이에요."

"에, 저, 그것이……."

그러나 공작 부인의 노려보는 눈빛에 시멀레이러는 고개를 끄덕일 수밖에 없었다.

"그럼요, 당연히 쉬어야지요."

이윽고 그윽한 눈길로 아젝스를 일별하곤 방을 나서는 공작 부인을 따라 시멀레이러와 나사스가 나갔다. 나사스가 공작 부인이 안 들리게 물었다.

"시멀레이러님, 공작 부인께 꼼짝을 못하시는데 무슨 일이 있습니까?"

"흠, 흠, 그런 일이 있네. 더 묻지 말게."

시멀레이러의 어색한 말을 들으며 나사스는 한번 알아봐야겠다고 생각했다. 혹시 아는가, 8서클의 마법사를 한편으로 끌어들일지.

말없이 시멀레이러가 아젝스를 진찰하는 것을 구경만 하던 공작이 아젝스를 향해 다가왔다.

"푹 쉬어라."

아젝스의 어깨를 다독이는 공작의 눈에서 도저히 참을 수 없는 흐뭇함과 정을 느낀 아젝스는 조용히 고개를 숙이며 방을 나서는 공작을 배웅했다. 그의 어깨는 아직 사라지지 않은 공작의 손길을 느낄 수 있었다.

사람들이 사라지고 어수선하던 분위기가 가라앉자 한대연은 다시 자신의 생각에 빠졌다. 조금 전의 흥분은 아까 미친 듯한 광소로 날려 버린 듯했지만, 그로 인해 찾아온 기억의 파편은 줄곧 남아 한대연을 괴롭히고 있는 것이다.

"너, 공부하고 담 쌓고 살았구나."

"아냐, 원리를 알고 문제를 풀어야지."

"축하해, 대연아. 그리고 학교 다르다고 바람피우면 알지?"

"가지 마. 너마저 없으면 난 어떡해?"

"미안해, 우리 이만 헤어져."

"도련님? 도련님! 도. 련. 님!"

갑자기 들려오는 고함에 한대연은 상념에서 벗어났다. 에라나. 자신을 시중드는 시녀다. 언제나 자신이 아침 수련을 마치면 차를 갖다 주는.

"무슨 생각을 그리 골똘히 하시는 거예요? 아무리 불러도 대답도 없고. 마님이 언제 식사를 하실지 물어보라시네요. 마님께서 직접 준비를 하신다고요."

그러고 보니 아침의 일로 아직 식전이었다. 보통은 식전 운동 후 다함께 식사를 하는 것이 관례인데, 아무래도 오늘 아침의 소동으로 따로 식사할 수 있도록 편의를 봐주려는 듯했다. 게다가 어머님이 평소 잘 하시지도 않던 식사 준비를 한다는 것을 보니 비록 아침 생각이 없는 한대연이었지만 그 마음 씀씀이가 고맙기도 해서 조금이나마 먹기로 마음먹었다.

"지금 바로."

"예, 알겠습니다. 좀 시간이 걸릴 듯하니 그동안 차라도 들고 계세요."

잠시 후 아침 겸 아무래도 점심이 될 것이 확실한 음식이 들어와 아젝스는 조금씩 먹기 시작했다. 그때 조용히 문이 열리며 한스가 들어왔다.

"아, 식사 중이었군요. 마침 잘됐네. 헤헤, 저도 좀 출출한데 같이 먹어도 되겠지요?"

하더니 거침없이 먹기 시작했다. 음식이 너무 많아 내심 고민하던 아젝스는 마침 한스가 말하자 고개를 끄덕였다. 물론 그럴 필요도 없었지만.

"도련님, 으적, 으적. 오후에 뭐 하실 건가요? 컥, 컥. 크흠, 특별히 할 일이 없으면 잠시 바람도 쏘일 겸 성내를 돌아보시지요. 아직 그 사건 이후로 저택 밖으로 못 나가보셨잖습니까. 그간 수업을 핑계로 두문불출하셨지만 오늘은 안 됩니다. 정 안 나가신다면 제가 아예 납치를 할 겁니다, 예?"

그랬다. 아직 아젝스는 이 저택 외에 다른 곳은 전혀 가보지 않았다. 아예 흥미 자체가 없는 것이다. 덕분에 죽어나는 것은 한스와 앙리였다. 그 사건 이후로 아젝스의 곁을 한시도 떨어지지 말라는 공작의 명 때문에 아젝스가 움직이지 않는 한 하루 온종일 집 안에 처박혀 지내야 하는 것이다. 한스가 시간이 날 때마다 나가자고 졸라도 언제나 묵묵부답으로 일관했기에 근 석 달간 문밖출입을 못했다. 그런데 기회가 왔다. 오늘은 기필코 나갈 것이다.

"제발 부탁입니다. 정말이지 미치고 환장하겠습니다. 허구한 날 연병장에서 검만 휘두른 지 벌써 석 달입니다. 게다가 요즘은 용병들이 모이는 때라 밖에 볼거리가 얼마나 많다고요. 도련님도 좋아하셨잖습니까. 그러니 오늘은 저 좀 살려주시는 셈치고 외출 좀 하자고요, 예?"

그러나 아젝스는 가타부타 말도 않고 검을 들고 방문을 나섰다. 그러자 한스는 인상을 찡그렸다. 오늘도 틀린 것이다. 지겹지도 않은지 또다시 검술 연마를 하려나 보다. 한숨을 쉬며 아젝스의 뒤를 나서는 한스는 하늘이 원망스러웠다.

'하늘도 무심하시지. 왜 잘 지내는 도련님을 저리 변하게 하셨나요!'

잠시 뒤 연병장에 들어선 아젝스가 한스를 잠시 보더니 연병장을 가로질러 문으로 향했다. 한스는 제 눈을 의심했다. 도련님이 저택을 벗어나려 하시다니…….

"도련님! 드디어 결심을 하셨군요. 장하십니다. 당연히 그러셔야죠. 여기서 잠시 기다리십시오. 제가 당장 외출 준비를 하겠습니다. 어이, 앙리! 빨리 가서 말 좀 가져와! 도련님의 외출이다!"

마침 연병장에서 검술 연마를 하던 앙리는 아젝스가 검을 들고 나오자 다시 검술 연마를 하는 줄 알고 무심히 지나치다 한스의 말을 듣자 깜짝 놀랐다. 도련님의 외출이라니! 사실 말은 안 했어도 앙리 역시 답답하기는 마찬가지. 혹시나 하고 아젝스를 봤지만 좋아서 저 혼자 방방 뛰는 한스를 보고도 별말이 없자 잽싸게 마구간으로 달려가 말을 가져왔다. 그동안 한스는 집사에게 달려가 아젝스가 외출을 한다며 반협박으로 용돈을 얻었다. 아젝스가 돈이 있을 리 만무하고, 그렇다고 자신의 돈을 쓸 생각은 전혀 없었으니까.

"오르시지요."

앙리는 평소 아젝스가 애용하던 파라페를 끌고 나왔다. 그러나 아젝스는 잠시 망설이더니 말했다.

"난 말 탈 줄 모르는데……."

잠시 멍해지는 두 사람. 그러나 그러려니 하고 비틀거리는 몸을 다잡았다. 말도 검술도 잊어먹었는데 승마술을 기억하는 게 더 이상하지라고 생각한 둘은 하는 수 없이 걸어서 성내로 나가기로 했다.

성내는 한스의 말대로 볼거리가 많았다. 성내 여기저기서 검과 주먹을 가지고 싸움판이 벌어져 주변에서는 이를 구경하는 이들이 내기를 걸며 응원과 함성으로 시끄러웠고, 한 켠에서는 노래와 춤을 추며 용병들을 호객하는가 하면 다른 편에서는 난전이 벌어져 이것저것 물품을 팔거나 교환하는 이들로 북새통을 이루었다.

"평소에는 성이 이렇게 혼잡하지 않지만 가을만 되면 전국 각지에서 용병들과 상인들이 몰려와 난리가 납니다. 바로 사막 부족들 때문이죠. 이 죽일 놈들이 추수철이 되면 노략질을 하려고 떼를 지어 넘어온다니까요. 게다가 오크 떼까지 몰려오니 평소 마을을 지키는 자경단이나 사병들만으로는 이를 감당할 수 없어 오래전부터 이맘때면 용병을 모집하죠. 그것이 100년이 넘어가 이제는 아예 축제처럼 변해 버렸습니다. 추수가 끝나고 사막 부족과 오크 떼를 물리치면 온 영지민이 나와 축제를 벌입니다. 에, 승전을 기뻐하고 살아난 것에 감사하며 광란의 밤을 보내지요. 그리고 가족을 잃은 사람들은 그렇게 슬픔을 묻어 버린답니다."

시끄러운 펍 안에서 간단한 음식과 맥주를 마시며 앙리가 설명을 했다. 아젝스가 아무 말도 없었지만 궁금할 것이라는 짐작으로 눈치껏 말한 것이다.

아젝스가 보기에 앙리는 항상 옳은 말만 했다. 비록 행동은 아닐지라도 말로는 언제나 이래야 공작 자제답다, 저래야 공작님이 걱정하지 않는다고 말한다. 그러면서도 은근히 한스의 말에 동조하는 것이다. 거기다 눈치는 빨라 뭐가 잘못될라치면 재빨리 빠져나온다. 하지만 그런 앙리 덕에 아젝스는 편했다. 말을 안 해도 알아서 아젝스가 필요한 것을 준비해 주는 것이다. 아젝스의 일상사 대부분을 앙리가 처리했다.

"카아, 이 얼마 만에 먹어보는 술이냐. 어이, 여기 맥주 한 잔 더. 으아, 기다려진다, 광란의 밤. 기다려라, 여인들아. 내가 곧 달려가마!"

한스는 아주 솔직한 사람이었다. 다만 너무 단순해서 할 말 못할 말을 가리지 못하는 것이 문제였다. 하지만 싹싹하고 붙임성이 좋아 아무와도 곧바로 친숙해지는 것이다.

사고 후 싸늘하게 식어버린 아젝스에게 친족 외에 가장 먼저 접근한 것이 한스였다. 아젝스가 무반응에 차가운 눈길을 보내도 언제나 농담과 함께 다가왔다. 하도 귀찮게 굴어 고개를 끄덕이며 한 번 반응을 보인 이후에는 아예 반응을 보일 때까지 끈덕지게 답을 요구했다. 그러다 보니 가끔 말도 건넬 정도로 친숙해지기도 했고, 그 덕분인지 언제부턴가 한스가 주변에 안 보이면 왠지 허전한 느낌이 들기도 했다.

"어떻습니까, 도련님. 나오니까 좋지요? 정말 살 것 같네요. 으으, 생각하기도 싫다, 지옥 같은 그 생활. 야, 앙리! 너는 나한테 고맙다는 말도 없냐? 내가 아젝스 도련님을 꼬시기 위해 얼마나 노력했는데. 그런 의미에서 이 술값은 네가 계산해라."

한대연은 속으로 웃었다. 울적한 심사를 달랠 길이 없을 때 한스가 제안한 성내 구경에 혹한 것은 사실이었다. 아무 데나 싸돌아다니다 보면 마음이 풀어지리라는 기대도 했다. 과거에도 그랬듯이. 그리고 한스의 노력이라는 말도 얼추 맞았다. 그간 한스가 졸라도 나가지 않았던 것은 시간이 없었기도 했지만 만사가 귀찮아서였다. 그러나 약간 미안한 마음이 들기도 해서 겸사겸사 나온 것이다. 그러나 집사에게 충분한 돈을 받은 한스가 술값을 앙리에게 떠넘기려고 하자 한스의 행동이 귀엽게 보인 것이다.

"무슨 소리. 집사에게 충분한 돈을 받은 것을 다 아는데. 이따 귀가해서 집사에게 전해주마. 아마 기뻐할 것이다, 들고 나간 돈을 남겨 가져왔다고 하면 말이다."

역시 앙리였다. 이들은 언제나 티격태격하며 싸우고, 힘으로는 한스를 못 당해도 말로는 항상 앙리의 승리였다.

"쳇, 쪼잔한 놈. 그래, 알았다. 잘 먹고 잘 살아라. 도련님, 저런 녀석은 내버려 두고 우리끼리 다니죠. 저에게 좋은 생각이 있습니다."

그러더니 펍을 나가 시끄러운 광장으로 향했다. 그곳은 여전히 용병들이 진을 치고 있었다. 한스는 이리저리 둘러보더니 아젝스를 끌고 사람들이 가장 많이 몰린 곳으로 갔다. 그리고 돈주머니를 꺼내 들고 물었다.

"어디다 걸까요?"

아젝스는 한스를 이상한 눈으로 돌아보았다.

"아, 예전부터 많이 하셨잖아요. 누가 이길 것인지 빨리 말하세요."

"이런 바보, 멍텅구리. 도련님은 과거의 기억을 다 잊어버린 걸 그새 까먹었냐?"

"아차! 왜 그 생각을 못했지? 하지만 뭐, 그 실력이 어디 가겠어? 언제 도련님이 검술 실력이 좋아 내기에 이기셨냐? 안목 따로, 실력 따로. 항상 주장하는 도련님의 말씀을 잊은 네놈이 바보다. 자, 도련님, 고르세요. 할버트입니까, 바스타드입니까?"

아마 자주 이런 내기를 했었나 보다, 아젝스는. 한대연은 열심히 싸우고 있는 두 용병을 보았다. 할버트를 든 사내는 거리를 띄우고 내려찍을 기회를 보기 위해 크게 창을 휘둘렀고, 거리를 좁히려고 달려들던 바스타드의 사내는 할버트의 창대를 검으로 막으려다 힘에서 밀리는지 뒤로 물러나고 있었다. 그러자 할버트가 곧바로 앞으로 찔러 나왔다.

당황한 바스타드의 사내가 검을 들어 옆으로 밀쳤으나 이는 할버트의 계획이었나 보다. 급작스레 찔렀던 할버트는 검이 닿자마자 곧바로 당겨졌고 뒤로 밀리면서 균형을 잠시 잃었던 바스타드의 사내는 얼떨결에 검으로 막으려다 할버트의 갈고리에 검이 걸려 검과 함께 앞으로 쏠려갔다. 그러자 할버트의 사내는 창대를 돌리며 바스타드를 옆으로 빗겨내더니 바로 창끝을 바스타드의 사내 목에 갖다 대었다. 그것으로 끝이었다.

우레와 같은 함성과 함께 할버트의 사내는 누구에겐가 가더니 돈을 받아 그의 동료로 보이는 사람과 웃으며 사라졌고, 패한 바스타드는 어깨를 축 늘어뜨리며 사람들 사이로 사라졌다. 그리고 여기저기서 돈 내놓으라며 잠시 혼잡해지더니 이내 사라졌다.

"에이, 벌써 끝났네. 쳇, 하는 수 없지. 다른 기회를 노리는 수밖에."

다시 이리저리 둘러보던 한스가 막 누군가 소리치는 것을 보자 아젝스의 팔을 끌며 뛰어갔다. 이번엔 바로 내기가 시작된 듯 한 사람이 내기꾼을 모으고 있었다.

"자, 시간이 없어요. 가스펠 용병단의 시라노에게 걸 사람은 노란 띠, 무명의 용병 드라칸에게 걸 사람은 파란 띠를 사세요. 하나에 1실버. 시간이 없습니다!"

많은 사람들이 노란 띠를 구매한 반면 파란 띠는 얼마 없었다. 아마도 시라노란 사람이 의외로 이름이 난 모양이었다. 노란 띠를 든 사람들이 한 사람 뒤로 가더니 시작 전임에도 응원을 했다. 아마 몸 여기저기에 상처가 있는 저 사람이 시라노인 듯했다. 그는 마치 상처를 자랑이라도 하려는 듯이 맨몸에 가슴 윗부분을 가린 흉갑 하나만 걸치고 있었다. 상당한 경험을 쌓은 듯 불룩이는 근육을 선보이며 서 있는 시라노는 자신을 응원하는 사람들에게 여유로운 손짓을 하며 눈앞의 상대를 차분한 시선으로 관찰하고 있었다. 그의 상대는 마찬가지로 상당한 근육질의 젊은이였다. 아마 시라노의 눈으로 보자면 애송이일 것이다. 그는 조용히 눈을 감고 자신의 투 핸드 소드를 매만지고 있었다.

"도련님, 누구에게·걸까요? 시간이 없어요!"

한대연은 드라칸을 가리켰다. 겉으로 보기엔 시라노가 우세해 보였다. 하지만 드라칸은 뭔가 기대를 갖게 하는 묘한 느낌을 주는 것이다. 한스는 약간 의심스러운지 아젝스와 드라칸을 보더니 두말없이 파란 띠를 샀다. 무려 10개. 아젝스가 한스의 손을 빤히 보자 한스가 어설프게 웃으며 말했다.

"헤헷, 다 투자 아니겠습니까? 어디 한번 운을 믿어보자고요. 전 도련님의 안.목.을 믿습니다!"

그러면서 아젝스와 앙리의 시선을 피해 경기장을 바라보며 드라칸을 응원했다. 드디어 시라노와 드라칸의 대결이 시작되었다. 아젝스는 앙리의 설명을 들으며 시라노와 드라칸의 결투에 집중했다.

"용병들이 이처럼 결투를 하는 것은 상대의 실력을 알아내 자신의 용병단이나 동료로 맞아들일 것인가를 결정하기 위해섭니다. 강한 용병대는 보통 북방의 마을로 보내 자경단과 함께 오크 떼의 노략질을 막는 데 투입되거든요. 따라서 양이나 질적으로 여타의 용병보다 강하면 살아날 가능성은 물론이고 떨어지는 이익도 크기 때문에 너도나도 저렇게 동료를 구합니다. 물론 부수입을 올려 숙식비를 해결하려는 경우도 있지만요."

용병단이 비교적 크면 사막 부대와의 전투에 참여시키는 것이 아니라 오크 떼의 방어를 위해 북방의 마을로 보내어진다. 마을이 군데군데 떨어져 있고, 추수철이라 마을 주민들을 소개시킬 수도 없다 보니 따로 군사를 보내기보다는 용병단을 보내는 것이 수월했던 것이다. 오크를 상대하는 데 따로 군사 지식이 필요하지 않았으므로 단지 무력과

적당한 통솔만 할 수 있으면 그만이었기 때문이다.

　게다가 대부분이 기병인 사막 부족을 상대하는 데 용병은 단지 화살받이나 퇴로 차단용으로밖에 쓸 수가 없으므로 잘 훈련된 군사를 오크를 잡는 데 사용할 수는 없었다.

　용병의 입장에서도 북쪽으로 가는 것이 좋았다. 사막 부족을 상대하는 것보다 몸값이 떨어지기는 하지만 칼 한번 휘둘러 보지도 못하고 허무하게 죽는 것보다는 나았고, 오크를 많이 죽이면 어느 정도 차이를 극복할 수 있었다. 게다가 자유가 보장되는 것이다.

　"물론 아무나 북쪽으로 보내는 것은 아닙니다. 일단 인원 수가 50인 이상일 것, 소드 익스퍼트 중급자 이상이 한 명에 익스퍼터가 5인 이상일 것, 전 인원을 통솔할 자가 있을 것. 이렇게 세 가지가 충족돼야 일개 마을을 책임지게 됩니다."

　"모든 마을을 다 용병으로 채울 수 있나?"

　"훌륭한 질문이십니다. 당연히 채울 수가 없지요. 용병단을 보내고 난 다음엔 나머지 중에서 선출합니다. 각 마을마다 인원 수의 차이는 있지만 자경단이 있으니 그들의 부족한 면을 채워주는 거지요. 보통은 마법사와 실력있는 검사가 주를 이루고 특별한 경우는 군사 자문을 보내기도 합니다."

　이렇게 아젝스와 앙리가 대화하는 동안 결투는 어느덧 종반으로 달렸다. 처음에는 역시 시라노가 압도적인 경험으로 드라칸을 거세게 몰아쳤다. 그러나 드라칸은 시라노의 공격을 겨우겨우 받아내며 뒤로 계속 밀리면서도 쓰러지지 않더니 어느새 반격을 하기에 이르렀다. 그때부터 사람들의 응원이 열기를 뿜기 시작했다. 아무래도 일방적인 경우보다 호각의 결투가 재미있기 때문이다.

비교적 대등하게 싸움을 시작하자 한스는 고래고래 소리를 지르며 드라칸을 응원했다. 그러나 그 응원은 얼마 가지 않았다. 전신의 상처가 괜히 생긴 것이 아니라는 것을 보여주려는지 기기묘묘한 자세로 공세를 가하는 것이었다. 이런 변칙성 공세에 드라칸은 다시 수세에 직면했고, 누가 보아도 패배가 확실하다고 생각됐다.

그때였다. 크게 시라노가 배틀 엑스를 휘두르자 드라칸이 이를 악물며 투 핸드 소드를 마주쳐 갔다. 사람들은 이것으로 결투가 끝났다고 생각했다. 그간 보여준 둘의 결투 장면에서 힘에서나 기교에서나 드라칸이 밀리는 것을 보아왔던 구경꾼들은 드라칸의 검이 부러져 나가거나 튕겨질 것이라고 짐작한 것이다. 그러나 튕겨진 것은 시라노였다. 시라노는 자신의 배틀 엑스와 함께 멀찍이 밀려 나갔다가 어리둥절한 표정으로 드라칸을 보더니 나직이 외쳤다.

"소드 익스퍼터?"

"와! 소드 익스퍼트 중급은 되겠다! 돈 벌었네, 돈 벌었어!"

돈 벌었다는 한스의 외침과 함께 여기저기서 함성과 탄식이 일었다. 드라칸의 투 핸드 소드는 검 전체가 하얗게 빛나고 있었던 것이다. 저처럼 커다란 투 핸드 소드를 빛나게 하려면 확실히 소드 익스퍼트 중급은 되어야 가능한 경지였다. 익스퍼트 중급이면 용병들 중에서 상당한 강자였다. 일반 용병단의 부대장급, 좀 작은 용병단이면 대장이 되고 커다란 용병단이라도 상당한 대우를 받는 실력자인 것이다.

"호! 아직 젊어 보이는데 익스퍼트 중급이라… 어디 명문 귀족가의 외유인 모양이신데? 아님 몰락 귀족이신가?"

모두가 놀랐고 시라노도 놀랐다. 얼추 보기에 아직 30도 안 되어 보이는 젊은이. 게다가 상처 하나 없어 보이는 몸이기에 경험도 부족하리라 생각되었다. 소드 익스퍼트는 생각지도 못했다. 게다가 중급이라니. 그러나 놀라기는 했을망정 두렵지는 않았다. 검술은 누가 가르쳐 줄 수 있어도 경험은 아니었다. 그는 자신의 경험을 믿었다.

"애송이 도련님, 결투는 결코 검술 실력이 전부가 아니야!"

그 말과 동시에 시라노는 다시 드라칸을 향해 달려들었다. 그러나 결투의 양상은 아까와 달랐다. 처음엔 시라노가 공격해 드라칸의 검을 튕겨내려 했다면 지금은 정반대였다. 드라칸은 자신을 향해 휘둘러지는 묵직한 도끼날을 향해 검을 맞대어 튕겨내려 했고, 시라노는 그런 검을 빗겨내고 드라칸의 몸에 상처를 입히려 했다.

어차피 몸이 재산인 용병이므로 큰 전투를 앞둔 시점에서 상대를 부상 입힐 수는 없다. 거기다 상대가 전투력이 상실할 정도의 상처를 입히면 이겨도 승자의 몫인 내기 돈의 1할을 상대에게 주는 것은 물론 치료비조로 따로 돈을 지불해야 한다. 게다가 원한까지… 그런데 시라노는 그런 것을 무시하고 드라칸을 공격했다. 얼굴이며 가슴이며 빈틈이 보이면 커다란 도끼날을 들이밀었다. 그리고 그런 시라노의 공격에 위축된 드라칸은 다시 수세로 몰리다 결국 얼굴을 향해 들어오는 시라노의 공격을 막지 못하고 눈을 감는 실수를 저질렀다. 그러나 잠시 기다려도 소식이 없자 살짝 눈을 떠보니 시라노가 자신을 향해 빙긋 웃고 있는 것이 아닌가.

"술이나 한잔하지. 돈은 충분하니 우리 한번 신나게 먹어보세, 어떤가?"

드라칸은 잠시 생각하더니 피식 웃으며 시라노의 손을 잡았다. 그러자 구경꾼들이 함성을 질렀다. 그 사이를 시라노와 드라칸, 그들의 동료들이 따라갔고 그들의 뒤는 한스의 원망스런 눈초리가 따랐다.

"으악, 피 같은 내 돈! 아니, 뭐 저런 놈이 다 있어? 어떻게 소드 스칼라가 익스퍼터를 이길 수가 있지? 게다가 중급을! 이건 완전히 사기야! 혹시 저놈들 짜고 싸운 것 아냐, 내 돈 뺏어 먹으려고!"

"바보 같은 놈. 짜고 싸우려면 돈이 많이 걸린 시라노가 졌어야 말이 되지, 드라칸이 지는 게 말이 되냐? 그나저나 어떡할 거야. 10실버면 집사가 준 돈 대부분일 텐데."

"뭐 별수있나. 대충 돌아다니다 들어가야지. 비록 아젝스 도련님의 안.목.이 예전 같지 못해서 돈을 잃어 아쉽기는 하지만 재미있었잖아. 뭐, 뭐냐, 그 눈초리는?"

"이 바보야! 얼마 만에 나온 외출인데 그냥 돌아다니다 들어가자니! 밥은 그렇다 쳐도 술은? 저택 내에서 엄금되어 있으니 오늘이라도 실컷 먹어야 하잖아! 네놈 때문에 되는 일이 없다!"

"그, 그렇구나! 그 생각을 못했어. 어떡하지? 어떡하면 좋을까?"

한스는 어쩔 줄 모르고 발을 굴렀고, 앙리는 그런 한스를 보며 억울하고도 분한 표정을 했다.

"그래! 도련님도 인정해야 합니다. 이번 내기에 진 결정적인 이유는 어디까지나 도련님의 안.목.에 문제가 있었다는 것을 말이죠. 따라서 우리가 술을 못 먹는 것에 도련님도 어느 정도 책임을 지셔야 합니다. 그렇지, 앙리?"

앙리는 갑자기 책임 운운하며 말하는 한스의 의도가 뭔지 확실히 모르는 듯 어리둥절한 표정을 했다.

"저택 내에서 우리들이야, 도.련.님.의 안전을 책임지기 때문에 거의 연금 상태나 마찬가지로 저택을 나서지 못하니 술을 못 먹지만 도련님이야 저택이 곧 도련님의 집이니 술을 드셔도 상관없지. 만약 도런님께서 한밤에 술. 생.각. 이 나서 술을 드셔도 아무도 이.상.하게 여기지 않을 거야. 그렇지, 앙리?"

그제야 앙리도 한스의 말뜻을 이해했다.

"물론 도련님도 책임의 일부를 지실 거죠? 그렇다고 말해 줘요, 제발!"

마지막 한스의 애교에 한대연은 쓴웃음으로 고개를 끄덕였다. 그마저 안 한다면 언제까지고 못 볼 꼴을 보게 될 테니까.

그로부터 며칠 후 아젝스와 공주의 성대한 약혼식이 거행되었다. 더이상 미룰 수 없다는 점과 사막 부족과의 전투가 임박한 상황에서 공주의 안전을 위해 떠나야 한다는 점에 합의점을 찾은 것이다.

공주 일행은 사막 부족의 노략질이 시작되기 전에 황성인 미미르를 향해 출발했다.

애초의 출발 일정보다 거의 두 달이나 늦은 것이었지만 공주는 몰라도 나사스로서는 그리 나쁘다고 생각하지 않았다. 그간 틸라크에서 지내며 여러 귀족들을 만나며 그들의 호의적인 반응을 얻었다. 의외로 틸라크 공작가는 지방 귀족들로부터 상당한 인망을 얻고 있었다. 그래서 틸라크 공작가와 혼담이 오간다는 말 한마디에 아무런 조건 없이 전폭적인 지지를 보냈다. 그와 더불어 이번 가을이 지난 후 황성으로 가서 황태자를 알현하겠다는 귀족을 제외하고 몇몇 공주를 따라 함께 황성으로 이동 중이었다. 영지가 없어 떠돌다 틸라크까지 들어온 몰락 귀족이 대부분인 이들이므로 이 기회에 가문의 재건을 꿈꾸는 것이다.

게다가 공작도 이번 신년 행사를 빌어 황태자를 뵙고 전폭적인 지지를 보내겠다는 확언을 들었다. 또한 공주와의 결혼 후에도 얼마 동안은 틸라크에서 보낸 후 황성에서 생활하게 하겠다는 약속을 받아냄으로써 공주의 결혼으로 인한 황태자의 세력 약화라는 악영향을 최소로 할 수 있었다. 물론 그 시기는 공주가 얼마나 빨리 공작가의 자손을 늘려주는가에 달렸지만.

떠나기 전 나사스는 아젝스를 만나 많은 이야기를 했다. 아직 그가 왜 삶에 미련이 없는지는 몰라도 그간 새로운 인생을 시작하면서 어느 정도는 심경의 변화가 있으리라는 나사스의 생각은 맞았다. 여전히 말이 없고 무심하지만 사람을 대하는 데 어느 정도 벽을 허물었던 것이다.

그간 나사스가 지켜본 아젝스는 겉으로는 차가워 보여도 결코 악하거나 하지는 않았다. 오히려 다른 사람에게 은근한 정을 주었고, 알게 모르게 다른 사람이 따르게 하는 묘한 매력이 있었다. 아젝스 주변의 인물뿐만 아니라 그와 접촉한 대부분의 사람들이 그를 좋아했다. 아젝스를 공주를 위한 이용물로 만들기 위해 접촉한 나사스도 어느새 아젝스에게 정을 느끼고 그가 새로운 인생을 살아가기를 진심으로 바랐다.

"드디어 황성으로 가는군요. 참으로 긴 여행이었어요."

"그러나 얻는 것도 많은 여행이었지요."

"그래요. 매우 유익한 시간이었어요. 갈 때는 절망만이 가득했는데 돌아오는 길은 희망에 부풀어 있네요."

"지금 함께 가고 있는 이들은 앞으로 많은 도움이 될 것입니다. 그리고 아젝스 공작 자제도 마찬가지고요."

"아젝스의 이야기라면 별로 하고 싶지 않군요. 아젝스가 중요한 인물이라는 것은 알지만 솔직히 아젝스와 결혼을 해야 한다는 것은 아직 저에게 큰 부담이에요. 그러니 잠시라도 다른 이야기를 하지요."

"공주님, 처음의 인상이 그의 모든 것을 보여주는 것은 아닙니다. 첫 인상은 잠시 접어두고 차근차근 그와의 시간을 가진다면 공주님의 생각도 바뀔 것입니다. 아젝스 공작 자제와 만나는 모든 이가 그를 좋아합니다. 그만큼 그에게는 장점이 있기 때문입니다. 게다가 지난번의 사고로 좀 더 진중해졌다는 말도 들리는 걸 보면 다시는 그때와 같은 일은 없을 것입니다. 그러니 공주님도 좋은 쪽으로 생각해 보십시오."

"나사스 경의 말이 옳다는 것을 알아요. 휴우, 경의 말에 따라볼게요. 그러니 너무 다그치지 말아요. 좀 더 시간이 필요할 것 같아요."

드베리아 산맥을 지나는 공주는 처음 이 길을 지날 때처럼 긴 한숨을 남겼다.

제 3 화

사막 부족

공주 일행이 떠난 이후로 아젝스의 생활은 많이 바뀌었다. 항상 같이하던 검술 연마를 아젝스 단독으로 행하는 것뿐만 아니라 시간이 날 때마다 틈틈이 지멘 경이 와서 영지 주변 정황을 보고하는 자리에 끼어 공작과 같이 듣는 것이었다.

"사막 부족이 움직이고 있는 듯합니다. 대략 9개 부족, 6천 정도의 병력이 모일 것으로 추산됩니다."

"음, 그리 많은 인원은 아닌 듯하군. 그놈들도 올해는 살 만한가 보지? 우리 쪽 병력은 어떤가?"

"예, 이미 북쪽 평원 마을에는 약 1,000명 정도의 용병을 보냈습니다. 올해는 비교적 사막 부족의 병력이 많지 않은 관계로 북쪽 평원에 힘을 좀 실었지요. 해서 현재 우리 틸라크 병력은 사병 3,000에 용병 2,400 정도입니다. 성과 주요 길목의 수비를 제외하면 약 4,000 정도의 병력을 동원할 수 있을 것으로 보입니다."

"흠, 그래. 용병들 훈련은 잘 하고 있겠지?"

"물론입니다. 다른 곳에서야 제놈들 멋대로 행동해도 상관이 없지만 여기서는 다르다는 것을 모두들 알고 있으니까요. 다만 총동원령을 내리기 전에 잠깐 풀어줄까 합니다. 그간 쌓인 불만도 풀고 긴장도 하고 있을 테니까요."

"그건 자네가 알아서 하게. 그리고 이번 전투에 아젝스도 참여할 거야. 그러니 자네가 아젝스를 기사단에 데려가 대략적인 것을 가르쳐 주게나."

"저, 실력은 되지만 아직 경험도 미숙하고 몸도 정상이 아닌데 괜찮 겠습니까? 게다가 공작 부인의 허락은 어떻게 하고……."

"이미 아젝스의 나이 18세네. 충분히 한몫을 할 나이야. 이제부터라도 경험을 쌓아야지 언제까지 미룬단 말인가? 부인의 허락이야… 뭐, 어떻게 되겠지. 그건 내가 알아서 할 테니 자네는 걱정 말고 나가보 게."

"예."

지멘 이튼이 나가자 공작은 아젝스를 돌아보았다.

"이제 너도 성인이 되었으니 앞으로 이 틸라크를 어떻게 이끌어 나 갈 것인가에 대해 잘 생각해 보도록 해라. 우선은 내 곁에서 잘 배우도록 하고. 휴, 그나저나 부인의 허락을 어찌 얻는다? 일단은 부딪쳐 보 아야겠지. 앙리!"

공작의 외침에 문밖에서 대기 중이던 앙리가 들어왔다. 앙리는 곧 공작의 명을 받고 공작 부인을 대동해 공작의 서재로 들어왔다.

"어서 오시오, 부인."

"아젝스도 있었구나. 바쁘실 텐데 어쩐 일이신가요? 요즘은 한가히 저를 만나 차나 마실 시간이 없으실 텐데."

"아무리 바빠도 부인과 함께 차 마실 시간이 없겠소? 자, 이리 와 앉으시오."

이렇게 둘은 도란도란 이야기를 나누고 말없이 그들의 대화를 듣는 아젝스는 가끔씩 고개를 까닥이며 그들의 대화에 동화되어 갔다.

"험… 그런데 부인, 이번엔 아젝스도 전투에 참여했으면 하오."

"네? 안 돼요!"

"허허, 그렇게 화부터 내지 말고 내 말도 좀 들어보시오. 이미 아젝스도 다 컸으니 이 틸라크를 이끌기 위해서는 그만한 경험을 쌓아야 하지 않겠소? 게다가 이번엔 사막 부족의 수가 그리 많은 것도 아니니 참 좋은 기회요. 하니 그렇게 합시다."

그러나 공작 부인은 막무가내였다.

"글쎄 안 된다니까요. 설마, 당신 잊은 것은 아니겠죠? 카쟌이 어떻게 죽었는지?"

"허허, 어찌 그 일을 잊겠소?"

"그러면서 그런 말을 하다니… 절대 안 돼요. 카쟌에 이어 아젝스까지 잃을 수는 없어요. 절대!"

이런 공작 부인의 단호한 태도에 공작도 어쩔 수 없는지 입맛만 다시며 말이 없었다. 그런 어색한 침묵을 아젝스가 깼다.

"어머니, 카쟌이 누구입니까?"

"이런, 카쟌도 기억을 못하는구나. 휴, 카쟌은 네 형이란다. 아마 살았으면 벌써 헌헌장부가 되었을 것을… 네가 태어나기 훨씬 전에 카쟌은 죽었단다. 지금처럼 가을에 사막 부족이 침략을 했을 때 나와 함께 영지를 순회하던 중 오크 떼의 습격으로 죽고 말았지. 오, 불쌍한 카쟌."

공작 부인은 슬픔이 복받쳐 오는지 허리를 숙여 무릎 사이로 얼굴을 파묻고 오열했다. 그런 공작 부인을 공작이 말없이 등을 쓸며 위로했다. 아젝스는 의자에서 일어나 공작 부인 곁으로 다가갔다.

"어머니, 전 죽지 않아요. 다시는……."

그러면서 공작 부인의 손을 꼭 잡고 고개를 숙였다. 처음 살아났다는 것을 깨닫고 전생의 기억으로 괴로워할 때 한대연에게 온갖 정성을 쏟아준 사람이 아젝스의 어머니인 아이마라 틸라크 공작 부인이었다. 그라시스 틸라크 공작이 아젝스로 알고 있는 한대연이 침대에 누워 있을 때 잔소리와 호통으로 자식의 정을 표현했다면, 공작 부인은 눈물과 애정 어린 눈길로 자식의 정을 표현했다.

충격으로 쓰러진 후 자신의 몸도 제대로 추스르지도 못했으면서도 거의 대부분의 시간을 아젝스와 생활하며 이런저런 이야기를 해주었다. 물론 한대연은 전혀 알아들을 수 없는 말이었지만 그 정성만은 느낄 수 있었다.

얼마 만에 느껴보는 정인지 몰랐다. 인간 같지 않은 생활을 했다. 말 그대로 돼지처럼 살았다. 삶의 의지를 잃은 채 하루하루 죽지 못해 살았다. 그런 한대연에게 공작 부인의 애정은 자신도 모르는 사이에 마음속 깊이 스며들었던 것이다. 전생에 어머니의 마지막 모습이 떠올랐다. 사형 선고를 받고 호송차에 실려가는 자신을 바라보며 한없이 눈물만을 흘리시던 어머니. 다시는 그런 모습을 보고 싶지 않았다.

그렇게 한참을 슬픔에 잠겼던 세 사람은 어느 정도 진정되자 다시 이야기를 시작했다.

"흠, 부인. 좀 더 아젝스가 자라거든 참전시키도록 하겠소."

"후우, 아니에요. 역시 참전시키는 게 좋겠네요. 당신 말이 맞아요. 아젝스가 다 컸다는 거요. 정말이지 깜짝 놀랐답니다. 아젝스가 절 위로해 주다니… 언제 우리 아젝스가 이렇게 어른이 되었나 모르겠어요. 언제나 어리광 부릴 줄만 알았더니… 하지만 전투에 직접 참여하는 것은 안 돼요. 당신 곁에서 전투 경험을 쌓는 정도로 끝냈으면 해요."

"허허, 고맙소, 부인. 나도 그러려고 했다오. 그나저나 아젝스 이 녀석, 공주에게 당한 것이 충격이 크긴 컸던 모양이야. 다시는 죽지 않겠다니… 하기사 한번 죽다 살아난 사람은 명도 길다지? 거의 죽다 살아났으니 네 말도 일리는 있다. 한번 죽다 살았으니 오래 살 거야."

"다신 그 얘기일랑 꺼내지도 마세요. 지금도 가슴이 울렁이네요."

한대연은 오래도록 이들의 모습을 기억하고 싶어졌다.

다음날 한스와 앙리의 안내를 받으며 아젝스는 지멘이 운용하는 기사단의 연병장을 향해 출발했다.

"이야, 이제 도련님도 제법 기사티가 나시는 것 같지 않아? 얼마 전까지 말도 못 타 쩔쩔매신 분이라고는 도저히 못 믿겠다."

"당연하지. 말이나 검술을 순식간에 익히셨잖아. 과거에 한번 배웠던 거니 금방 배우는 게 당연한 거다. 승마술도 익히셨으니 당연히 빨리 배우지."

이런 한스와 앙리의 잡담을 들으며 아젝스는 성 밖에 있는 기병 전용 연병장에 도착했다. 아젝스가 보기엔 연병장이라기보다 드넓은 초원에 건물 하나 달랑 지어놓은 것이 마치 목장 같았다. 그런 시선을 눈치 챈 앙리가 설명했다.

"이곳은 기사단과 기마병 전용 훈련장입니다. 보병 훈련장은 따로 있지요. 일단 기병과 보병의 운용 차이가 확연한지라 같이 훈련하기 힘듭니다. 뭐, 우리가 한 번 뛰면 보병은 열 번 뛰어야 하니 보병이 따라올 능력이 없지요. 게다가 보병은 수비, 기병은 공격 위주의 훈련이다 보니 따로 연병장을 씁니다. 이곳이 좀 황량해 보이지만 기병의 기동력을 감안하면 그리 큰 것이 아니지요. 한 번의 출격으로 최소한 1아마지(약 250m)에서 2아마지 정도를 내달리다 보니 그런 훈련을 하려면 이 정도는 되어야 합니다."

아젝스는 앙리의 설명을 들으며 흙먼지를 뒤집어쓰고 내달리는 기병들을 보았다. 맨 앞 열에 열 명이 늘어서 있고 뒤로 쭉 늘어선 모양으로 앞뒤로 약 10m 정도 떨어져서 200여 명이 쐐기 모양으로 내달리고 있었다. 1열에서 5열까지는 중갑주에 렌스를 착용하고, 그 뒤로 나머지가 중갑주와 기마 전용 장창이나 거검을 휘두르며 앞 열을 따랐다.

"저들의 훈련 목적은 보병이 차츰 포위망을 구축해 적을 몰아넣거나 적이 아군의 전선을 뚫고 침입하면 그곳으로 치고 들어가 적군을 일격에 타격을 주는 겁니다. 그렇게 몇 번을 왕복하면 보통은 승리를 하지요. 하지만 워낙 중무장인데다 상대는 죄다 기마술이 뛰어난 놈들이라 세 번의 기병 출격 안에 전투를 끝내야 합니다. 그렇지 않으면 기병이 먼저 지치기 때문에 퇴각하는 수밖에 없습니다. 아무래도 기병을 상대로 보병은 불리하거든요."

100년간의 사막 부족과의 전투에서 얻은 경험은 다른 나라와의 전투 방식과는 확연히 다른 독특한 양상으로 발전시켰다. 결과적으로 이 전투 방식은 사막 부족에게는 적당하지만 다른 일반 군대와의 접전에 어울리는 방식은 아니었다. 이런 저런 이야기를 하며 훈련 중이던 기병대로 다가가자 지멘 이튼이 아젝스를 보고 달려왔다.

"오셨습니까?"

아젝스는 지멘에게 고개를 잠시 끄덕이더니 앞에 도열해 열을 정비하는 기마병을 보았다.

"이들이 바로 우리 틸라크의 자랑스런 기사단 붉은 이빨입니다. 총인원은 저를 포함해 212명입니다. 지금 훈련은 적을 포위했다는 가정하에 적의 주 전력을 와해시키는 것을 목적으로 한 것으로 사막 부족에게 있어 가히 공포스런 공격이라 할 수 있습니다. 또한 이 병력 이외에 따로 500의 기마병을 운용하고 있어서 저희 기사단을 보조합니다."

지멘은 아젝스에게 기병의 운용과 그 효용성, 단점과 그 대비책 등 다양한 기병의 전투 방식을 설명하고 오후에는 직접 기사단 사이에 끼어 함께 훈련을 받게 해 이를 몸에 습득하게 했다. 그 후로도 계속해서 용병단과 보병을 돌며 대략적인 전술을 배우며 나날을 보냈다.

눈앞의 초원 위에 펼쳐진 광경은 한대연이 지금껏 보지 못했던 장관이었다. 끝없이 펼쳐진 들판과 그 끝에 더운 김을 내뱉는 말을 탄 기마병들, 그리고 그런 적군을 앞에 두고도 겁없이 정렬해 있는 군사들과 용병…….

한대연은 자기도 모르게 흥분을 하고 있었다. 과거 자신도 이런 이들과 어깨를 부딪치며 산야를 뛰어다녔다. 비록 이런 대군은 아닐지라도 자신의 인솔 하에 적을 기습하기도 하고 상관의 명령을 받고 고지를 점령하기도 했다. 그 일만 없었으면 아직도 그렇게 생활했을 것이다. 그 일만 없었으면……. 한대연은 나직이 한숨을 쉬었다. 비록 한순간의 결심이었지만 후회는 없다. 차후에 그런 일이 다시 벌어진다고 해도 똑같은 결정을 내렸을 것이다. 그 후에 자신이 어떻게 된다고 해도.

그라시스 틸라크 공작은 자신의 곁에 있는 아젝스를 보았다. 처음에는 긴장한 듯 온몸에 힘을 주더니 어깨를 늘어뜨리며 고개 숙이는 아젝스를 보고 어깨를 두드리며 말했다.

"걱정하지 마라, 아젝스. 비록 저들이 우리보다 병력이 많기는 하지만 결코 우리를 이길 수는 없단다. 우리는 하나고 저들은 뿔뿔이 흩어져 있는 모래알과 같아. 그들이 괜히 사막 부족이겠느냐? 하나된 힘으로 우리 틸라크를 침략했다면 오래전에 이 땅은 저들의 것이 되었을 것이다. 그러나 저들은 서로 간의 반목으로 따로따로 침입해 올 뿐이다. 그러니 저들은 단지 노략질만 일삼는 오크 떼와 다를 바 없었다. 그러니 아비 곁에서 떨어지지 말고 잘 봐두어라. 이래 봬도 아비가 한 검술 하잖니?"

아젝스의 긴장을 풀어주려는 듯 공작은 평소 안 하던 농담을 아들에게 건넸다. 그런 공작을 보며 한대연은 따뜻한 눈길을 보냈다. 그가 여기서 죽지 않고 생활하는 것은 아젝스의 가족들이 보이는 사랑 때문이었다. 참으로 오랜만에 느끼는 정이었다. 이젠 느껴보지 못하리라는 가족애를 어딘지도 모르는 이세계에서 다시 느껴보는 것이다. 한대연은 죽은 아젝스에게는 미안하지만 오래도록 이 감정을 느껴보고 싶었다. 자신이 아젝스가 아니라는 것은 언제고 밝힐 생각이었다. 그때가 언제가 될진 몰라도 진실을 밝히는 그 순간까지는 가족의 정을 느끼고 싶었다.

사막 부족은 여러 부족이 이합집산하며 때로는 세가 강해지기도 하고, 때로는 그 세가 약해지기도 하면서 사막의 여기저기에 있는 오아시스를 중심으로 생활을 영위했다. 그들은 사냥과 가축의 방목으로 사는데, 겨울이 되면 사냥을 못하기 때문에 모자라는 식량을 메우기 위해 주변 부족을 약탈했다. 그중 세가 강한 부족들이 틸라크 영지 주변을 차지하여 가을이면 약탈을 위해 이처럼 모이는 것이다. 아무래도 사막 부족보다는 틸라크 영지가 쉽기도 하고 얻는 것도 많았기 때문이다. 다만 오랜 세월을 부족 간의 노략질로 생활하다 보니 서로 간에 원한이 쌓여 합심해서 틸라크를 공략하는 것이 아니라 따로따로 타 부족과 가까운 틸라크의 마을을 노략질하는 것이다.

이렇다 보니 틸라크도 군대를 한곳에 집중할 수 없어 개중 세가 강하거나 피해가 막심할 것이 예상되는 마을을 중심으로 먼저 사막 부족을 각개 격파하고, 다른 마을은 목책을 세워 공작이 보낸 군사들이 수세를 유지해 중앙군이 각개 격파를 마치고 돌아올 때까지 버티는 전략을 썼다. 그러나 워낙 병력이 모자라다 보니 한 해에 보통 2개 내지 3개 마을이 희생되었다.

드디어 사막 부족의 공격이 시작되었다. 약 1,000여 기의 기마가 지축을 울리며 괴성과 함께 몰아쳐 왔다. 이에 맞서는 틸라크 군은 보병 500에 기병 200의 병력으로 수세를 유지하며 전방을 주시했다. 마침내 화살이 오가고 양쪽의 병사들이 하나둘씩 쓰러지더니, 두툼한 칼날을 휘두르며 사납게 짓쳐들어 오는 사막 부족의 노려보는 눈매를 확인할 수 있는 거리까지 도달했다.

사막 부족의 전술은 비교적 단순해서 돌격 시에는 개인이 각자 화살을 날리고 거리가 좁혀지면 커다란 곡도를 휘두르며 달려드는 것이다. 그러나 그들의 화살 실력이나 기마술이 워낙에 뛰어난지라 커다란 방패로 몸을 가리고 있어도 그들의 화살에 희생되는 병력은 상당했다.

게다가 전력으로 달려드는 기마의 탄력은 아무리 장창을 곧추세운다 해도 막기 어려운 공격이 되었다. 사막 부족의 거센 돌격으로 수비 전열이 위태로울 즈음, 후방에 대기하고 있던 마법사들과 궁병들의 공격이 시작되었다.

이때를 기점으로 틸라크 군의 양 측면에선 공세로 반전하고 중앙은 한 발짝씩 뒤로 후퇴하며 적군을 한곳으로 몰아넣기 시작했다. 양 측면에 주로 배치된 마법사를 이끌며 공격을 하는 시멀레이러의 활약은 대단하여 수세에서 단번에 공세로 전환하는 데 주도적인 역할을 했고, 중앙에 집중된 궁병들은 아군의 후퇴를 도와 전열의 기마병을 쏘아 사막 부족의 돌파력을 무력화시키는 데 주력하였다. 이윽고 커다란 호선을 그리며 사막 부족을 밀집시키는 데 성공하자 공작이 명을 내렸다.

"지멘! 기병을 대기시켜라!"

"예, 공작 각하!"

공작의 명을 받은 지멘 이튼은 곧 후방에 대기하였다가 공작의 명이 떨어짐과 동시에 칼을 빼어 들고 달려나갔다.

"전원! 돌격 앞으로!"

궁병 사이를 지나쳐 사막 부족들이 뭉쳐 있는 한가운데를 렌스와 함께 달려드는 기사단의 위력은 대단했다. 단번에 사막 부족의 돌격이 멈추었다. 말이 달려가는 탄력과 기병의 체중을 실은 렌스는 사막 부족의 몸을 꿰뚫고 그 할 일을 다한 듯 땅으로 버려졌다. 그리고는 뒷열에 길을 내주고는 그 뒤를 따라 달렸다. 보통 기사단은 적 주력을 관통해 그들의 공격력을 약화 내지 무산시키는 것을 주 목적으로 했다.

그런데 이들 붉은 이빨은 좀 다른 방식으로 운용되었다. 전체의 기사단 모양은 쐐기 모양으로 달려들지만 첫 열이 사막 부족을 타격하면 그 뒤의 이 열은 첫 열을 비켜 다시 타격, 그 뒤가 다시 타격하는 방식으로 쭉 전진하여 적진 깊숙이 파고든다. 이처럼 깊숙이 파고든 전열은 앞으로 전진하지 않고 후위의 오 열이 공격할 때까지 제자리를 유지하고 뒷열이 자신의 옆으로 올 때까지 기다리는 것이었다. 그리고 일렬로 늘어서면 커다란 방어막을 형성해 적과 대치했다. 그러면 나머지 기마병들은 전열이 남기고 간 찌꺼기를 청소하는 것이다. 그사이 보병들이 전방으로 진출해 기병들의 방어망을 대신하는 것으로 1차 기병의 공격을 마쳤다.

한순간에 사막 부족의 일각이 무너져 버렸다. 마치 늑대가 베어 문 듯 사막 부족의 한 귀퉁이가 사라진 것이다. 그제야 한대연은 이들 기사단이 붉은 이빨로 불리는 이유를 알 수 있었다.

최초의 하얀 중갑주는 적의 피로 붉게 물들어 있었고, 이제 다시 두 번째 출격을 준비하는 붉은 이빨은 다시 전열을 가다듬고 포위망이 구축되기를 기다렸다. 사막 부족의 병력은 이제 절반으로 줄어들었다. 한 번만 더 기병의 공격이 성공한다면 이번 전투는 끝난 것이나 다름없었다. 마침내 포위망이 구축되고 기사단의 2차 출격이 시작되었다. 거대한 이빨은 이번에도 어김없이 한 움큼 고기를 베어 물고 시뻘건 피를 대지에 뿌렸다. 그리고 완벽한 포위망을 구축하게 된 아군은 기마의 돌격력을 잃은 사막 부족을 향해 마지막 총공세를 펼쳤다.

난전이 펼쳐지자 붉은 이빨도 뿔뿔이 흩어져 적군을 향해 거검을 휘두르기 시작했다. 드디어 주변에 사막 부족이 보이지 않자 하나둘씩 함성을 지르기 시작했다. 아직도 미미하게 칼이 부딪치는 소리가 들리기는 했지만 함성에 곧바로 사라져 버렸다.

대승이었다. 도망친 적은 그 수가 50이 안 되었다. 반면 아군의 피해는 비교적 미미했다. 총사상자는 500으로 절반이 넘었으나 다음 전투에 참여할 수 있는 부상병이 300 가까이 되므로 200 정도의 희생으로 1,000의 병력을 물리친 것이다. 게다가 사상자 중 대부분이 용병이기 때문에 실제적인 전력은 고스란히 남았다. 지금도 전장을 누비며 부상자를 구하기 위해 마법사와 병사들이 뛰어다녔다.

비교적 편안히 전투를 벌인 궁병이 부상자와 전사자를 구별해 이동시키면 마법사가 달려들어 이들을 치료하는 것이다. 비교적 가벼운 상처를 입은 사람은 포션을 먹이거나 발라 임시로 치료하고, 중상자 중 자상을 입은 자는 실력있는 마법사가 달려들어 치료하고 팔다리가 떨어진 자는 비교적 실력이 달리는 마법사가 포션과 힐링을 써서 목숨을 유지하는 것으로 끝냈다.

다음 전투를 위해 전력이 될 사람을 우선으로 치료하는 것이다. 비인간적인 행위였지만 전장에서는 당연한 것이었다. 오히려 전투력을 상실한 이들에게 값비싼 포션을 아낌없이 뿌리는 마법사를 보고 고맙게 생각하는 용병들이었다. 다른 곳에서는 대금을 줄이기 위해 용병들의 목숨을 아깝게 여기지 않았기에 큰 상처가 나면 아예 손도 안 대는 것이다. 살아야 돈을 받을 수 있기 때문이다. 가벼운 상처도 스스로가 치료를 하는 것을 당연히 여기는 용병들이기에 이런 틸라크 공작의 행동에 감동하였다.

물론 이런 행위의 이면에는 틸라크 가의 계산도 깔려 있었다. 단기간에 계속해서 적은 인원으로 사막 부족을 상대해야 하는 관계로 보다 빨리 전력을 보충해야 하기로 했지만 다음 해에도 용병들을 모집해야 하는데 이들이 외면하게 되면 안 되기 때문이다. 더불어 용병들이 많이 몰리게 되면 이들의 몸값이 싸져 보다 많이 고용할 수 있기도 했다.

게다가 팔다리를 잃은 용병들은 틸라크의 영지민이 될 가능성이 높았다. 어디를 가더라도 제 몫을 하기에 그른 이들을 틸라크에서 고용해 쓰는 것이다. 각 마을마다 자경단이 있는데 용병들 중 실력있는 이들을 보내어 검술 교관으로 쓰는 것이다. 하다못해 지방에 조그만 가게를 내주어 정착하게 하면 자꾸만 줄어드는 지방 영지민을 유지하고, 그 후대를 틸라크의 영지민으로 받아들일 수 있는 것이다.

이런 정책은 확실히 효과가 좋아 용병들에게 긍정적인 반응을 얻었다. 다른 지역에서는 일거리에 따라 일정액을 지불하는 반면 틸라크에서는 인원 수에 따라 일당을 지불하는 방식을 쓰기 때문에 용병의 입장에서는 틸라크에서 전투에 참여하는 것이 돈 되는 것은 아니었다. 그러나 가을이 되면 드래곤 산맥과 포러스 제국 동부 지역 대부분이 오크 떼의 노략질로 골머리를 썩는 것은 똑같지만 비인간적인 대우를 하는 여타의 영주들보다 그나마 사람답게 대하고 차후 용병질을 못해도 앞날을 보장해 주는 틸라크에서 일하는 것을 선호했던 것이다.

공작이 머물고 있는 막사에서는 한창 신나게 떠들며 지난 전투를 회상하며 술을 마시고 있었다. 이번 전투처럼 확실하게 대승을 거두는 일은 그리 흔치 않았기 때문이다. 보통은 거의 두 배에 달하는 적군을 상대로 힘겹게 승리하고 아군의 피해도 막심한 것이 대부분이었다. 그런데 오늘의 승리는 아군의 피해라 봐야 사망자가 100이 안 되는 반면 적군의 사망자는 500이 넘고 포로로 400이나 잡았다. 포로들은 이후 틸라크의 농노가 되어 드넓은 평야에서 평생을 일하며 틸라크를 살찌우게 될 것이다.

서로 간에 공을 치하하며 즐겁게 분위기를 만끽하고 있을 때, 공작의 옆에서 조용히 술잔을 기울이는 아젝스는 무표정이었다. 그런 아젝스를 보며 공작은 조금 걱정이 되었지만 차차 나아지리라 생각했다. 반면 다른 귀족들과 기사들은 약간은 비웃음을 내포한 웃음을 내보였다.

처음 전장에 참여한 이들이 보이는 반응은 주로 세 가지로 첫째는 겁을 먹고 울먹이는 형이고, 둘째는 전장에 참여해 열심히 적과 싸운 후 울적해지는 형, 셋째는 처음이나 끝이나 호탕하게 웃으며 싸우는 형이었다. 첫째는 거의 대부분이 쓸모없이 전장을 쫓아다니다가 제 실력을 다 써보지도 못하고 죽고, 셋째는 열심히 싸우다 적에게 포위되어 죽는다. 둘째의 경우가 특별한 일이 없는 한 훌륭한 기사로 자라나 차후 대군을 이끌 명장이 된다.

물론 예외가 없는 것은 아니다. 바로 틸라크 공작은 세 번째 유형이었지만 누구나 감복해 마지않는 명장으로 성장했다. 그러나 예외는 어디까지나 주류의 반대고 대부분이 첫 번째 전장에서 보여주는 모습으로 앞날이 점쳐지는 것이다. 그리고 거의가 다 맞았다. 아마도 아젝스는 첫 번째 유형인 듯했다. 다만 억지로 울먹이는 것을 참고 있는 것이리라.

"아젝스, 피곤하면 들어가 먼저 쉬도록 해라. 원래 전장에 처음 참여하면 쉽게 피곤해지는 법이지. 억지로 남을 필요는 없다."

걱정이 섞인 공작의 말을 듣자 아젝스가 조용히 일어나 공작과 제장들에게 인사한 후 막사를 벗어났다.

자신의 막사에 돌아온 한대연은 오늘 벌어진 전투를 생각했다. 아니, 전장에서 사라진 사람들을 생각했다. 그들도 자신처럼 어디 다른 곳에서 새로운 삶을 살아갈까? 혹시 자신이 살았던 지구에서 다른 모습으로 태어나지는 않을까? 아님 하늘에서 수련을 만나 웃고 있지는 않을까.

한대연은 나직이 한숨을 내쉬었다. 모두 부질없는 생각이다. 나사스는 말했다. 자신이 여기로 온 것은 수많은 영혼 중에 운이 좋아 들어온 것이고 나사스 외에 다른 이는 단 한 번도 행해보지 않은 마법의 결과라고. 그리고 다시는 펼치지 않을 마법이라고. 아마 모두들 천당이나 지옥으로 갔을 것이다. 그런 곳이 있다면 말이다.

한대연은 전장의 참혹함이나 비참함을 느끼기에는 자신이 너무 몹쓸 것을 많이 보아왔다는 것을 알았다. 수많은 주검을 보았으면서도 어떤 감흥도 일지 않았다. 다만 저들의 사후가 궁금할 뿐. 공작의 말대로 피곤하기는 했다. 새벽부터 일어나 밤늦게까지 이리저리 끌려 다니며 말 위에서 생활하는 것은 확실히 고역이었다. 한대연은 생각을 접고 침대에 몸을 뉘었다. 내일도 전투를 위해 이동을 한다고 하니 익숙지 않은 승마를 하려면 휴식이 필요한 것이다.

"아젝스 도련님, 아젝스 도련님, 그만 일어나십시오."

누군가 자신을 깨우는 소리에 한대연은 자리에서 일어났다. 아직도 밖은 어두웠다. 그러나 대부분의 사람들이 깨어난 듯 밖은 혼잡스러웠다. 어제는 이보다는 늦게 일어난 듯했는데 아무래도 멀리 이동하기 때문에 좀 더 일찍 일어나는가 보다 하고 짐작했다. 아젝스가 눈을 비비며 침상을 벗어나자 앙리가 달려들어 부랴부랴 갑옷을 껴입혔다. 이미 앙리는 완전 무장을 한 채로 자신의 무장을 돕는 것이다.

"큰일 났습니다. 사막 부족 놈들이 무슨 수를 썼는지 벌써 2개 마을이 잿더미가 되고 말았답니다. 해서 최대한 빠른 시간 안에 이동을 한답니다. 서두르십시오."

그 말에 한대연도 서둘러 무장을 갖췄다. 밖으로 나가니 한스가 이미 말을 끌고 밖에서 대기하고 있었다. 한대연은 말을 타고 앙리 등과 같이 공작의 막사로 다가갔다. 이미 공작의 막사는 사라지고 각 제장들과 함께 서 있는 공작이 보였다.

"어서 와라, 아젝스. 사막 부족이 북쪽 2개 마을을 불태웠다는구나. 서둘러 이동해야겠다."

각 제장들에게 명령을 마친 공작은 약간 초조한 심정으로 막사가 거두어지는 것을 지켜보았다. 이윽고 정비가 끝나자 공작은 부상자와 포로들을 수송할 병력 일부를 남기고는 곧바로 남은 병력을 이끌고 북쪽을 향해 출발했다. 총 500의 병력이 아직도 깜깜한 어둠을 뚫고 북쪽으로 급한 발길을 서둘렀지만 급한 공작의 마음에는 한없이 느리게만 보였다.

밤사이 북쪽으로 5파르상(약 25㎞) 정도 떨어진 페리 마을에서 전령이 도착했는데, 사막 부족의 침입을 받은 가든과 라이튼이 불타고 패잔병이 사막 부족에 쫓겨 페리에 집결했다는 것이다.

가든이 사막 부족의 말발굽에 짓밟힌 후 그 패잔병이 라이튼으로 이동하던 중 라이튼도 위험해지자 급히 페리로 지원군을 요청하러 달렸다. 그러나 페리도 그리 좋은 상황은 아니었다. 이미 한차례 사막 부족의 침입을 받아 물리치기는 했지만 사상자가 발생하고 또다시 사막 부족의 침입이 발생할지 모르기 때문에 전전긍긍하고 있었던 것이다. 그러나 페리의 주둔군이 라이튼으로 갈 필요는 없어졌다. 라이튼의 패잔병이 페리에 도착한 것이다. 이에 페리 주둔군은 공작에게 전령을 보내고 언제 쳐들어올지 모르는 사막 부족에 대항하기 위해 기존 병력과 패잔병을 합친 500의 병력으로 목책을 보강하고 있다는 것이다.

여기서 페리까지는 반나절 거리였다. 아침 동트는 것과 동시에 공격을 하는 사막 부족이기에 늦을지도 몰랐다. 제발 라이튼에서 발이 멈춰졌기를 간절히 바라는 공작이었다.

지멘의 예상과는 달리 사막 부족의 수는 상당히 늘어 있는 실정이었다. 가든에 공격한 사막 부족의 수는 약 500, 페리를 공격한 수는 약 300으로 예상과 크게 다르지는 않았지만 라이튼을 공격한 수는 약 1,500으로 예상치의 두 배를 넘는 수였다. 만약 라이튼을 공격한 사막 부족이 페리를 공격한다면 조그만 마을인 페리는 견딜 수 없을 것이다.

숨이 넘어갈 듯이 헐떡거리는 군사를 아랑곳 않고 서두른 보람이 있었는지 페리는 아직 적군의 손에 떨어지지 않았다. 약 200의 사막 부족을 맞아 페리의 군사들은 목책의 뒤에서 화살을 날리며 잘 버티고 있었다. 간간이 보이는 마법사의 파이어 볼에 불타는 기마들도 보였다.

공작은 보병을 남기고 기사단만을 투입하기로 했다. 지멘이 이끄는 기사단은 쏜살같이 달려들어 목책을 휘돌며 화살을 날리고 있는 적군을 향해 짓쳐들었다. 페리 공격에 열을 올리고 있던 사막 부족은 갑자기 나타난 기사단을 보고 기겁하여 달아났다. 그러나 지멘은 사막 부족이 달아나자 더 이상 쫓지 않고 공작의 보병들이 도착할 때까지 기병들을 쭉 늘어 세우고 방어막을 형성했다. 이윽고 공작군이 도착하자 기사단은 천천히 우회하여 목책 안으로 들어서고 보병과 용병들은 목책 밖에다 천막을 치며 쉴 자리를 마련했다.

목책 안으로 들어선 공작은 전면의 광경에 눈살을 찌푸렸다. 건물 여기저기에 대강 기대어 휴식을 취하는 병사들에서는 전의보다는 살았다는 안도감과 전우를 잃은 실의만이 보였다. 게다가 하나 가득한 부상병들. 공작은 마침 다가오는 페리의 작전관을 보자 화가 치밀었다.

"페로스 경! 이게 어찌 된 일인가? 전령에게 듣기로는 500의 군사가 있다는데 어찌 이리도 부상병이 많은가? 그리고 겨우 200의 기마병에 몰리다니 말이 되는가? 할 말이 있으면 해보게!"

그러자 페리 작전관으로 임명된 가란 페로스 남작이 우물쭈물 말했다.

"저, 그것이… 최, 최초의 전투에서 300여 기의 사막 부족을 상대로 주둔하고 있던 200의 군사로 수비하던 중 부상자가 약 100여 명이 발생했습니다. 하지만 아시다시피 마법사가 모자라 부상자 치료를 제대로 못했습니다. 게다가 적을 완전히 물리치지도 못한 상태에서 가든과 라이튼의 병력이 몰려오는 바람에 아군의 사기가 많이 줄었습니다. 또한 그들 대부분이 부상병들인지라 전투에 참여하기가 곤란했습니다. 병력이 500이라는 것은 맞지만 실제 전투 병력은 채 300도 안 되어 전령을 보내고 공작님께서 오실 때까지 수성에만 전념했습니다. 죄송합니다, 공작 각하."

고개를 숙이는 작전관의 모습을 보는 공작의 마음은 내심 미안했지만 이왕 나온 말 계속해서 다그쳤다.

"그건 그렇다 치고 왜 가든과 라이튼의 작전관은 안 보이는가?"

이에 페로스 남작은 고개를 더 깊이 숙이며 말했다.

"그들은 모두 전사했답니다. 가든의 플라톤 샤를 경은 적진을 뚫고 아군과 민간인을 대피시키는 과정에서 적의 화살을 맞았고, 라이튼의 경우는 그나마 대피조차도 못하고 마을 전체가 적군의 말발굽 아래 사라졌답니다. 해서 가든의 경우는 약 200여 명의 군사들이 이곳으로 회군하였지만 라이튼은 겨우 50이 채 안 됩니다."

"아니, 그럼 마을 주민들은 어찌 되었나? 가든의 마을 주민들 말이야!"

"그, 그게… 병사들의 보고로는 모두 뿔뿔이 흩어져 통제가 되지 않았다고 합니다. 그나마 같이 있던 주민들도 샤를 경의 사후 병력들이 흩어지는 바람에 어찌 되었는지 알 수가 없답니다."

비참한 결과였다. 두 마을을 합친 주민 1,000여 명의 생사가 불분명해진 것이다. 거기다 거의 1,000의 병력이 소실되었다. 앞으로 이들 사막 부족을 어떻게 막아야 할지 걱정이 되는 공작이었다.

틸라크 공작은 우선 부상자 중 전투 가능한 병사들을 추려 병력을 재편했다. 그나마 탈주병 대부분이 몸성히 빠져나온지라 병력은 900 가까이 되었다.

마법사들이 가장 바쁘게 뛰어다녔다. 마법사들은 그간 쉬지도 못하고 전투와 전후 처리에 매달렸는지라 몹시 지쳤지만 불평할 순 없었다. 불평할 시간이 있으면 하나라도 더 전력에 보탬이 될 병사들을 치료해야 했다. 내일 자신의 모습이 이리될지도 모르기 때문이다. 이들은 마법사의 치료라도 받지만 자신이 다치면 그나마 치료도 못 받고 죽을 것이다.

한편으로 병사들을 보내 사막 부족의 위치를 알아내었다. 가든에 침입한 사막 부족은 서쪽으로 진출 중이고 라이튼을 노략질한 무리들은 이곳 페릴에서 서쪽으로 4파르상 정도 떨어진 메린 시를 향해 이동 중이라는 것이다.

또다시 이동해야 했다. 사막 부족이 먼저 도착할 것이므로 약간 남쪽으로 우회해 들어가야 하지만 시간적인 여유가 있다. 사막 부족은 대체로 해가 뜰 때 공격을 시작해 해가 질 때 공격을 멈추는 특성이 있는 것이다. 공작은 전령을 메린 시로 보내고 자신은 여기서 저녁까지 휴식을 취한 후 이동하기로 했다. 다행히 메린 시에는 기병 100과 보병 300의 보충병이 대기 중이었다. 이들과 합친다면 병력 차가 그리 심하지는 않을 것이다.

제장들을 임시 막사에 들인 공작은 메린 시에서의 전투에 대해 의견을 나눴다. 그러나 대부분이 약간은 회의적이었다. 지금 메린 시로 향하고 있는 사막 부족의 수는 약 1,500. 라이튼에서 줄었다 해도 탈주병의 보고에 의하면 그리 많이 줄지는 않았을 것이다. 반면 공작군의 수는 페릴에 900, 메린에 400으로 도합 1,300이지만 페릴에 방어군을 두어야 하므로 300 정도는 남겨야 한다. 게다가 문제는 이 1,000의 군사가 제대로 된 군사가 아니라는 것이다. 메린 시에 대기 중이던 400의 군사는 신참을 위주로 한 부대라 전력에 그리 큰 보탬이 안 되었다.

게다가 마법사의 도움으로 외상이 치료되기는 했지만 아직도 절뚝거리며 다니는 병사들이 수두룩하다. 사기도 많이 가라앉았다. 충분한 휴식도 취하지 못했다. 악재가 많은 것이다. 막사에 모인 대다수의 사람들이 메린 시를 포기하고 좀 더 후방에서 병력을 모아 맞서기를 원했지만 차마 말을 못했다.

메린 시는 비교적 큰 도시였다. 인근 소규모 마을의 집산지로 가구 수만도 1,000이 넘는 것이다. 이 정도의 마을이 불타면 다시 재건하는 데 10년은 걸릴 것이다.

"모두 알고 있겠지만 상당히 어려운 싸움이 될 것이오. 병력, 사기, 전투력 등 모든 면에서 사막 부족보다 부족하오. 하지만 메린 시를 포기할 수는 없소. 그러니 좋은 생각이 있으면 서슴없이 말해 주기 바라오."

그러나 모두 공작의 눈길을 피하고 말없이 탁자만 바라보았다.

"아무도 말이 없단 말인가?"

약간 노기와 탄식이 섞인 공작의 말이 있자 한 노기사가 내심을 드러내었다.

"공작님께서도 말씀하셨지만 병력과 사기 측면에서 너무 차이가 납니다. 만약 병사들의 상태가 그나마 좋은 상태라면 어느 정도 가능성이 있겠지만 지금의 상태에서는 도저히 불가능하다고 보입니다. 병사들은 지치고 다쳐서 제대로 움직일 수도 없고, 반격의 주역인 마법사도 체력이 거의 고갈되었습니다. 차라리 메린 시를 포기하고 다음을 대비하는 것이……."

"안 되오! 메린 시가 무너지면 그 인근 마을까지 모두 무너지는 것을 모르고 하는 말이오? 5,000의 주민과 농노들이 없어진단 말이오. 메린 시는 포기할 수 없소!"

모두 알고 있는 말이었지만 어쩔 도리가 없었다. 이때 그동안 아무 말도 없던 아젝스가 선뜻 말을 건넸다.

"아버님, 혹시 기병들이 활도 쏠 수 있습니까?"

"활?"

공작의 의문에 지멘이 대신 아젝스에게 말했다.

"기사는 오로지 검만을 사용합니다."

"제 말은 기사가 아니라 기병들 이야기입니다. 만약 기병들이 활을 사용할 수 있다면 야간에 적들을 혼란에 빠뜨릴 수 있을 것입니다. 한 300 정도의 기병을 동원할 수 있다면 상당한 전과를 올릴 뿐만 아니라 적들의 사기도 떨어뜨릴 수 있지 않겠습니까?"

그러나 제장들은 아젝스의 말을 듣고 쓴웃음을 지을 뿐이었다. 너무도 어이없는 의견이었기 때문이다. 아무리 기습이라고 하더라도 300의 기마가 움직이는 데 포착을 못할 리가 없다. 포착을 못하더라도 300으로 얼마나 타격을 주겠는가? 아군이 한번 활을 쏘면 적군이 멍청해 모두 맞아준다고 해도 적군이 반격을 하면 아군은 한 사람당 세 발의 화살을 맞아야 한다. 화살을 쏠 수 있는 기병도 없거니와 쏠 수 있는 기병이 있다고 해도 그런 허무맹랑한 작전으로 아까운 기병을 소모시킬 수는 없다. 이것이 아젝스를 제외한 모두의 생각이었다.

"아젝스, 아직 경험이 없어 그런 말을 한다만, 사막 부족에겐 야습이 불가능하단다. 그들은 우리보다 기마술이나 궁술뿐만 아니라 시력도 상당해서 이런 초원이라면 그들의 눈을 피할 수가 없단다."

아젝스의 의견은 묵살되었다. 공작은 아젝스가 의견을 냈다는 것은 마음에 들었지만 경험 미숙을 드러내 다른 귀족들에게 얕보임을 당한 것이 못내 아쉬웠다.

"어쨌든 메린 시로 가는 것은 피할 수 없으니 그곳에서 적정을 살펴본 후 작전을 다시 생각해 봅시다."

공작이 이끄는 약 600의 군사는 일찍 저녁을 먹고 메린 시를 향해 서진했다. 전초의 탐방을 듣고 우회해 메린 시에 도착한 공작 일행은 마중 나온 메린 시 경비대장의 보고를 들으며 관사로 향했다.

"어서 오십시오, 공작 각하."

관사에는 늦은 밤에도 잠을 못 자는 시 책임자 홀린 벨러드 자작이 공작 일행을 기다리고 있었다. 홀린 벨러드 남작은 과거 중앙 행정부에서 서기직을 맡아보았던 사람으로 강직했으나 요령이 없어 상관의 눈 밖에 나 계속 변방으로 떠돌다 틸라크까지 흘러들어 온 사람이었다. 눈치는 없지만 사무직에는 비교적 능력을 인정받아 틸라크 공작이 메린 시의 책임자로 앉힌 지 벌써 5년이 지났다.

"그래, 그간 잘 지냈나?"

"예."

"일단 들어가서 얘기하세."

"저를 따라오시지요."

벨러드 자작의 안내로 관사에 들어선 공작 일행은 남작과 경비대장의 보고를 들었다.

"현재 적들은 북쪽 1파르상 거리에서 주둔한 채 있습니다. 아마 내일을 기점으로 공격을 거행할 것으로 보입니다. 이곳 메린 시에는 50명의 경비대와 훈련 보병 300, 훈련 기병 100이 전투 준비에 임하고 있습니다."

"훈련 정도는 어떤가?"

지멘 이튼이 묻자 경비대장이 얼굴을 붉혔다.

"그리 잘되어 있지 않습니다. 훈련은 약 육 개월 정도 받았지만 실전 경험이 없는지라… 그나마 받은 훈련도 제대로 전투에서 써먹을 수 있을지 미지수입니다. 경비대도 주로 행정과 치안 쪽에 치우치다 보니 전투 경험이 없는 자도 상당수입니다."

"방어 태세는 잘 되어 있나?"

"일단 목책을 세우고 구덩이를 파서 어느 정도 방어 진지를 구축하기는 했지만 적군이 워낙 많은지라 그리 신통하지는 않을 것으로 보입니다. 약 2아마지(500m) 정도 방어 진지를 세웠기 때문에 적의 우회 공격 시 대책이 없습니다."

훈련이 잘 안 되어 있다는 말에 얼굴을 찌푸리던 공작 일행은 그나마 목책을 세워 방어 진지를 구축했다는 것에 기뻐했다. 전혀 기대를 안 했던 것이다. 어느 정도 튼튼하게 지어진 목책이면 적에게 상당한 피해를 강요할 수 있는 것이다. 공작은 비교적 가벼운 목소리로 말했다.

"그나마 없는 것보다는 낫겠지. 일단 앞에서 치고 들어오는 적들은 목책을 이용해 보병이 막고, 우회하려는 놈들은 기병으로 방비하는 것을 기본 전략으로 삼아 자세한 대책을 세워보세."

어느덧 무겁던 작전실은 활기를 찾기 시작했다.

제 4 화

공작의 죽음

공작의 죽음

새벽이 밝아오자 모두들 부산을 떨며 일어나 주둔지를 정리하고 아
침 준비를 서둘렀다. 비록 어제 밤늦게까지 행군을 해 지친 몸이지만
오늘 있을 사막 부족과의 전투를 생각하면 불평을 늘어놓을 순 없었다.
이윽고 모든 준비를 마친 공작군은 북쪽에 세워진 목책 너머를 바라보
며 해가 뜨기를 기다렸다.

공작군은 목책 뒤에 500의 군사와 마법사를 배치하고 후방에는 우
회하는 적을 막기 위한 기마병 300과 지원군 200을 배치해 놓고 적이
쳐들어오기를 기다렸다.

비교적 높은 언덕에 세워진 막사 앞에서 제장들과 전방을 주시하는
공작은 비교적 평안한 얼굴을 하고 있었다. 오늘 전투의 주역은 마법
사가 될 예정이었다. 아무래도 지칠 대로 지친 보병들로는 목책이 있
다곤 하지만 기병을 상대하기는 힘들 것이다.

그래서 생각한 것이 마법사로 하여금 전방에 들이치는 기병을 대인마법으로 하나하나 잡고, 목책 앞 10가즈(약 10m) 정도 떨어져 파놓은 구덩이를 넘어오는 적은 궁병이 처리하는 전술을 세웠다. 계획대로 된다면 상당한 전과를 올리며 오늘 하루를 버틸 수 있을 것이다. 반격은 그 다음이다.

대지가 붉은 해로 물들어갈 무렵 멀리서 먼지가 일며 인마들이 보이기 시작했다.

"저, 저게 뭐야?"

"왜 사람들이 없는 거지?"

눈이 좋은 전방의 몇몇이 사막 부족을 확인하고는 저마다 수군거렸다. 북쪽의 능선 너머에 보이는 것은 수많은 야크들이 한데 뭉쳐 몇몇의 기마병의 인도로 천천히 공작군을 향하고 있는 모습이 전부였다.

"대체 무슨 생각을 하는 거지?"

공작과 제장들은 저마다 궁금한지 고개를 갸웃거렸다. 야크야 사막 부족의 주식 중 하나였으니 사막 부족이 끌고 다니는 것은 그리 이상한 것이 아니다. 그러나 바로 전투가 시작될 마당에 위험한 전장에 야크를 몰고 나타난 것은 아무래도 수상한 것이다.

"단시간에 우리를 무너뜨릴 수 있다는 자신감인가?"

한 기사가 그런 말을 하자 모두들 얼굴을 붉히며 화를 내었다. 감히 사막의 야만족이 자신들을 어찌 보고 저런 행동을 하느냐며 길길이 날뛰었다.

"아무래도 목책을 부수려는 방책인 듯합니다."

뜬금없이 아젝스가 말을 하자 제장들과 공작이 얼굴을 찌푸렸다. 또 말도 안 되는 생각을 한 것이다. 저런 야크들을 가지고 무슨 수로 목책을 부순다는 것인가? 야만족이야 야크를 귀히 여겨 저들을 잡아들이기 위해 목책 밖으로 뛰쳐나갈 순 있다 해도 틸라크 군은 아니었다.

"적들이 움직인다!"

망루에서 탐방하던 병사가 소리치자 저마다 한심하다는 눈빛을 아젝스에게 보낸 후 전방을 주시하더니 저마다 놀라 소리쳤다.

"뭐, 뭐야?"

"이런 미친!"

꼬리에 불이 붙은 야크들이 기마병의 유도로 목책을 향해 뛰어들기 시작했다. 그 뒤에 또다시 30여 마리가 똑같이 꼬리에 불이 붙은 채로 뛰었다. 최초에 불이 붙은 야크 떼가 구덩이를 넘자 잠시 정신이 나갔던 궁병 중 하나가 화살을 쏘자 저마다 활을 난사하기 시작했다. 첫 번째 야크 떼가 목책을 들이받아 목책 위에 있던 병사들이 저마다 비명을 지르며 떨어졌다.

목책이 심하게 흔들리자 그제야 상황의 심각성을 눈치 챈 기사들이 외쳤다.

"야크들을 죽여라! 목책에 가까이 접근 못하게 하라!"

그러나 늦은 대응이었다. 이미 이 열이 목책을 들이받았고, 날카로운 뿔과 육중한 몸무게로 들이받은 목책은 중간이 부러지고 구멍이 났다.

목책 위에 있던 병사들은 그 충격으로 야크 떼 위로 넘어졌고 그들에게 달려드는 세 번째 야크들을 암울한 눈빛으로 바라봐야 했다. 튼튼하진 못해도 상당한 도움이 될 것으로 생각했던 목책은 단 세 번의 야크 떼 몸통 공격으로 깨어졌다. 비록 한 귀퉁이였지만 그 사이로 들이치는 야크 떼들로 아수라장이 되었다. 꼬리에 붙은 불은 이곳저곳에 불을 놓아 사방이 삽시간에 연기로 가득 찼고, 또다시 침입한 야크 떼는 병사들을 들이받으며 후방의 기마들을 향해 질주했다. 그제야 괴성을 지르며 달려드는 1,000여 기의 사막 부족이 보였다. 생각보다 많은 수는 아니지만 야크 떼의 충격으로 아무도 이를 눈치 챈 사람은 없었다.

"이런 비겁한……!"

공작 일행은 암담한 현실에 주먹만을 움켜쥔 채 아무 말도 못했다. 도저히 생각지도 못한 일이었다. 어찌 저 사막의 야만인들이 이런 기막힌 전술을 생각했단 말인가? 거기다 저들은 야크들을 상당히 아꼈다. 이제 곧 겨울이 되면 저 야크 한 마리가 동족의 목숨 한 명과 같은 것이다. 있을 수 없는 일이었다.

"뭐 하고 있는 겐가? 어서 가서 병사들을 정비하라! 아직 전투가 끝난 것이 아니야! 서둘러 뚫린 목책을 방어하라! 적이 그곳으로 들어와서는 안 된다. 지멘, 기병들을 대기시키게!"

각 제장들은 공작의 명을 받자 서둘러 움직였다. 그러나 그들의 안색은 어두웠다. 공작의 안색 역시 어둡기는 마찬가지였다.

공작은 아무 말 없이 곁에 서 있는 아젝스를 바라보았다. 아까 아젝스의 말을 듣고 준비를 하였다면 이 정도로 다급한 상황은 아니었을지도 몰랐다. 하나 일단은 지금의 상황을 넘기는 것이 먼저였다.

뚫린 목책을 향하던 사막 부족은 일단 어수선하기는 해도 처음의 작전처럼 마법사의 견제를 받으며 하나둘씩 쓰러지기 시작했다. 그러나 사납게 달려드는 사막 부족 전부를 쓰러뜨리지는 못했다. 대신 그들을 막은 것은 목책 대신 늘어선 보병들이었다. 궁병의 도움을 받았으면 보다 적은 사막 부족을 상대했겠지만 목책이 사라짐으로 해서 목책 위에 있던 궁병 대다수를 상실했다.

수많은 기마들이 자신을 향해 달려들자 보병들은 눈을 감으며 장창을 앞으로 내밀고 몸을 숙였다. 운이 좋아 말들이 멈춘다면 자신이 사는 것이다. 그러나 기마들은 장창에 찔렸으면서도 그 육중한 몸을 들이밀고 보병을 덮쳤다. 훈련받은 말들은 날카로운 창날을 보면서도 기수의 뜻에 따라 앞으로 내달렸고, 달리는 탄력으로 장창에 찔린 말들은 보병의 수비 대열을 흩뜨리는 역할을 해내었다. 더 이상 기다리면 수비진이 무너질 것으로 생각한 공작이 기마병을 움직였다.

야크 떼로 연기가 가득한 주둔지를 뚫고 무너진 목책을 향하는 기병들을 바라보는 공작의 눈은 제발 저들을 막아주기를 바라는 염원으로 가득했다.

이윽고 붉은 이빨이 날카로운 이빨을 들이밀고 사막 부족을 향해 치달렸다. 그들의 진로를 막는 것은 아무것도 없었다. 날카로운 칼이 물살을 가르듯이 깨끗하게 사막 부족의 한가운데를 찢어발겼다. 그 사이로 다시 물처럼 갈라졌던 사막 부족이 채워졌다. 사막 부족을 향해 치달렸던 붉은 이빨 기사단은 별다른 피해를 입히지 못하고 적진 한가운데에 고립되었다.

공작의 몸이 휘청였다. 도저히 믿을 수 없는 결과였다. 사막 부족은 이제 훌륭한 전술을 사용할 수 있는 무서운 적으로 돌변한 것이다. 기사단의 출격으로 옆으로 갈라진 사막 부족은 목책 위에서 대기하던 궁병과 마법사들에게 상당한 피해를 입었지만 기사단이 지나가자 기사단의 출격을 위해 잠시 자리를 비켜줬던 뚫린 목책을 향해 내달리기 시작했다.

보병은 기병들이 방어진을 구축할 때를 기다리며 밀집 대형으로 뭉처 있다가 달려드는 사막 부족을 보고 기겁을 했다. 달려드는 사막 부족은 밀집된 보병을 향해 두툼한 곡도를 휘두르며 진격로를 확보하기 위해 한곳으로 밀어내기 시작했다. 그 사이로 수많은 적군이 밀려들어왔다. 또한 목책 밖으로 나간 기병들이 들어오지 못하도록 포위를 하고 빙빙 돌며 화살을 날렸다.

시멀레이러는 속이 탔다. 목책에 막혀 한곳에 몰릴 적군을 위해 준비했던 헬파이어 마법은 이제 물 건너 갔다. 적진 한가운데 뭉쳐 있는 아군의 기사단 때문에 그 막강한 마법을 쓸 수 없는 것이다. 이제 후퇴를 해야 했다. 수많은 피해를 입었지만 이제라도 후퇴해 다시 전력을 정비해야 했다. 그래야 내일이 있는 것이다.

"헬파이어!"

시멀레이러는 기사단의 퇴로를 확보하기 위해 목책과 기사단 사이에 있는 적군을 향해 단 한 번밖에 쓸 수 없는 헬파이어 마법을 공간을 축소해 사용하곤 공작을 향해 플라이 마법으로 날아갔다. 아섭기는 했지만 어쩔 수 없었다. 다행히 급작스런 마법 공격으로 사막 부족은 일대 혼란이 일어났다. 하늘의 재앙처럼 사방 1아마지는 시뻘건 화염에 휩싸이며 모든 생명체를 앗아갔다.

"공작님, 이제 후퇴를 해야 합니다. 더 이상 버틴다면 전멸을 면치 못할 것입니다. 안타깝지만 다음을 위해 그만 물러서시지요."

공작은 공허한 눈빛으로 시멀레이러를 보더니 다시 전장을 둘러보았다. 주둔지 안은 온통 사막 부족과 그에 쫓기는 보병들이 질러대는 비명으로 가득했다. 그나마 마지막 시멀레이러의 마법으로 퇴로를 얻은 기사단이 힘겹게 목책에 접근해 방어막을 형성하자 더 이상 목책 안으로 들어서는 적군이 없는 것이 다행이었다. 완패였다. 더 이상 버틴다면 피해만 늘 뿐이었다.

"회군할 수밖에 없는가? 휴우, 시멀레이러, 자네가 회군하는 아군을 돕도록 하게."

공작의 명을 받은 시멀레이러는 기수에게 회군 신호를 보내라 하고는 다시 전장을 향해 날아갔다. 먼저 보병과 용병들을 후미로 보내 공작과 함께 1차로 회군시키고 발빠른 기병을 도와 궁병들이 기병 후위에서 시간을 벌었다.

이윽고 공작 일행이 멀어지자 궁병이 빠지고 기병이 천천히 후퇴했다. 시멀레이러와 5서클 이상의 마법사 3인이 하늘을 날며 그런 기병들을 엄호했다. 사막 부족도 그리 심하게 공작군을 몰아치지는 않았다. 단지 끈질기게 기병을 붙잡고 늘어질 뿐이었다. 평소 사막 부족의 행동과는 좀 달랐으나 시멀레이러는 그리 심각하게 생각하지 않았다. 이제 조금만 버티면 공작군은 안전하게 후퇴해 메린 시에 마련된 제2의 방어 진지에 들어서게 되는 것이다. 그 뒤에 기병이 빠르게 후퇴하고 그 뒤를 사막 부족이 못 쫓아오도록 마법을 난사한 후 자신도 빠질 생각이었다.

그런 생각을 하며 여유있게 전장을 누비던 시멀레이러의 눈에 이상한 장면이 잡혔다. 공작군이 후퇴하는 방향에서 뿌연 먼지 구름이 이는 것이다. 시멀레이러는 하마터면 하늘에서 추락할 뻔했다. 사막 부족의 일단이 멀리 우회해 공작군을 치려는 것이 분명했다.

"지멘 경! 후, 후방에 적군이 몰려오고 있소! 나는 공작님께 가볼 테니 경은 다른 마법사들과 함께 합류하시오!"

다급한 말 한마디를 남긴 채 시멀레이러는 공작을 향해 날아갔다. 이 말을 들은 지멘과 기사들은 눈앞의 적은 몰라라 하고 말머리를 돌려 공작군을 향해 치달리기 시작했다.

후퇴하는 공작군은 서둘러 길을 재촉했다. 이왕 후퇴를 결심했으면 전장에서 빨리 벗어나 다시 재정비할 시간과 장소를 얻어야 하기 때문이다. 이런 마음과 달리 후퇴하는 병사들을 앞에서 이끌고 있는 공작의 발걸음은 더디기만 했다. 보병이 대부분인 병사들이 뛰어봐야 말을 탄 공작을 따라올 수 없기 때문이다. 한시라도 빨리 메린 시로 들어가 결전을 준비해야 하는 공작의 심정은 다급하기만 했다.

"적이다!"

갑자기 들려온 소리에 공작은 깜짝 놀라 소리난 곳으로 고개를 돌렸다. 뿌연 먼지를 등에 지고 자신을 향해 달려드는 일단의 기마들이 눈에 들어왔다. 이를 악문 공작이 소리쳐 명령했다.

"최대한 빨리 메린 시로 진입한다! 서둘러라! 궁병은 적들을 향해 활을 쏴라!"

아수라장이 되어버렸다. 메린 시를 향해 뛰어가는 보병과 용병들을 뒤로한 채 궁병들은 측면에서 몰아쳐 오는 기마들을 향해 활을 당겼다. 그 뒤로 공작과 아젝스, 호위 기사들이 그들을 격려했다.

"아젝스, 너는 메린 시로 들어가 병사들을 정비해라. 앙리! 아젝스를 안내하라."

"아닙니다. 저도 여기 있겠습니다."

"아젝스."

공작은 아젝스의 말을 듣자 전투가 벌어진 다음 처음으로 얼굴에 미소를 띠었다. 하나 나오는 말은 단호했다.

"아니다, 아젝스. 여기는 내가 맡을 테니 너는 후방에서 병사들을 정비해라. 그래야 내가 후퇴해도 쉴 자리가 있지 않겠느냐? 어서 서둘러라."

공작은 미소와 함께 다시 전장을 돌아보았다. 아니, 돌아보려 했다. 하늘을 새까맣게 매우는 화살비에 공작은 생각할 것도 없이 말을 타고 있는 아젝스를 안고 말 아래로 쓰러졌다. 화살 몇 개가 공작의 팔다리를 뚫고 박혔다. 다행히 말을 방패로 삼아서 몸에는 화살이 날아들지 않은 것이다. 공작은 다행으로 여기며 일어나 아젝스를 살피려 했다. 그때 방패로 삼았던 아젝스의 말이 쓰러지며 공작을 덮쳤다. 아직 완전히 일어나지 않았던 공작은 말의 육중한 몸을 등에 지고 다시 아젝스와 함께 엎어졌다.

"으악!"

그러나 공작의 비명은 사방에서 들리는 소란으로 들리지 않았다. 여기저기서 울부짖는 소리가 가득했다. 아군 궁수들의 화살을 받으며 지척으로 달려든 사막 부족이 일제히 화살을 날린 것이다. 단 한 번의 일제 사격이었지만 500의 기병들이 100가즈 앞에서 날린 화살은 겨우 100 정도의 궁병과 공작 일행들에게는 치명적인 결과를 안겨주었다. 방패 부대의 엄호도 받지 않고 단지 시간 끌기로 늘어서 있던 궁수대는 거의 절반이 이번 공격으로 날아갔다.

"공작 각하!"

생각지도 못한 화살 공격에 잠시 정신이 나갔던 호위 기사들이 자신에게 날아드는 화살을 쳐내고 분분히 공작 주변을 경호하며 공작의 상태를 살폈다. 공작의 몸은 여러 대의 화살이 박혀 흐르는 피로 말이 아니었다. 공작은 꼼짝을 안 했다. 일단 공작과 아젝스를 덮친 말을 끌어내렸다. 공작은 심하게 다친 듯 정신을 차리지 못했지만 아젝스는 공작이 보호한 덕인지 화살 하나가 어깨를 스친 것을 제외하고는 아무런 상처도 입지 않았다.

우선 자리를 피하기로 한 호위 기사들이 공작의 몸에서 화살을 제거했다. 그 과정에서 상처에 충격이 갔는지 공작이 나직이 신음하며 정신을 차렸다.

"공작 각하, 정신이 드십니까?"

"아젝스!"

아젝스와 호위 기사들이 공작을 말에 태우면서 공작을 살폈다.

"아, 아젝스, 괜찮으냐?"

"예, 아버님!"

"일단 자리를 피하십시오!"

공작의 호위 기사들이 서둘러 공작과 아젝스를 말에 태워 메린 시로 향했다. 그러나 너무 늦었다. 공작의 상처를 보느라 잠시 주춤한 사이 거의 붕괴된 궁수대의 방어망에 난입한 사막 부족은 거대한 곡도를 휘두르며 궁수대를 지나쳐 공작 일행을 덮쳤다. 호위 기사들이 이를 막으려고 공작 앞에 섰지만 수많은 기마들이 지나치며 휘두르는 칼에 쓰러졌다. 공작은 자신과 아젝스를 향해 곡도를 휘두르는 사막 부족을 보자 아젝스의 말에 칼침을 놓고 사막 부족의 정면으로 치달렸다. 공작의 칼침에 깜짝 놀란 말이 앞발을 들더니 쏜살같이 달려나갔다. 그러나 곧 한대연이 고삐를 당기자 거친 숨을 들이쉬며 멈추고 뒤돌아섰다.

공작의 무위는 대단했다. 거대한 바스타드 소드가 불타는 듯한 붉은 빛을 띠며 사방을 누비었다. 한칼에 말이며 칼이며 가릴 것 없이 두 동강으로 무너졌다.

"어서 가라, 아젝스!"

아직도 피하지 않고 아젝스가 자신을 보고 있자 공작은 힘껏 칼을 휘두르며 적을 후퇴시킨 후 아젝스에게 외쳤다. 그러나 그러한 공작이 갑자기 낙마했다. 도저히 공작에게 다가갈 수 없자 수십 명의 사막 부족이 화살을 날린 것이다. 공작에게 쏟아진 화살 대부분은 공작의 방패에 막히고 바스타드에 꺾여 땅에 떨어졌지만 몇 개의 화살은 기어이 말에 박힌 것이다.

땅에서 일어서는 공작을 향해 괴성을 지르며 사막 부족이 달려들었다. 그와 동시에 한대연도 공작을 향해 달려들었다. 아직 몇 명의 호위 기사들이 있었지만 저마다 수많은 적들의 칼날을 상대하느라 공작의 위험을 보고도 다가갈 수 없었다. 그들이 할 수 있는 것이라곤 그러한 울분을 비명과 함께 검에 실어 눈앞의 적을 향해 내려치는 것뿐이었다.

공작은 자신에게 짓쳐드는 칼날을 보고 훌쩍 옆으로 피한 후 지나치는 적의 머리를 향해 검을 내려쳤다. 그러나 검은 빗나갔다. 말에서 떨어진 충격이 아직 가시지 않은 데다가 피를 너무 많이 흘린 것이다. 잠시 어지러운 정신을 가다듬기 위해 머리를 흔드는 공작의 머리 위로 2개의 칼날이 떨어져 내렸다. 급작스레 나타난 칼날에 본능적으로 회피하며 방패를 하늘로 올려 방어했다. 그러나 하나의 칼날이 공작의 방패를 피해 어깨를 훑고 지나쳤다.

"으악!"

공작이 떨어져 나간 오른쪽 어깨를 손으로 잡으며 쓰러지자 공격이 성공한 기마병에 뒤이어 뛰어든 사막 부족이 공작을 말로 짓밟기 위해 달려들었다. 그러나 그전에 공작의 호위 기사들이 그들을 막아섰다. 최초 30명이던 호위들은 어느새 10명도 안 되었다.

한대연은 급히 말을 몰아 쓰러져 있는 공작을 향해 다가왔다. 말에서 내려 피칠갑을 한 공작을 두 손에 안자 공작이 나직이 신음을 하며 눈을 떴다.

"아, 아젝스……."

"말하지 마세요. 곧 시멀레이러가 와서 아버님을 치료할 겁니다."

그러면서 공작을 안아 자신의 말에 실으려고 했다. 그러나 공작은 이를 거부하며 아젝스에게 말했다.

"아젝스… 흐윽, 반드시 소드 마스터가 되어라. 헉헉. 그리고 잃어버린, 헉헉, 잃어버린 틸라크의 영지를 되찾아라. 어억, 쿨룩! 알겠느냐?"

"더 이상 말하지 마십시오!"

"약, 약속……."

"아버님, 아버님? 아버님!"

공작의 고개가 축 늘어지며 한대연의 팔 너머로 젖혀졌다. 한대연은 공작의 어깨를 흔들었지만 한대연이 흔드는 방향으로 흔들릴 뿐 더 이상 깨어나지 않았다.

"으아아아!"

더 이상 느낄 수 없으리라던 가족애를 다시 깨우쳐 주고 피폐해졌던 마음을 감싸줬던 공작이었다. 자신과 아무런 인연이 없는 타인이라고 생각할 때 더없이 가까운 사람이라고 가르쳐 주었던 사람, 더 이상 정을 주지 않으려는 한대연을 더할 수 없는 정으로 대했던 공작이 자신의 품 안에서 죽었다.

다시는 사랑하는 사람을 잃을 일이 없을 거라고, 더 이상 눈물이 흐를 일은 없을 거라고 생각했다. 마음을 닫고 꽁꽁 얼어서 누구도 녹이거나 들어올 거라 생각하지 못했다. 그렇게 생각했다. 그렇게 마음먹었다.

"으아아아아악!"

"저기 저놈이야."

한대연은 전장에 나온 이후 처음으로 허리에 있던 검을 뽑았다. 눈앞에 죽일 놈들이 보인다.

"수련의 배에 칼침을 놓았어."

억울하고 분한 마음을 풀어줄 대상들이 수도 없이 목을 늘이고 줄지어 달려든다. 한대연은 기뻤다. 자신의 마음을 알고 분풀이 대상이 되어주려고 달려오는 저놈들이 고마웠다.

호위 기사들도 아젝스의 비명을 들었다. 아젝스가 공작의 몸을 흔들며 절규하자 호위 기사들은 사태를 깨달았다. 공작이 죽은 것이다. 호위 기사들은 아젝스보다 냉철했다. 공작의 시신과 아젝스를 안전한 곳으로 옮겨야 했다. 곧 눈길을 마주치던 호위들은 사막 부족의 거센 칼날을 힘겹게 막아서던 와중에도 아젝스와 공작을 옮기기 위해 주위로 몰려들었다. 그리고 아젝스에게 말했다.

"도련님, 어서 자리를 피하십시오. 공작님의 시신은 저희가 책임지고 모시겠습니다."

그러나 아젝스는 묵묵부답으로 공작을 품에 안고 비명만 질러댔다. 호위들은 인상을 찌푸렸다. 아무리 어리고, 아무리 첫 출전이라지만 너무도 어리광만 부리는 것이다. 상황이 급박한 상태에서 이런 아젝스의 행동은 아군에게 피해만 줄 뿐 전혀 도움이 안 되는 것이다. 하는 수 없이 아젝스를 억지로 끌고 가기로 마음먹었다.

그때 갑자기 아젝스가 허리의 롱 소드를 빼어 들더니 적진으로 달려 나갔다. 아젝스에게 다가가던 호위는 기겁을 했다. 공작을 잃은 상태에서 아젝스마저 죽는다면 틸라크는 끝이었다. 아젝스는 죽어서는 안 되는 존재였다. 호위는 아젝스에게 달려갔다. 그러나 끝내 아젝스를 놓치고 말았다. 갑자기 나타난 사막 부족이 칼을 내밀자 얼떨결에 받고 보니 사방이 적군이었다. 이제 아젝스를 안전하게 데리고 후퇴하기는 그른 것이다. 아젝스를 좇았던 호위는 자신에게 달려드는 적군을 상대하느라 정신없이 검을 휘둘렀다.

그러나 아젝스를 보호하느라 원진을 유지하고 있던 다른 호위들은 아젝스를 볼 수 있었다. 처음 아젝스가 원진을 넘어갈 때 호위들은 암울한 앞날이 예상되었다. 공작과 아젝스가 같이 죽는다면 자신들도 더 이상 살 수 없는 것이다. 그것이 호위 기사의 의무였다. 그러나 그들은 곧 놀라운 장면을 보았다.

파랗게 빛나는 검이 지나간 자리에 남은 것은 쓰러져 괴성을 지르는 사막 부족과 주인 잃은 말뿐이었다. 그리고 어느새 아젝스는 말을 밟고 하늘을 날아 적들을 향해 검을 휘둘렀다. 검날이 엉키고 적들의 목이 하늘을 날면 주먹을 뻗어 달려드는 말들을 내려쳤다.

가냘파 보이는 주먹에 무슨 힘이 있는지 말들은 비명을 지르며 쓰러졌고, 낙마한 적의 머리에 떨어지는 것은 사납게 내려오는 아젝스의 발이었다. 다시 적을 찾아 달려가는 아젝스에게 대적할 것은 없었다. 적들은 불나방처럼 여전히 아젝스에게 괴성과 함께 달려들었지만 그들의 머리 위로 높이 뛰어오른 아젝스는 전신의 힘을 모아 적을 양단하고 다른 적을 향해 검을 휘둘렀다.

"어떻게 된 거야?"

"미, 믿을 수가 없군!"

"서둘러라! 아젝스 도련님마저 잃는다면 우리도 여기서 죽어야 한다!"

잠시 아젝스의 활약에 얼이 빠졌던 호위들이 정신을 차린 듯 아젝스를 호위하기 위해 말을 몰았다. 비록 7명만이 남았지만 아젝스가 휘젓는 바람에 그들이 아젝스의 곁으로 다가가는 것은 쉬웠다. 호위 기사들은 아젝스를 그들 틈 안으로 넣으려고 했지만 아젝스가 워낙 빨리 움직이는지라 곧 포기하고 대신 아젝스의 곁에서 다른 적들을 몰아치는 것으로 계획을 변경했다.

그들이 보기에 아젝스의 상태는 정상이 아니었다. 공작이 자신의 품에서 죽었으니 당연할지도 모른다. 그러나 그렇다고 해서 아젝스가 계속 저렇게 날뛰다 죽게 해서는 안 된다.

"아젝스 도련님, 정신을 차리십시오! 지금은 물러서야 합니다. 적들이 너무 많습니다. 도련님마저 적들에게 죽임을 당하시면 공작님의 죽음을 헛되이 하게 됩니다. 제발 정신을 차리십시오!"

그러나 아젝스의 귀는 완전히 막혔는지 여전히 적들을 찾아 검을 휘두를 뿐이었다.

"파이어 볼!"

갑자기 하늘에서 불덩이가 쏟아졌다. 말과 사람이 동시에 불타자 주변의 말들이 난동을 부리며 날뛰었다. 그사이 땅에 내린 시멀레이러는 호위 기사들에게 다가가 물었다.

"아젝스가 왜 저리 날뛰는 게냐? 그리고 너희들은 공작은 어찌하고 여기서 얼쩡거리는 거야?"

호위 기사들은 시멀레이러를 보자 안도하는 심정이었다. 차후 공작의 죽음에 대한 책임은 뒤로하고 일단은 아젝스를 살려야 하는 것이다.

"공작 각하께서 돌아가셨습니다. 아젝스 도련님은 공작이 돌아가시자 제정신을 잃고 저리도 날뛰고 있습니다. 시멀레이러님께서 아젝스 도련님 좀 말려주십시오."

시멀레이러는 공작이 죽었다는 말에 다음의 호위 기사들이 하는 소리를 듣지 못했다. 그에게 공작은 상관이 아니라 친구였다. 그가 뭐가 좋다고 이런 촌구석에서 갖은 욕을 먹으며 살겠는가. 단지 자신을 친구로 여기는 공작 때문이었다. 그런 공작이 죽었다.

"파이어 볼! 미티어 레인! 체인 라이트닝!"

갑자기 하늘로 날아오른 시멀레이러는 눈에 보이는 적들을 향해 마법을 난사했다. 마른하늘의 불벼락과 날벼락을 맞은 사막 부족은 얼마 남지 않은 아젝스와 호위 기사들을 잡으려고 뭉쳐 있다가 막대한 타격을 입고 주위로 분산되어 흩어졌다.

그사이 화살이 하늘에 떠 있는 시멀레이러에게 집중되었다. 아젝스와 호위들이 사막 부족과 너무 달라붙어 화살을 날릴 기회가 없던 그들에게 하늘에 달랑 혼자 떠 있는 시멀레이러는 훌륭한 표적이 되었다.

그러나 시멀레이러는 흥분했을지언정 아젝스처럼 미친 것은 아니었다. 화살이 날아들자 곧바로 땅으로 떨어진 시멀레이러는 표적이 사라지자 땅으로 내려오는 화살을 적들에게 떨어지도록 바람을 일으켜 유도하고 우왕좌왕하는 그들에게 다시 마법을 난사했다.

처음 후퇴하는 공작군을 몰아쳐 거의 전멸시킬 듯하던 사막 부족들은 이리저리 날뛰는 아젝스와 시멀레이러, 그리고 그들을 호위하는 기사들에 의해 기세가 많이 꺾였다. 마법사는 어차피 조금만 버티면 사라질 존재다. 마나가 고갈되면 어린아이 손목 비틀듯이 손쉽게 처리할 수 있는 것이다. 그렇게 생각하며 마법사가 힘이 사라지기를 기다렸다. 그러나 시멀레이러는 그런 사막 부족의 믿음을 저버리고 끝도 없는 마법을 쏟아냈다. 게다가 마치 새처럼 이리저리 날아다니는 아젝스에게는 도저히 어찌 할 수가 없었다. 마법사도 아닌 존재가 하늘을 붕붕 날며 파랗게 빛나는 검을 휘두르면 사람이든 말이든 잘리지 않는 것이 없는 것이다.

이러지도 저러지도 못하고 있는 사이 커다란 함성과 함께 사막 부족을 덮치는 것이 있었다. 바로 붉은 이빨이었다. 패전과 후퇴를 돕기 위해 피해를 무릅쓰고 적의 발목을 잡았던 기사단은 겨우 100의 병력만이 남았지만 공작군 최고의 정예라는 것을 여지없이 보여주었다.

아젝스 등을 에워싸고 공격하던 사막 부족의 일각을 여지없이 허물어뜨리고 곧바로 아젝스와 합류한 그들은 메린 시로 향하는 퇴로를 확보하자 곧바로 아젝스를 싸안고 후퇴하기 시작했다. 그러나 아젝스가 그들의 발목을 잡았다. 아젝스는 여전히 적들을 향해 달려들 뿐 후퇴를 생각하지 않았다. 호위 기사들은 다급해졌다. 붉은 이빨이 합류한 이때 후퇴해야 하는 것이다. 곧 이어 붉은 이빨을 쫓아온 적들이 당도할 것이다.

"시멀레이러님! 어서 빨리 아젝스 도련님을!"

시멀레이러도 더 이상 마법을 시전하기 어려웠다. 흥분으로 마법을 난사하는 바람에 이제는 플라이 마법을 시전하기도 힘들었다. 그의 눈에도 붉은 이빨을 뒤쫓아온 사막 부족이 보였다. 아니, 이미 붉은 이빨과 아젝스에게 칼을 들이밀고 있었다.

아젝스는 여전히 사막 부족들 사이에서 날뛰고 있었다. 그러나 그의 칼은 더 이상 빛나지 않았다. 입에서는 피가 배어 나와 그가 기마병들 사이를 누비며 검을 휘두를 때마다 점점이 땅에 떨어지고 있었지만 아젝스는 그 사실을 인식하지 못하는 것 같았다. 게다가 아군과 너무 떨어져 있다.

시멀레이러는 다급히 아젝스에게 다가가려 했지만 적들이 너무 밀집해 있어 어려웠다. 하는 수 없이 붉은 이빨 뒤로 떨어진 시멀레이러는 안타까운 심정으로 아젝스를 바라보았다.

"시멀레이러! 아젝스 도련님을 구할 수 없겠소?"

언제 다가왔는지 온몸을 피로 적신 지멘이 피곤한 음색으로 시멀레이러에게 물었다.

지멘을 흘깃 보던 시멀레이러는 아젝스를 보더니 다시 지멘을 보고 아젝스를 다시 쳐다보다 인상을 구기며 고함쳤다.

"이 죽일 놈의 아젝스! 좀 사람다워졌다고 생각했더니 결정적인 순간에 배신을 해? 내 이놈을 가만 놔두면 사람이 아니다. 지멘! 잠시 나 좀 보호해 주게."

지멘의 대답도 듣지 않고 시멀레이러는 두 눈을 감고 휘청이는 몸으로 상당히 긴 주문을 외웠다. 평소 시멀레이러가 주문 외우는 것을 거의 본 적이 없는 지멘은 이처럼 시멀레이러가 오랫동안 주문을 외우자 시멀레이러의 몸 상태를 걱정했다. 시멀레이러처럼 뛰어난 마법사가 이처럼 어렵게 주문을 완성하는 것은 몸의 마나가 거의 고갈되었다는 반증이었다. 이윽고 시멀레이러의 주문이 끝났는지 시멀레이러가 눈을 뜨고 전면을 주시했다.

"파이어 월!"

아젝스와 싸우는 적들 바로 뒤부터 갑자기 거대한 불길이 일더니 파도처럼 적들을 향해 밀려 나갔다. 급작스럽게 전면에 생긴 거대한 불의 장벽을 보자 깜짝 놀란 적들은 그것이 빠른 속도로 자신들에게 다가오자 다급히 뒤돌아 말을 몰았다. 그러나 워낙 한데 뭉쳐 있었던지라 상당수가 불길에 휩싸이며 타올랐다.

"지멘! 어서 아젝스를……."

채 말을 맺지 못한 시멀레이러가 기절해 땅에 쓰러졌다. 지멘은 주위의 기사에게 시멀레이러를 맡긴 후 자신은 아직도 검을 휘두르는 아젝스에게 달려갔다.

"아젝스님! 이제 그만 하고 쉬십시오!"

그러나 아젝스가 여전히 검을 휘두르자 지멘은 하는 수 없이 검집으로 아젝스의 뒷목을 강타했다. 그러나 허공만 갈랐을 뿐이었다. 아젝스는 어느새 뛰어올라 말을 탄 지멘을 향해 검을 휘두르고 있었다. 깜짝 놀란 지멘은 검을 빼 아젝스의 롱 소드를 막았다. 그러자 아젝스가 다리를 뻗어 지멘을 걷어차려 했다. 그러나 지멘은 아젝스의 다리를 잡고 자신 쪽으로 잡아당겼다. 그리고 칼을 든 손으로 아젝스의 뒷목을 사정없이 내려쳤다. 그제야 조용해진 아젝스가 지멘의 말 위에 엎어져서 움직이지 않았다.

"퇴각한다! 최대한 빠르게 메린 시로 이동!"

아젝스를 태운 지멘이 앞장서고 나머지 기사들이 뒤를 따랐다. 그리고 멀찍이서 마법으로 잠시 정신이 나갔던 사막 부족이 흥분한 말을 달래며 아직도 여력이 남은 듯 대지를 불태우는 불길 사이로 그들을 배웅했다.

"죽어엇!"

한대연에게 못이 박힌 각목을 휘두르는 거한이 절규에 가까운 소리를 질렀다. 그러나 한대연은 뒤도 돌아보지 않고 정면의 적을 향해 마지막 일격을 가한 후 쓰러지는 상대를 방패 삼아 뒤로 돌렸다. 거한이 휘두른 각목이 제 동료의 얼굴에 박혔다. 방패막이로 쓴 거한을 내팽개치고 한대연은 각목을 휘두르는 상대에게 쇠 파이프를 내려쳤다.

빡!

무언가 깨지는 소리가 나며 거한은 뒤로 넘어갔다. 그러나 주변엔 여전히 많은 적이 한대연을 둘러쌌다. 그들을 보며 히죽 웃었다.

"너, 넌 누구냐? 왜 여기서 행패야?"

이미 십여 명이 널브러져 있는 나이트클럽은 아수라장이었다. 갑자기 휘두르는 쇠 파이프에 저마다 외마디를 지르며 쓰러진 동료였다. 그러나 더 이상 움직이지 않았다.

"이봐, 말로 하자. 쇠 파이프를 내려놓으면 목숨만은 살려주마."

겁에 질린 목소리로 한대연에게 말했다. 그러나 한대연은 예의 미소를 상대에게 보내며 다시 쇠 파이프를 휘둘렀다. 다시 비명이 터지고 사방으로 탁자가 부서진 파편이 날았다. 이를 갈며 달려드는 거한들은 분노와 겁에 질린 목소리로 비명을 지르며 한대연에게 달려들었다. 그러나 그들을 반긴 것은 동료의 피를 머금은 쇠 파이프였다.

수십 명이었던 그들이 이제는 겨우 다섯밖에 남지 않았다. 그들은 슬슬 뒷걸음치며 비상 계단을 향해 후퇴했다. 그러나 그곳에도 이상한 놈이 기다렸다. 한 팔에 깁스를 하고 휘두를 수도 없을 듯한 야구 방망이를 들고 즐거운 듯이 자신들을 보며 미소 짓는다.

"덕수 형, 오랜만이우."

"너, 넌 장수 놈이구나!"

"형님 덕에 고생 좀 했지. 오늘은 빚 갚으려고 찾아왔수다."

"감히 네놈이… 계집 데리고 도망친 것도 모자라 이젠 나를 죽이려 들어? 네놈이 그럴 수 있냐? 내가 너를 어떻게 대했는데……."

"그 잘난 형님이 동생 여잘 건드리려 했단 말야? 네놈을 형님으로 모신 내가 병신이다!"

"이이… 그런데 저놈은 또 뭐냐?"

"…은아 옛 애인."

"뭐, 뭐야? 하! 계집 하나에 사내놈이 둘이라… 참 어이가 없구나. 그래, 이제 어떻게 할 테냐? 장수야, 어차피 그 계집년은 이미 죽었다. 그러니 마음을 돌려라. 어차피 여기서 네가 나를 건드려 봐야 너도 끝이 좋지 않을 거야. 그러니 우리 타협하자."

"그래, 은아는 죽었지. 그래! 나를 위해 죽었어! 이 빌어먹을 멍청한 이장수 때문에, 못난 나를 위해 죽었어! 바로 저놈! 저놈이 휘두른 칼을 나 대신 맞고 죽어버렸어! 나, 난 겁이 나 은아가 쓰러지는 것을 보고도 달려들지 못하고 도망쳐 버렸어! 그리고 알았어, 내가 은아를 얼마나 사랑했는지. 은아 없이는 이 세상을 더 이상 살 의미가 없다는 것을. 후훗, 그런데 그런 놈이 나 혼자만이 아니더라고. 저놈도 그래. 내가 당신과 타협하더라도 저놈이 당신을 가만히 놔두지 않을 거야."

"저놈, 어디서 굴러먹던 놈이야?"

김덕수는 겁에 질린 표정으로 한대연을 바라보았다. 여태껏 저런 놈은 처음이었다. 쇠 파이프 하나로 거의 30에 달하던 제 부하들이 당했다. 그냥 맞고 뻗은 것이 아니라 아예 골로 보내 버렸다. 그러면서도 제놈은 거의 다치질 않았다. 뒤에도 눈이 달렸는지 등 뒤로 던진 회칼을 잘도 피했다. 그러고 나면 여지없이 쇠 파이프가 달려들어 요절을 내는 것이다. 이런 실력자는 듣도 보도 못했다.

"그놈? 위대한 놈이지. 전 공수부대 중사였고, 현재는 탈영병. 그리고 아마 미래에는 사형수?"

그러면서 이장수는 킬킬대며 웃었다. 그러더니 한대연을 보고 말했다.

"저기 대머리가 은아를 죽인 놈이다. 그놈은 은아를 죽이면서 웃더군."

한대연은 이장수의 말을 듣자 곧 대머리를 향해 고개를 돌렸다. 한대연의 시선을 받은 대머리는 벌써 죽을상을 지었다. 한대연은 쇠 파이프를 들어 대머리를 가리키며 웃었다. 비록 소리없는 웃음이었지만 그 자리에 있는 전부가 들을 수 있었다. 한대연이 기뻐서 소리치는 것을……

한대연은 대머리를 향해 천천히 다가갔다. 그러자 주위의 동료들이 길을 텄다.

그 사이로 들어선 한대연은 대머리를 향해 쇠 파이프를 휘둘렀다. 이미 전의를 상실한 대머리는 두 손으로 머리를 감싸 쥐고 바닥에 쓰러졌다. 그러나 한대연의 쇠 파이프는 사정이 없었다. 대머리의 전신을 난타했다. 그전에 보여주었던, 깨끗하게 한 방으로 상대를 쓰러뜨리는 실력으로 때리는 것이 아니라 완전히 병신을 만들기로 작정했는지 전신을 두드리며 뼈마디를 하나하나 바수어 나갔다. 그런 한대연을 김덕수 등은 질린 표정으로 바라보았다.

"다음엔 당신이야. 기대하라고."

"자, 장수야, 제발 살려줘! 뭐든지 할게, 엉? 제발 저 악마 같은 놈 좀 치워줘!"

"장수 형님! 제발 살려주세요."

마침내 대머리의 머리를 깨부순 한대연이 김덕수를 향해 다가왔다. 그러더니 대머리와 마찬가지로 전신을 후드려 패기 시작했다. 하나 히죽 웃는 이장수를 제외하고는 누구도 한대연과 김덕수를 바라보지 않았다. 그리고 뇌수를 흘리며 김덕수가 최후를 맞이하자 한대연은 나머지를 향해 다가갔다.

"이봐, 그만 해. 저들은 아무 죄도 없다고. 이제 네놈의 원수는 다 갚았잖아. 그러니 그만 하고 어서 도망쳐. 잠시 숨어 있다 헌병대에 자수하면 될 거야. 여기 일은 내가 알아서 마무리 지을 테니까 걱정 말고 어서 가."

그러나 한대연은 클럽을 벗어날 생각이 없는 듯 그나마 부서지지 않은 탁자에 앉아 누가 먹다 남겼는지 모를 맥주잔을 들어 목을 축였다. 이장수가 원수를 다 갚았다는 말에 제정신으로 돌아왔다. 주위를 보니 온통 피바다였다. 자신이 저지른 일이다. 그러나 웃음밖에 나오지 않았다. 멀리서 사이렌 소리가 들렸다.

사이렌 소리에 한대연은 정신이 들었다. 그러나 곧 아니라는 것을 깨달았다. 시끄럽게 자신의 곁에서 들리는 소리는 누군가 서럽게 우는 소리였다. 고개를 돌려보니 한스가 고개 숙이고 구슬프게 울고 있었다. 한대연은 침대에서 일어서려다 아랫배가 칼로 후벼지는 듯한 고통으로 가득하자 나직한 비명을 지르며 쓰러지듯이 침대에 다시 누웠다.

"도련님! 드디어 깨어나셨군요!"

그 소리에 한스의 우는 소리가 지겨워 잠시 밖에 나가 있던 앙리가 뛰어들어 왔다. 그러더니 한대연이 깨어난 것을 확인하고는 밝은 얼굴로 다시 문을 열고 밖으로 나갔다. 잠시 후 한대연이 누워 있는 방 안에 지멘과 홀린 벨러드 자작, 그리고 여러 기사들과 귀족들이 들어섰다.

"이제 정신이 드십니까?"

많은 사람들이 들어서자 한대연은 억지로 몸을 일으켰다. 한스는 한대연이 일어서는 것을 도왔다.

"아버님은?"

"다행히 시신을 찾을 수 있었습니다. 일단 마법사의 도움으로 동결 마법을 펼쳐 부패를 막고 관에 안치해 놓았습니다. 사막 부족을 몰아내고 성으로 운반할 것입니다."

한대연은 그 말을 듣자 다시 말없이 고개를 숙였다. 또다시 친인이 죽었다. 죽고자 했지만 다른 사람이 자신을 살렸다. 그리고 대신 죽었다. 한을 남기고서.

다른 이들은 한대연이 말이 없자 답답했다. 물론 아젝스가 공작을 잃은 것에 슬퍼하는 것은 당연했다. 그러나 지금 중요한 것은 적들을 물리치는 것이다. 물론 아젝스가 중요한 전력은 아니었다. 그러나 공작이 없는 지금 이들을 이끌어 나갈 사람은 아젝스뿐이었다. 그들에게는 지금 구심점이 필요한 것이다.

"아젝스 도련님, 슬픔이 크신 줄은 알지만 지금은 슬픔에만 잠겨 있어선 안 됩니다. 아직 적들은 이곳을 집어삼키기 위해 날이 밝기만을 기다리고 있습니다. 시급히 작전 회의를 열어 대책을 마련해야 합니다."

평소의 말투가 아니었다. 비록 공작의 자식이었지만 엄연히 따지자면 자신은 신분상 지멘보다 낮다. 그러나 지금 지멘이 자신에게 존칭을 하는 것이다.

그제야 한대연은 이들이 몰려온 이유를 알았다. 지멘이 있지만 그가 이들에게 명령할 권한이 있는 것은 아니었다. 어리고 경험이 없는 아젝스지만 모든 권한이 이제 공작에게서 아젝스에게로 넘어온 것이다. 아무리 훌륭한 계획이 있다 해도 아젝스의 허락이 떨어져야 한다. 아직은 아니지만 얼마 후에는 아젝스가 공작의 지위를 받게 된다. 이제 틸라크는 아젝스가 주인이었다.

"지금은 피곤하니 모든 것은 지멘 경이 알아서 대처하시오."

그제야 지멘 등이 안심하고 물러섰다. 어리지만 그래도 시세 판단은 하는가 보다. 내심 아젝스가 물불 안 가리고 복수 운운하며 날뛸까 걱정이었던 그들이다.

"편히 쉬십시오. 급한 일이 있으면 다시 찾아오겠습니다."

한대연은 낮에 있었던 전투를 생각했다. 공작이 자신의 품에서 죽은 이후로 아무런 생각이 나지 않았다. 다만 자신이 잠시 정신이 나갔다는 것은 얼핏 추측할 수 있었다. 전에도 그런 일이 있었으니까……

"앙리, 내가 얼마나 누워 있었지?"

"한 열 시간 정도 될 겁니다."

낮에 있었던 전투는 격렬했고 수많은 사상자를 냈지만 그리 긴 전투는 아니었다. 겨우 몇 시간의 전투로 양자간 엄청난 타격을 입은 것이다. 그러나 좀 더 심하게 당한 것은 공작군이었고 이를 알고 있는 사막 부족은 내일 끝을 보기 위해 오늘보다 격렬하게 공격을 할 것이다. 그리고 이를 잘 알고 있는 지멘 등은 최후의 결전을 위해 만반의 준비를 하고… 그러나 역시 전력 차가 많이 난다. 가뜩이나 모자라는 병력이 낮의 전투로 더 많이 차이가 나게 되었다. 단 한 사람의 전력도 아쉬운 때이다.

한대연은 앙리와 한스를 내보내며 절대 안으로 들어오지 못하도록 하고 가부좌를 틀었다. 그리고 혼원일기공을 운용하기 시작했다. 기혈이 꼬였는지 단전 부위가 콕콕 쑤셨고 기의 흐름도 원활하지 못했다.

혼원일기공은 아주 우연히 배운 내공 수련법으로 자연과 하나되는 것을 목표로 하는 것이다.

그가 무술에 미쳐서 수많은 도장과 산을 헤매며 명인을 찾던 중 우연히 산을 타다 놀라운 장면을 보았다. 어느 나이 지긋한 노인이 바위에 손을 댄 채로 가부좌를 틀고 있는 것이다.

한대연은 처음 기를 수련하는 분인 줄 알고 어느 정도 수련을 쌓았나 호기심에 지켜보았다. 가끔 산중에는 도를 닦기 위해 들어선 명인들이 있었고, 지리산이나 이곳 계룡산에는 그나마 실력있는 사람들이 많았기 때문이다.

꽤 오래도록 가만히 있기에 한대연은 지겨워서 그만 일어나려고 했다. 그런데 갑자기 퍽 하는 소리가 들리며 바위에 대고 있던 손바닥 밑으로 돌 부스러기가 떨어졌다. 한대연은 눈을 비비며 다시 보았다. 그러나 분명히 바위는 한 움큼 부서진 채로 구멍이 뚫린 것이다.

한대연은 노인을 향해 달렸다. 그리고 매달렸다. 제발 가르쳐 달라고. 그리고 한 달이 지나서야 노인의 허락을 받아 혼원일기공을 전수받을 수 있었다. 집에 연락도 안 하고 근 1년을 노인의 수발을 들며 혼원일기공에 전념했다. 집에서는 난리가 났지만 이 기회를 놓칠 순 없었다.

처음에는 자연의 소리를 듣고, 다음에는 자연을 몸으로 받아들이는 수련을 했다. 자연의 소리를 듣는 것은 쉬웠다. 그간 한대연이 기공이랍시고 이리저리 명산을 다니며 수련한 덕에 명상을 하는 것은 이골이 났다. 거기다 명사의 가르침을 더하니 한대연의 수련은 더욱 진도를 빨리했다. 그러나 자연을 몸으로 받아들이는 것은 쉬운 일이 아니었다. 자연을 오행으로 삼아 몸에 오행의 기운을 담아야 한다는 것은 이해했다. 그러나 마음뿐 몸은 따라주지 않아 한대연은 엄청난 고생을 해야 했다. 한겨울에 얼음을 깨고 물에 처박혀 하루 종일 있어보기도 하고, 나무 밑동을 부둥켜안고 밤을 지새기도 했다.

그렇게 고생고생해서 몸에 오행의 기운을 담자 그 다음에는 이를 태극의 기운으로 만들라는 것이다. 이때부터 본격적인 혼원일기공이라는 말에 한대연은 아연실색했다. 기존에 한 수련은 혼원일기공을 배우기 위한 토양이라는 것이다. 그러면서 각 몸의 기혈을 가리키며 운기법을 가르쳤다.

혼원일기공은 운기법이면서 축기법이었다. 자연의 일부를 몸으로 받아 혼원일기공의 내공법으로 기를 돌리면 자연스럽게 전신을 돌다 오행과 맞는 심, 폐, 장에 자리를 틀어 앉는 것이다. 그것이 자연스럽게 자리에 앉았다가 혼원일기공을 운용하면 몸에 들어온 기운에 끌려 전신을 한 바퀴 돌고 다시 제자리에 들어가기를 반복한다.

이렇게 축적된 오행의 힘은 평소에는 제자리에 있어서 각 장기들을 튼튼히 하고 혼원일기공으로 운용하면 활기 차게 전신을 돌아 강력한 힘을 발휘하게 하는 것이다. 그 힘이 끝없이 이어져 꼬리에 꼬리를 물면 태극의 모양으로 한데 섞이게 되고, 이때가 바로 혼원일기공의 이 단계에 들어가는 것이다. 그리고 마지막이 이 태극마저 사라지고 오로지 하나, 혼원의 상태로 남게 되면 혼원일기공을 대성하게 된다.

한대연은 1년을 꼬박 수련해서 겨우 오행의 기운을 소주천할 수 있었다. 그때서야 그의 스승이 그만 하산하라고 했다. 한대연은 더 머물며 수련을 하고 싶었지만 걱정하실 부모님과 하루아침에 공이 이루어지지 않는다는 스승의 말에 하산을 했다. 스승 역시 아직 태극의 단계에 이르지 못하고 있었던 것이다. 그런 상태에서도 촌경을 이루어냈으니 만일 태극의 경지에 이른다면 엄청난 결과를 만들 것이다. 그때부터 한대연은 방학 때면 스승을 찾아 배우고 방학이 끝나면 다시 학교에 다녔다. 처음에는 엄청난 반대를 하던 부모님도 한대연의 성적이 오르기 시작하자 더 이상 아무 말이 없었다. 그리고 군에 입대하고 1년이 지나고 나서야 대주천할 수 있었다. 혼원일기공을 배운 지 4년 만의 일이었다.

한대연은 아랫배에 엄습하는 고통을 참으며 대주천을 시작했다. 처음에는 꿈쩍도 않던 기운이 단전으로 스며든 자연의 기가 서서히 전신을 돌자 조금씩 따라 돌았다. 차츰 고통도 가라앉고 좀 더 깊은 명상 속으로 빠져들 수 있었다. 한 바퀴 두 바퀴 대주천이 거듭될수록 회전하는 기의 속도가 빨라졌고, 이에 따라 한대연의 몸으로 유입되는 기도 더 더욱 많아졌다.

얼마나 돌았을까. 이윽고 속도가 줄어들더니 차츰 오행의 기운이 제자리를 찾아 들어앉기 시작했다.

한대연은 그제야 눈을 떴다. 그리고 연신 자신의 몸을 살펴보았다. 어제 새벽, 전투가 벌어지기 전에 했던 것보다 배는 기가 충만한 것 같았다. 아무래도 미친 듯이 기를 쓰며 전신의 내공을 고갈시키자 텅 비어버린 단전을 채우느라 급작스런 자연의 기가 유입되고, 이를 빠르게 안정시키느라고 고속으로 전신을 돌며 기가 휘돌자 각 기혈들이 크게 확장된 듯했다. 이를 바탕으로 단전으로 유입되는 자연의 기는 더욱 빠르게 들어찼다. 그것을 다시 빠르게 돌리고… 한대연은 속으로 웃었다. 전화위복이라더니. 어쩌면 이런 미친 짓을 한두 번 더 하면 혼원일기공을 대성할지 모르겠다는 생각도 들었다. 그러면 신선이 되어 날아가겠지.

사실 한대연도 파랗게 검이 빛나기 전엔 모르던 사실이었다. 생각하지도 않았다. 파랗게 검이 빛나자 자신이 흥분했고, 이런 자신을 구차하게 여기기도 했지만 마음 한구석엔 어느샌가 왜 그렇게 되었는지 분석하고 있었다. 몸속의 내공을 고갈시키면 더 빨리 더 많이 채워진다는 것을 알았다. 그리고 자신은 매일 몸을 학대하면서 저도 모르게 무아지경으로 검술을 연마하며 급격한 내공을 키웠던 것이다. 과거 깊은 산중에서 무술을 연마할 때 한두 번 이런 적은 있었지만 이 정도로 급격히 늘어나지는 않았다. 아마 이곳은 자연의 기가 충만해서 그런 듯하다. 어디든 산과 들, 수목의 기운이 왕성하였다.

가벼워진 몸을 이끌고 침대를 벗어났다. 그간 잊고 지낸 검술을 연마해 볼 마음이 들었다. 아직 혼란스럽기는 하지만 아무래도 공작의 복수는 해주어야 속이 풀릴 듯하다. 자신의 아버지는 아니었지만 자신을 아들로 알고, 그런 아들을 위해 살 수 있었던 공작이 자신을 대신해 죽었다. 목숨을 빚졌다. 원하지 않은 빚이었으나 갚아야 했다.

방문을 여니 모포를 둘러쓴 한스가 보였다. 방문에 기대어 고개를 숙인 채 쪼그린 상태로 졸고 있었다. 한대연이 어제 한 명령을 지키느라고 방에 들어가지 않고 앙리와 교대로 지키고 있었나 보다.

한대연은 그런 한스를 피해 관사를 나섰다. 아직 동이 트지 않은 관사의 정원을 찌그러진 달이 비추고 있었다. 조용히 허리에서 검을 꺼낸 한대연은 잠시 망설였다. 그가 과거에 배운 것은 검법이지만 정확히는 도법이다. 반면 자신이 들고 있는 것은 검이다. 비록 날이 날카롭게 서 있는 것도 아니요, 그간 공작에게서 배운 검법이 기존에 자신이 알던 검법의 활용과 달리 베는 동작이 많은 것도 사실이었지만 어쨌든 검의 효용을 전부 발하기에는 지금의 검으론 무리였다.

한대연은 고민했다. 과거 자신이 알던 검법을 시전하기에는 좀 부적당하고 공작이 알려준 검법을 쓰자니 묘용이 부족하다. 그렇다고 과거 자신이 쓰던 검을 어디서 구할 수도 없는 것이다.

마침내 한대연은 대안을 찾았다. 한대연은 다시 방으로 갔다. 여전히 한스는 모포를 뒤집어쓰고 졸고 있었다. 좀 미안한 마음이 들었지만 한대연은 한스를 흔들어 깨웠다. 한참을 흔들자 그제야 한스가 졸린 눈을 뜨고 한대연을 보았다.

"어, 도련님, 벌써 일어났어요? 좀 더 주무시지 않고. 참, 그런데 벌써 움직이셔도 돼요? 어제 보니 상당히 아파했던 것 같던데……."

한스는 한대연을 보자 이리저리 관찰하며 질문을 해댔다. 그러나 한대연은 한스의 질문은 무시하고 자신이 알고 싶은 것만 말했다.

"아버님이 쓰시던 바스타드를 갖다 줘. 정원에서 기다릴게."

한대연이 어떻게 바스타드를 쓸 것인지 좀 더 세심하게 생각하고 있을 때 한스와 앙리가 정원으로 다가왔다.

"도련님, 아버님의 유품은 나중에 따로 보아도 될 터인데……."

앙리가 조심스런 말과 함께 검을 내밀었다. 어제의 격전에도 이 둘은 살아남았다. 운이 좋은지 검술이 좋은지 알 수야 없지만 피곤한 몸인데도 불평없이 자신을 따르는 이들이 고마웠다.

"고마워."

따뜻한 말 한마디에 그들은 몸을 휘청였다. 과거의 아젝스나 현재의 아젝스에게서 전혀 기대하지 않았던 말이었기 때문이다.

그러거나 말거나 한대연은 검을 빼 자세를 잡았다. 검의 길이는 검신이 약 110㎝ 정도에 손잡이가 30㎝ 정도로 좀 긴 편이다. 검 폭은 4㎝, 두께는 1㎝가량 되는 듯했고 무게도 상당하다. 확실히 과거의 자신이 쓰던 가볍고 날렵한 검은 아니었다. 그러나 과거의 한대연이 아니듯 지금의 한대연은 검의 경중에 크게 구애받지 않았다. 게다가 다행인 점은 다른 검들과 달리 비교적 날이 서 있다는 것이다. 지금이야 검기를 쓸 수 있으니 날이 있으나 없으나 별반 구애를 받지는 않지만, 날이 있으면 그만큼 힘을 줄일 수 있다. 지금처럼 집단전일 경우는 힘을 절약해야 한다.

천천히 검을 휘둘러보았다. 검의 무게를 몸으로 익혀야 하고 검의 균형도 알아야 한다. 그리고 검의 효용도 생각하고. 확실히 명검은 아니더라도 좋은 검이긴 했다. 의외로 휘둘러보니 검의 무게가 반감된다. 균형이 잘 잡힌 검이다.

공작의 검술을 펼쳤다. 롱 소드로 펼칠 때보다 풍압이 거세어졌다. 몸도 가끔 균형이 어긋난다. 몇 번이고 반복하며 검에 자신을 맞췄다. 일단은 검과 하나가 되어야 한다. 그것이 빠르게 검술에 익숙해지는 길이고 자연을 따르는 방법이다. 다음에야 자신의 의지를 검에 전달해 뜻에 따라 검을 유도할 수 있을 것이다.

어느 정도 공작의 검에 익숙해지자 다음에는 검으로 자신이 알고 있던 검술을 시전했다. 일도류, 해동검, 장검술을 차례로 펼치며 검의 움직임을 살폈다. 확실히 안 맞긴 하다. 일도류의 경우 빠르게 수직 베기 공격은 유효하지만 나머지는 힘들 듯하다. 해동검도 역시 그리 만족스럽지는 않았다. 장검술이 그나마 나았는데 아마도 검의 길이가 비슷해서 그런 듯하다.

일단 유효한 공격과 방어 기법을 공작의 검술에 맞춰 변형시켜 보았다. 그러나 공작의 검술은 주로 한 손 공격이 많았는지라 양손 공격이 주류인 다른 검술을 넣기는 곤란했다. 고민 끝에 공작에게서 배운 검술을 양손으로 펼쳐 보았다. 어색하다. 아마도 왼손에 방패를 들고 싸우는 방식인 탓이다.

또다시 고민. 한대연은 그제야 만족스럽지는 않았지만 그나마 나은 대안을 찾았다. 어차피 방패는 쓰지 않으니 공작의 검술을 쓸 필요는 없다. 이곳은 공수를 겸한 검술보다는 일격필살의 공격술이 유효하다. 결국 적을 가격하는 것은 일도류와 해동검을, 방어하는 것은 장검술, 견제는 공작의 검술을 쓰기로 했다.

"한스, 대련하자."

"제가 상대가 안 될 텐데."

얼마 전까지만 하더라도 한스의 입에서 저런 말이 나오지는 않았다. 비록 초급이지만 한스는 소드 익스퍼터였다. 검술에 관한 한 한스는 뛰어난 재능이 있었던 것이다. 그러나 어제 아젝스가 보여준 검술은 그런 한스의 자신감을 지우는 데 충분했다. 어느새 중급 이상이 되었는지 모르지만 결코 익스퍼트 초급의 실력자가 덤비기에는 너무 차이가 났다.

"천천히, 한 번의 공격과 방어를 번갈아가며 하자."

그제야 한스와 앙리는 아젝스의 의도를 깨달았다. 아까 전 아젝스가 검을 들고 날뛸 때 검술을 연마하는 줄은 알았지만 보도 못한 방향으로 상식 이하의 방법으로 검을 휘두르는 것을 보고 웬 미친 짓인가 했던 둘이다. 그러나 이제는 그런 것을 몸으로 채득하려는 것이다.

"저, 조금 전 익히던 검술을 수련하려는 것이라면 포기하라고 권하고 싶습니다만."

앙리가 약간 어색한 미소를 지으며 아젝스에게 말했지만 아젝스는 단지 한스를 향해 검을 겨눌 뿐이었다. 한스도 하늘을 보고 한숨을 내쉬더니 아젝스와 같은 바스타드 소드를 빼내었다.

"간다."

잔잔한 말과 다르게 아젝스의 검은 무서울 정도의 속도로 한스의 머리 위로 떨어져 내렸다. 잠깐 방심했던 한스는 급작스런 아젝스의 공격에 깜짝 놀라 회피하려 했지만 이미 늦었다. 어느새 아젝스는 검을 한스의 머리 위를 지나 다시 제자리를 찾아 돌아갔다.

"이거 장난이 아닌데……."

그러면서 아젝스의 검이 어서 오라는 듯 까딱거리자 희미한 미소와 함께 아젝스를 향해 검을 휘둘렀다.

새벽에 시작된 아침 식사를 하며 한대연은 지멘 경으로부터 오늘 있을 전투에 대한 대강의 작전을 들을 수 있었다. 어제의 전투로 공작군은 총 600의 사상자를 냈다. 반면 사막 부족은 여전히 1,000여 기의 기마병이 남았다. 숫자상으로는 얼추 비슷한 피해였으나 내실은 달랐다. 사막 부족은 그냥 숫자가 준 것에 불과하지만 공작군은 잘 훈련된 궁병 대부분과 보병의 절반, 그리고 가장 중요한 전력인 붉은 이빨도 절반이나 날아갔다. 현재 남은 전력은 붉은 이빨 120, 보병 150, 용병 170 정도였다. 그나마 다행인 점은 어제 전령을 보내 페리에서 150의 궁병을 보충할 수 있었다는 것으로 오늘 전투에 참여할 전력은 대략 500 정도였다.

"일단 어제부터 세우기 시작한 목책을 좀 더 넓게 세웠고, 적의 야크 떼를 이용한 공격을 막기 위해 구덩이를 깊게 파고 목책 앞에 기름도 부어놓았습니다. 그리고 우회 공격 해 들어오는 적을 막기에는 아무래도 힘들 듯해서 적들이 접근하면 마을 주변에 불을 놓아 적의 침입을 막기로 계획해 놓았습니다."

"방어는 가능하겠습니까?"

"이미 공작님이 돌아가셨습니다. 더 이상의 후퇴는 없습니다. 저희는 여기서 죽을 각오가 되어 있습니다."

"나도 죽겠군."

아젝스의 말 한마디에 지멘은 잠시 말을 잃었다. 잠시 잊은 것이다, 아젝스의 존재를.

"도련님은 다시 틸라크 성으로 돌아가시는 것이 어떨는지요?"

그러나 아젝스는 딴소리를 했다.

"계획은 변경이 가능한 것입니까?"

아젝스가 지멘의 말과는 다른 말을 하자 또다시 걱정이 되었다. 평소 말없이 검술만 닦던 도련님이 전장에 나오자 자꾸 어리숙한 말만 내놓았기 때문이다. 그러나 일단 묻는 말에 대답을 해야 한다.

"물론 보다 좋은 방법이 있다면 얼마든지 가능합니다. 그러나 시간도 얼마 없고 어제 제장들과 함께 숙의 끝에 계획한 것인데……."

한마디로 모르면 잠자코 있어달라는 것이다.

한대연은 잠시 생각을 했다. 이들의 말처럼 잠자코 있을 것인가 말 것인가. 그러나 고개를 흔들었다. 이들의 계획은 솔직히 너무 어설펐다. 아직도 적들을 무시하고 있는 것이다. 그저 단순 무식하게 전진해 칼을 휘두르는 야만인으로 단정하고 이에 맞춰서 작전을 세웠다. 과거의 사막 부족은 그랬고 며칠 전 한대연이 보았던 사막 부족 역시 그랬다. 그러나 지금 자신의 목숨을 노리는 적은 달랐다. 그들은 적의 약점을 이용할 줄 알았고, 적의 전략을 알았고, 자신의 장점을 이용해 적의 전략을 역이용할 정도로 전술에 능했다. 이런 상태로 적과 마주치면 어제의 재판이 될 것이다. 얼마 전의 자신이었다면 그러려니 하고 넘어갔을 것이다.

그러나 이제는 아니다. 어제 자신의 품에서 죽은 공작의 말이 아직도 머리 속에서 맴돌고 있다. 그 말이 비록 일방적인 약속이었지만 꼭 들어주고 싶었다. 빚진 것은 갚아야 했다. 공작을 생각하자 다시 가슴이 답답해져 왔다. 검을 마음껏 휘두르고 싶었다. 정신이 나갈 정도로 온몸을 혹사시키고 싶었다.

"후우."

한대연은 나직이 한숨을 내쉬었다. 그리고 자신을 약간은 걱정하고 약간은 강압적인 눈으로 보고 있는 지멘 이튼을 향해 명령조로 말했다.

"각 제장들을 소집해 주시오."

"어제의 피로가 아직 풀리지 않았습니다. 잠시라도 더 쉬게 하는 게……."

"제 말에 불복하는 겁니까?"

나직한 아젝스의 말에 지멘은 인상을 굳히더니 고개를 숙이며 방을 나갔다. 아직 경험이 모자라지만 그래도 이 틸라크의 주인이다. 경험은 자신이 대신 채워줄 것이다. 그러나 지금처럼 급박한 상황에서 주위의 귀족들에게 얕보인다면 안 좋은 일이었다. 게다가 상황이 좋지 않아 신경이 날카로운 이때에 잘못하면 서로 반목하게 될 것이고, 차후 이 일은 계속해서 아젝스의 발목을 잡을 것이다. 그것은 그간 굳건했던 틸라크의 단결력을 붕괴시키는 결과로 나타날 것이다. 다른 귀족들을 부르기 위해 나간 지멘은 인상을 구겼다.

'그러나 내가 지켜낼 것이다. 나의 선조가 그랬듯이 나는, 그리고 나의 자식들은 영원한 틸라크 가의 종이니까.'

잠시 뒤 작전실에는 상석에 아젝스가 앉고 좌측에 지멘 이튼, 우측에 홀린 벨러드가 앉고 나머지가 줄지어 앉았다.

"시멀레이러님은 왜 보이지 않는 겁니까?"

"시멀레이러는 어제 무리를 해서 아직 깨어나지 못했습니다."

중간쯤에 있는 어느 귀족이 말했다. 아젝스, 너 때문이다. 너만 아니었으면 큰 전력을 잃지 않았을 것이다라는 일종의 비웃음이고 책망이었다. 지멘은 그 사실을 알았으나 뭐라 할 수는 없었다. 당연한 말이었다.

"그럼 마법사의 전력은 모두 상실한 것입니까?"

여전히 무표정에 무감정한 목소리가 계속되자 제장들은 헛웃음을 흘렸다. 비록 어제의 패전이 아젝스의 잘못은 아니었지만 아젝스의 행동으로 잃지 않아도 되는 전력을 꽤 상실했다. 그런데 저런 행동을 보이다니…….

"아직 5서클의 마법사 셋과 그에는 못 미쳐도 다수의 마법사들이 있습니다."

"오늘 아침 이튼 경이 어제 제장들과 세운 방어 계획을 들었는데, 다시 보고해 주시오."

그러자 지멘의 옆에 앉았던 기사가 일어나 보고했다.

"예, 우선 어제의 경험으로 보아 적이 다시 야크 떼를 이용할 것으로 보입니다. 그러나 그들이 불로 야크 떼를 몰았다면 우리도 불로 야크 떼를 저지하면 됩니다. 그래서 목책 밖에 기름을 부어 언제라도 불을 붙일 태세를 마련했습니다. 또한 후방으로 적이 침입하는 것을 막기 위해 역시 기름을 부어 그들의 공격을 원천 봉쇄할 계획입니다. 그렇게 되면 적은 분산되어 큰 힘을 낼 수 없고, 우리는 그들과 동등한 전력으로 목책이라는 유리한 이점을 살려 각개 격파할 수 있을 것으로 보입니다. 현재 목책은 동서북에 걸쳐 세워졌고, 남방은 아직 세워지지 않았습니다. 따라서 적은 분명히 우회 공격을 행할 것입니다."

단순하지만 그래도 꽤나 효과적인 계획이었다. 그러나 한대연은 모자라다는 생각을 했다.

"기름을 뿌린 곳 바로 앞에 날카로운 창과 말뚝을 박으시오. 시간이 그리 많지 않으니 마을의 주민과 농노들을 모두 동원합니다. 또, 물과 모래주머니를 목책 뒤에 배치해 적의 화공에 대비합니다. 마을 후방에 뿌린 기름에 불을 붙이는 것은 어느 정도 적들이 들어온 다음에 시행하시오. 대신 후방의 주요 길목마다 나무와 가재도구를 쌓아 마을에 진입한 적들이 직선으로 들어오지 못하고 빙빙 돌게 합시다. 물론 길목을 막은 나무에는 기름을 부어 언제라도 불을 붙일 수 있도록 해야 하오. 또한 집 지붕 위로 비전투병 중 궁술이 뛰어난 사람이나 활을 다룰 수 있는 사람을 올려보내 불길로 우왕좌왕하는 적을 쏘도록 하시오. 어차피 전 전투 병력을 목책 위로 올릴 것이 아니므로 대기병은 전방의 목책과 후방 침입 병력을 추살하는 특수조로 나눕니다. 그리고 제 호위병 외에 30의 검술이 뛰어난 자를 선출하시오. 용병도 상관이 없소. 그리고 플라이 마법이 가능한 마법사 1명도 필요하오."

모두들 어이가 없었다. 이유를 설명하는 것은 둘째로 하고 마치 딴 사람이 된 듯한 아젝스에게 할 말을 잃은 것이다.

"저, 말씀하신 것의 설명을 부탁드립니다."

"이건 내 직권으로 하는 명령이오."

그러더니 작전실을 나갔다. 모두들 아젝스의 뒷모습을 보며 말이 없었다. 누구는 어이없어 허허 하며 웃기도 했고, 누구는 분노를 억지로 참기도 했다. 그러나 아젝스가 명령한 것을 깊게 생각하는 사람도 있게 마련이었다.

"모두 아젝스님의 말씀을 들었을 테니 서두릅시다."

"아니, 이튼 경! 정말로 저 말을 따르라는 것이오? 아무리 공작님에 이은 명령권자라 하지만 너무 일방적인 명령이 아니오? 게다가 저리도 어리신 분의 생각을 무조건 따르다니 말도 안 되오!"

"그래서 불복하겠다는 것인가?"

지멘이 불만을 표출하는 귀족을 노려보며 말하자 그 귀족은 이내 움츠러들었다. 그러나 말은 여전히 멈추지 않았다.

"아, 아니, 그런 뜻은 아니오. 하나 저렇게 천방지축 나서는 것을 가만 보아야 한단 말이오?"

"무례하다!"

"아아, 그만 합시다."

상황이 험악해지자 벨러드 자작이 나섰다.

"그리 심각하게 생각할 것 없습니다. 어차피 우리가 공작 자제의 명을 따라야 하는 것은 사실 아닙니까? 게다가 그분이 말씀한 것은 단지 좀 더 힘 좀 쓰라는 뜻이고, 어제 세운 우리들의 계획을 수정한 것도 아니지 않습니까. 그러니 아젝스님의 말을 따르고 우리는 우리대로 준비를 하면 그만입니다. 이튼 경의 말대로 시간이 없으니 서두릅시다. 이런 상황에서 반목하면 좋을 것 하나도 없습니다."

그제야 말없이 작전실을 나서는 귀족들이었다. 그러나 여전히 인상을 펴지는 않았다. 오늘 일은 반드시 따져야 하는 것이다.

아침 해가 떠오르자 어제와 마찬가지로 사막 부족은 야크를 몰고 북쪽에서 나타났다. 병사들은 공작의 죽음과 어제의 패배로 사기가 말이 아니었다. 그런 상태에서 다시 전면에 야크들이 보이자 어제의 패전이 되새겨졌다. 목책 안의 분위기는 어수선해졌다.

그러기를 기다렸는지 사막 부족은 느긋하게 전진하더니 목책에서 1아마 정도 떨어진 곳에서 멈췄다. 그리고 불붙은 야크들이 달려왔다.

"궁수들은 준비하라!"

"이튼 경, 내가 명할 때까지 궁수들에게 불화살을 쏘게 하지 마시오."

지멘이 궁수들을 대기시키자 곧바로 아젝스가 말했다.

"하나 때를 놓치면 어제처럼 큰 어려움에 빠집니다."

"그렇습니다. 일단은 지멘 경이 군사를 지휘하는 것을 지켜보시지요."

너는 빠지라는 귀족들의 말을 아젝스는 무시했다.

"내 말대로 하시오!"

"예, 아젝스 도련님."

지멘도 내심 불만과 불안이 있었으나 아젝스의 명에 따랐다. 한 번의 실수는 어려움은 따라도 큰 피해는 없을 것이다. 그리고 지금 명령 체계에 문제가 생기면 안 된다. 차후 문제가 발견되면 아젝스에게서 명령권을 받으면 될 것이다.

목책에서 약 20가즈 떨어진 지역에 구덩이가 파여 있고, 그 다음에는 기름이 뿌려져 있었고, 그 너머에는 아침 아젝스가 명한 대로 말뚝과 부러진 창, 주인없는 칼 등이 꽂혀 있었다.

꼬리에 불이 붙어 흥분한 야크들이 마침내 첫 저지선에 도달했다. 그리고 그 효과는 바로 확인되었다. 야크들은 말뚝에 발이 걸려 육중한 몸뚱이를 대지로 처박고 도검에 찔려 죽어 나갔다. 목책 안의 병사들은 이 모습을 보자 함성을 지르며 기뻐했다. 아젝스의 곁에서 이를 지켜보는 귀족들도 그것을 보며 기뻐했다. 그들도 처음에는 아젝스의 말을 들을 때는 무슨 말인지 몰랐지만 막상 말뚝과 창을 박으며 아젝스의 속뜻을 이해했다. 그러나 이 정도로 효과가 있을지는 몰랐다. 병사들은 저마다 환성을 지르며 사기가 부쩍 올랐다. 이길 수도 있다는 희망이 보이는 것이다.

"아젝스님, 의외로 효과가 좋습니다. 보십시오. 적들도 당황하고 있는지 더 이상 야크들을 보내지 않고 있습니다."

실제로 사막 부족은 연이어 세 번의 야크 떼를 보냈다. 그러나 야크 떼가 목책에 다가가기도 전에 피를 뿌리며 쓰러지자 더 이상의 야크 떼를 보내지 않고 이리저리 몇 마리의 말들이 오고 가는 모습만 보였다. 그러더니 갑자기 수많은 야크와 말들이 한꺼번에 달려들기 시작했다.

"아니, 저놈들이 미쳤나? 아젝스님, 이제 그만 불을 놓으시지요."

한 기사의 말과 함께 이구동성으로 다른 귀족들이 말했다.

"저들이 야크와 말들을 모두 내모는 것은 목책으로 다가서는 길을 만들려는 겁니다."

"그러니 어서 불을 놓아 적의 계획을 막아야……."

"그러니 적이 넘어올 때까지 불을 놓아서는 안 됩니다. 단, 구덩이를 넘어오는 야크들은 궁수와 마법사에게 잡으라고 하십시오. 목책에 피해가 있어서는 안 됩니다. 그리고 궁수와 마법사를 흐트리지 말고 계속 같은 위치에 대기하라고 하십시오."

여전히 아젝스는 강압적인 태도로 명령만 하였다. 귀족들은 아젝스의 제안으로 꽤 효과적으로 야크 떼를 막자 아젝스에게 호감을 가졌었지만 이 말 한마디로 잠시간의 호감을 송두리째 날려 버렸다. 그리고 속으로 실수만 하길 바랐다. 완전히 뭉개 버릴 심산으로 이를 가는 귀족도 있었다. 그러나 아젝스는 그러거나 말거나 전방만을 주시했다.

약 200여 마리의 말과 야크들의 주검이 죽 늘어선 채 사막 부족과 목책을 이어주는 길이 만들어졌다. 그제야 사막 부족이 움직이기 시작했다. 약 1,000에 달하는 기마가 길게 늘어서며 좁게 난 길을 향해 달려들기 시작했다.

"사정 거리가 되는 대로 궁수와 마법사에게 사격을 명하시오."

"예."

지멘은 이제 아젝스의 의도를 명확히 알았다. 그리고 기뻤다. 너무도 훌륭한 주군인 것이다. 아직 귀족들의 반감을 사는 것이 약간 마음에 걸리기는 하지만 이번의 전투를 성공적으로 마친다면 그것도 원만히 해결될 것이다.

"궁수들과 마법사는 준비하라!"

사막 부족이 달려들자 지멘의 명에 따라 일제히 화살과 마법이 난사되었고 좁은 지역에 밀집되어 들어서는 사막 부족은 막대한 피해를 입었다. 게다가 그들이 죽으며 길을 막는 장애물로 돌변하자 성미가 급한 일단이 무리하게 우회해 들어오다 땅에 박힌 도검에 찔려 넘어가 피해를 증가시켰다. 그러나 그것이 그들의 행동을 결정 짓게 했다. 사방에서 땅에 박힌 도검을 무시하고 전진하기 시작하는 것이다. 비록 화살에 맞고 도검에 찔려 막대한 피해를 입기는 했지만 장애물은 완전히 제거되었다. 그리고 여전히 수적 우세는 변함이 없는 것이다. 말을 잃은 사막 부족은 목책에 달려들었고, 목책에 떨어져 있는 사막 부족은 불화살을 날려 목책에 흠집을 냈다.

그러나 누가 시키지도 않았는데 미리 준비한 물로 연신 불을 끄고 목책에 달라붙은 적을 창으로 찔러 떨어뜨렸다. 그러나 워낙 수가 많은지라 어설프게 지은 목책은 적의 기마가 한번 부딪칠 때마다 은근히 흔들렸다.

제장들은 내심 조마조마했다. 지금까지 잘 싸워 적에게 상당한 피해를 입혔지만 저 목책이 쓰러지면 그보다 더한 피해를 아군이 입을 것은 뻔했다. 그러나 그들이 할 수 있는 것이라곤 달려드는 적을 하나라도 더 무찌르며 수하들을 독려하는 것이 고작이었다.

"이튼 경, 기마병을 준비하시오."

이제 지멘은 더 이상 아젝스의 말에 토를 달지 않았다. 그리고 주위엔 더 이상 토를 달 위인도 없었다. 모두가 제 수하를 독려하려고 전장에 달려가거나 위태로운 전투에 정신을 빼앗긴 탓이다.

"불을 피우고 기병에게 목책 주위를 돌며 적을 몰라 하시오."

"궁수는 전방에 불을 붙여라!"

지멘의 구호에 불화살이 사방으로 날아갔다. 20가즈 떨어진 지역에서 갑자기 폭 5가즈의 불길이 거세게 일며 목책을 휘감아 돌았다. 깜짝 놀란 사막 부족이 혼란에 빠졌다. 거의 500의 기마가 목책과 불의 장벽에 갇힌 것이다. 말들이 놀라 두 다리를 높게 치켜올려 기수가 땅에 떨어지는 사태가 속출했다. 이때를 놓치지 않고 수많은 화살이 그들을 향했다. 그리고 100여 기의 붉은 이빨이 그들을 노리고 달려들었다.

"이튼 경, 잠시 지휘를 맡기겠소."

그러더니 아젝스는 자신의 뒤에서 전투에 참여하지 않았던 30여 명을 보았다. 처음 귀족들은 이들이 어제 전투에서 잃은 호위 기사들을 대신하는 역할인 줄 알았다. 그래서 지멘은 아젝스가 용병도 괜찮다는 말을 했음에도 붉은 이빨 중에서 검술이 뛰어난 자들 위주로 선발했다. 그리고 지금 아젝스의 앞에 있는 이들도 그렇게 생각하고 있었다. 그래서 아젝스가 한 말에 깜짝 놀랐다.

"우리들은 지금부터 목책을 넘어 적들을 친다. 단, 최대한 적들의 말만을 상하게 한다. 가급적 적과의 대전을 삼가도록."

그러더니 뒤돌아 목책을 넘으려고 했다. 그러나 아젝스의 말에 깜짝 놀란 지멘이 그를 잡았다.

"아젝스님, 안 됩니다. 그들은 아젝스님 없이도 그 일을 할 수 있으니 아젝스님은 여기 계셔서 계속 지휘를 하십시오."

"아버님은 제게 소드 마스터가 되라고 하셨습니다."

이 말을 남기고 아젝스는 30여 명을 데리고 목책을 넘었다. 지멘은 아젝스의 말을 듣고는 어이가 없어 잠시 정신을 놓았다.

소드 마스터라니? 지멘의 정신이 나간 사이 목책 밖에서나 안에서는 아우성이 일었다. 밖에서 난 소동은 어제 그 악마 같은 검객이 나타났기 때문이고, 안에서는 고귀한 공작 자제가 위험을 무릅쓰고 적에게 달려들었기 때문이다.

아젝스와 그 일행들은 아젝스의 당부를 잘 따르고 있었다. 20가즈에 퍼져 빠르게 적들 사이를 지나치며 말의 다리나 배를 베어넘기며 지나치는 것이다. 그리고 하늘에서는 그들을 엄호하는 마법사가 그들을 따랐다. 아젝스는 빠르게 적진을 향하며 적들의 혼란을 가중시키는 데 전력을 다했다.

그런 아젝스의 전략은 꽤 효과가 있었다. 사막 부족에게 말은 그들의 다리와 같은 존재였다. 그 다리가 사라지자 그들은 더 이상 흉포한 무리가 아니었다. 그리고 그들을 기다리는 것은 동료를 앗아간 원수를 갚으려는 성난 궁수들의 화살이었다.

붉은 이빨의 활약도 대단했다. 마을 후방에서 출발한 붉은 이빨의 기사단은 단 100기였으나 겨우 20가즈의 폭을 가득 메운 채로 허둥대는 사막 부족을 뜯어먹기에는 충분했다. 그들은 사납게 사막 부족을 향해 짓쳐들며 분노의 검을 내질렀다. 밀집된 상태로 달려오는 붉은 이빨에게 사막 부족은 한낱 힘없는 양처럼 뒤로 밀릴 뿐이었다. 급작스런 불의 장벽에 사방에서 들리는 비명 소리, 그리고 날려오는 화살과 그들을 노리는 검날은 사막 부족의 전의를 상실시키기에 충분하고도 남았다. 그들은 반격은 생각도 못하고 도망갈 자리를 찾기에 급급했다.

얼마가 지났는지 모르지만 불길이 잡히기 시작했다. 땅에 뿌려둔 기름이 다 타고 불길과 검은 매연으로 불길 밖에서 보이지 않는 적을 향해 아무렇게나 화살을 날리던 사막 부족은 드디어 전면이 보이자 달려들려고 했다. 그러나 그들이 본 것은 말을 잃고 우왕좌왕하다 화살에 맞아 죽고, 붉은 이빨에 쫓기다 칼에 맞거나 불길에 내몰려 타 죽어가는 동료들의 처참한 광경이었다.

아젝스는 아군의 보호막이 되었던 불의 장벽이 사라지자 말을 타고 도망치려는 적을 쓰러뜨리고 말을 빼앗아 남아 있는 사막 부족을 향해 돌진했다. 그러자 함께 행동하던 수하들도 아젝스를 따라 적에게서 말을 빼앗아 적을 향해 검을 휘두르기 시작했다.

사막 부족은 전면의 광경에 정신이 나갔다가 어제의 광검사가 달려들자 일제히 말머리를 돌려 도망쳤다. 수백의 시신을 보자 겁을 먹은 것이다.

그 뒤를 아젝스는 악착같이 쫓아 베어넘겼다. 어느샌지 붉은 이빨도 그 뒤를 따랐다. 지금 남아 있는 적들을 소탕하지 않으면 계속해서 병력을 소모해 추격전을 벌여야 한다.

목책 안에 있던 병사들도 아젝스의 돌격에 적군이 도망치자 함성을 지르며 목책을 넘었다. 말이 없는 그들이 기병을 쫓을 수는 없지만 그놈들 말고도 쓰러뜨릴 적은 많았다. 아젝스에게 말을 빼앗긴 놈들과 아직도 죽지 않고 바닥에 누워 신음하는 놈들이었다. 어제의 복수를 할 때였다.

그러나 그들은 다시 목책 안으로 들어와야 했다. 한참을 복수의 칼날을 휘두르다 집합하라는 명령을 받았다. 목책의 반대 편에서 적이 출현한 것이다. 마을 쪽에서 검은 연기가 나자 대기하고 있던 일단의 사막 부족이 작전이 성공한 줄 알고 뒤편에서 공격을 시도하려 했다.

약 100여 기의 말들이 마을을 향해 들어왔다. 그러나 그들은 마을에 들어서자마자 앞뒤로 불길에 휩싸여 우왕좌왕했다.

마을 입구에 들어서자 나타난 장애물 때문에 처음의 돌격력을 잃고 좌우로 천천히 꺾어지다 보니 어느새 막다른 곳에 몰리게 되었고 날아오는 불화살에 사방이 불탔다. 그리고 그들을 향해 날아오는 무수한 화살들. 결국 그들은 잠시도 버티지 못하고 전멸했다. 완전한 대승이었다. 어제의 패배를 극복하고 수에서나 전력에서나 월등한 적을 무찔렀다. 그들은 함성으로써 어제의 패배를 씻어내고 오늘의 승리를 만끽했다.

"와하하하하!"

마을 이곳저곳에서 술 마시고 노래하고 춤을 췄다. 완전히 축제 분위기였다. 아침에 보였던 의기소침하던 모습은 간데없고 모두들 승리자가 되어 이 밤을 즐기는 것이다.

"야, 난 아젝스님께 반했다. 틸라크 공작가는 역시 뭔가 달라도 확실히 달라. 예전의 아젝스님은 완전히 개망나니였는데 오늘 보니 완전히 전신이더라고. 시퍼렇게 빛나는 검을 휘두를 때마다 넘어지는 놈들이란!"

"야야, 니가 어제 아젝님의 활약을 못 봐서 그래. 아젝스님의 검술 솜씨가 얼마나 좋은데. 막 하늘을 붕붕 날며 적들의 머리를 쪼개는데, 정말 대단하더라고. 전신에 적들의 피를 묻히고 달려들 때마다 적들은 완전히 겁을 먹어서 도망가기에 바빴다니까? 오늘도 봐. 아젝스님을 보자마자 사막 부족 놈들 기겁을 해서 도망치는 거."

"공작님께서 돌아가셔서 이제 끝장난 줄 알았는데, 완전히 꿈을 꾸고 있는 것 같아. 이제 아젝스님이 계시니 조만간 사막 부족 놈들도 모조리 사막으로 쫓겨가겠지?"

"두말하면 입 아프지! 하하하하!"

병사들의 사기는 엄청나게 올라갔다. 오늘의 전투에서 피해는 거의 없다고 봐야 했다. 겨우 십여 명이 죽었고 중상자도 거의 없었던 것이다. 압도적인 승리에 그들은 자신감에 찼고, 곧 집으로 돌아가 가족과 축제를 벌일 희망으로 부풀었다.

그런 분위기는 아젝스가 머물고 있는 막사에서도 이어졌다. 처음 아젝스에게 반감을 품었던 귀족들과 기사들도 전투가 끝난 지금은 모두 잊었다. 아젝스의 지휘 아래 치러진 전투는 그야말로 전무후무한 전과를 그들에게 안겨준 것이다. 게다가 전후 보고를 위해 모두가 모인 장소에서 아젝스는 고개를 숙이며 사과까지 했다. 그 모습에 모두들 흡족한 미소로 같이 고개를 숙이며 답례했다.

"정말 놀라운 전술이었습니다. 어찌 그토록 짧은 시간에 그런 훌륭한 전술을 생각해 냈는지 지금도 믿어지지가 않습니다."

"그렇습니다. 처음에는 아젝스님께서 하도 엉뚱한 말만 늘어놓아 이번에도 그런가 했는데, 이처럼 놀라운 결과를 낳을 줄 누가 알았겠습니까? 전 이제 아젝스님 말씀이라면 뭐든지 믿겠습니다. 저는 이제 영원한 아젝스님의 기사가 되겠습니다."

자연스럽게 아젝스는 귀족들과 기사들의 충성을 받아냈다. 그런 모습을 보며 지멘은 흐뭇한 마음으로 아젝스를 바라보았다. 약간 흥이 지나친 귀족들이 좀 심한 말투로 아젝스를 표현하기도 했지만 아젝스는 그에 무반응으로 귀족들을 대했다. 그러자 분위기는 더욱 농익어가고 술자리는 웃음이 떠나지 않았다. 다만 처음이나 지금이나 여전히 무표정한 것은 아젝스 혼자뿐이었다.

"아젝스 도련님, 오늘은 그냥 승전을 즐기십시오. 비록 공작님께서 돌아가셔서 슬픔이 크겠지만 오늘은 잊으시는 게 좋습니다. 그게 틸라크의 사람다운 모습이고 틸라크의 주인다운 행동이십니다."

지멘은 아젝스에게 걱정이 담긴 충고를 했다. 아젝스가 너무 말이 없자 걱정을 하는 것이다.

실제로 아젝스는 공작의 죽음에 대해 걱정을 하고 있었다. 자신의 슬픔도 슬픔이지만 공작 부인과 어린 그의 여동생 라미에르가 느낄 슬픔과 고통을 생각하니 걱정이 될 수밖에 없었다. 친인은 아니지만 가족처럼 느껴지는 그들이 슬픔에 잠길 걸 생각하면 자신이 무척이나 잘못한 것만 같았다. 자신이 좀 더 노력했다면 공작의 죽음을 막을 수 있지 않았을까 하는 자책감도 들었다. 부질없는 짓인 줄 알면서도 자괴감이 드는 것은 어쩔 수 없었다. 그렇게 각자가 기쁨과 슬픔이 교차하며 밤을 보냈다.

다음날 아침, 어제의 과음에 얼굴이 부은 상태로 대부분이 작전실에 다시 모였다. 어제의 일은 어제의 일이고 오늘부터는 새로운 마음으로 전투에 임해야 하는 것이다. 아직 사막 부족과의 전쟁은 끝난 것이 아니었다.

"일단 라이튼, 페리 지역의 사막 부족은 마무리가 된 듯합니다. 이렇게 해서 총 3개 부족의 침입을 막았습니다. 현재 가든을 경유해 계속 서진하고 있는 사막 부족은 그 수가 약 800으로 오거 평원의 에스터 마을에서 접전을 벌이고 있습니다. 다행히 그곳은 워낙 오거들이 많이 출몰하는지라 자경단 수를 많이 배치하고 용병단을 파견한 상태여서인지 주변 마을 자경단의 도움을 받아 아직까지 잘 버티고 있답니다. 그리고 남부에는 아직까지 사막 부족의 침입이 이루어지지 않고 있습니다. 조만간 추수가 끝나면 침입이 시작되겠지만 아직은 여유가 있는 실정입니다. 따라서 북쪽 에스터에 있는 사막 부족을 몰아내면 남부에 가서 전력을 재정비할 수 있을 것으로 보입니다."

간략한 보고를 받고 저마다 의견을 내놓았다. 이곳에서 에스터까지는 걸어서 하루 거리니 일단 기병으로 원군을 보내고 보병은 차후에 도착해 앞과 뒤에서 협공하자는 의견과 가뜩이나 부족한 병력을 쪼개어간다면 각개 격파를 당할 수가 있다는 의견으로 나뉘었다. 합공할 수 있으면 좋겠지만 겨우 100의 기병은 800의 사막 부족에게는 좋은 먹잇감이 되어 에스터 마을에 들어서기 전에 전멸할 것이 뻔했다. 그렇다고 보병과 같이 움직인다면 내일 오후에나 도착하게 될 터인데 그때까지 버틸 수 있을지가 의문이었다. 겨우 200 정도의 병력으로 무너지지 않은 것이 용했다. 전령이 어제 밤늦게 도착했으니 지금 무너졌다고 해도 이상할 것이 없다. 한참 티격태격하는데 아젝스가 결정을 내렸다.

"기사단을 먼저 보내고 보병은 차후에 출발하는 것으로 합시다. 마법사를 동행한다면 그리 위험하지는 않을 겁니다. 그리고 일부러 에스터 마을에 들어가려다 전멸하는 위험을 자초할 필요는 없습니다. 단지 적들의 이목을 끌어 에스터에 대한 압박을 줄여준다면 에스터도 충분히 보병이 도착할 때까지 견딜 수 있으리라 봅니다. 정 위험하면 마법사가 에스터 마을에서 도움을 줄 수도 있으니까요. 그렇게 아시고 이튿 경이 준비를 해서 점심을 먹고 출발할 수 있도록 해주세요."

모두들 고개를 끄덕이며 작전실을 나섰다. 아젝스가 말한 것은 자신들이 생각한 것을 조금 수정해서 결정한 것이지만 딱히 보다 나은 대안이 없는 입장에서 결단을 내려 조속한 행동을 취한 것에 만족한 것이다.

아젝스는 그제야 잠깐 짬이 났다. 어제부터 지금까지 전투와 전후 처리, 뒤풀이와 작전 회의로 잠도 제대로 자지 못했다. 그래서 아직까지 시멀레이러에게 가보지도 못했다. 앙리에게 자신이 얼마 전 정신을 잃었을 때의 행동과 시멀레이러의 활약을 듣고는 시멀레이러에게 미안함과 고마움을 느꼈다. 노쇠한 몸으로 엄청난 무리를 하며 마법을 펼쳤으니 몸이 버텨내지 못한 것이 당연했다. 앞으로 두어 달은 계속 침대에서 생활해야 할 것이다. 그래서 잠시나마 시간이 났을 때 시멀레이러를 보기 위해 그가 몸조리하고 있는 방을 찾았다.

시멀레이러는 잠을 자고 있었다. 어제 오후 늦게 깨어나 전투에서 이겼다는 말을 듣고는 다시 잠들었단다. 아젝스는 침대 곁에 앉아 주름진 시멀레이러를 한참 바라보다 조용히 문을 닫고 나왔다.

아젝스와 지멘이 이끈 기병들이 에스터 마을에 도착한 것은 한창 전투가 벌어지는 와중이었다. 일찍 점심을 먹고 최대한 빠르게 달린 그들은 두 시간의 질주 끝에 겨우 도착한 것이다. 그러나 그들의 예상대로 사막 부족은 에스터를 빙빙 돌며 화살을 날리고, 마을의 목책을 넘으려고 여기저기에 불을 지르고, 말을 발판 삼아 목책에 달라붙기도 했다.

아젝스는 몰랐으나 에스터 마을을 비롯해 북부에 위치한 마을은 전부가 목책에 둘러싸여 생활했다. 수시로 오크와 오거, 트롤 등의 몬스터들이 나타나므로 한시도 마음을 놓을 수가 없기 때문이다. 게다가 이 지역은 유난히 오거들이 많았다. 드래곤 산맥의 맨 끝자락에 위치해서인지 대형 몬스터들이 많이 출몰했다. 그래서 이 마을의 목책은 오거의 거력에 버틸 수 있을 정도의 두꺼운 나무를 통째로 두 겹으로 박고 그 사이를 흙으로 잘 다져 놓은 아주 튼튼한 방어벽이었다. 거기다 거의 5가즈에 달하는 높이를 자랑했다. 200의 적은 병력으로 800의 사막 부족을 상대로 버틴 이유가 여기에 있었다. 상황을 살핀 지멘이 아젝스에게 말했다.

"에스터가 의외로 튼튼하군요. 좀 더 여유가 있을 듯하니 적군과 아군에게 우리가 있다는 것을 보여주는 것으로 만족하고 잠시 말들을 쉬게 하는 것이 좋겠습니다. 어차피 지금 움직여도 말들이 너무 지쳐 제대로 전투를 벌이기가 쉽지 않을 겁니다."

아젝스도 지멘의 말에 동의했다. 그래서 기병들은 적과 아군이 한눈에 알아볼 수 있도록 언덕 정상에 일렬로 늘어서서 검을 꺼내 흔들며 함성을 질렀다.

갑자기 들린 함성에 에스터는 똑같이 커다란 함성으로 답했고, 마을을 둘러싸고 공격에 열을 올리던 사막 부족은 공격을 멈추고 마을에서 떨어져 새로 나타난 적을 관찰했다. 그러나 인원이 얼마 되지 않는다는 것을 확인하자 거의 전부가 언덕을 향해 괴성을 지르며 달려왔다.

아젝스 등은 사막 부족이 자신들을 향해 달려오자 말머리를 돌려 언덕을 내려가며 도주했다. 이처럼 쫓고 쫓기는 추격전은 거의 한 시간 가까이 계속되었다.

여차하면 빙글 돌아 에스터 마을로 진입하려던 아젝스 등은 의외로 그들이 추격을 멈추고 동쪽으로 후퇴하자 의심의 눈초리로 그들을 천천히 접근해 따라갔다. 그러나 그들은 확실히 오늘 전투를 마치려고 하는 듯했다.

이에 아젝스 등은 말을 몰아 에스터 마을로 여유있게 진입할 수 있었다. 아젝스 군이 두어 시간의 질주로 말이 지쳐 있었다면 사막 부족역시 아침부터 점심 늦게까지의 공격으로 말들이 지쳐 있었던 것이다.

아니, 어제와 오늘 이틀간의 전투로 사람이 먼저 지쳤는지도 몰랐다.

아젝스 등이 마을에 들어서자 200의 병사들과 300여 명의 주민들이 나와 그들을 환영했다. 마을 중앙에 이르자 자경단의 대장과 용병단장이 마중 나와 아젝스를 맞이했다.

"어서 오십시오."

그들은 얼굴에 불만을 표시하며 인사를 건넸다. 수많은 적들이 있는데 겨우 100의 기병만 오니 기분이 좋을 리가 없었다. 별로 도움이 안 되는 전력이었기 때문이다.

"뭐, 이거 대금을 올려 받아야겠는데? 우리는 단지 오크 떼를 잡기 위해 여기로 왔는데 사막 부족이라니, 이건 계약에 없던 과외라고. 우리는 돈을 더 지불하기 전에는 이제부터 전투에 참여하지 않겠어."

상당히 더러운 인상의 용병대장이 침을 뱉으며 말했다. 확실히 그들의 입장에서는 억울할 것이다. 돈도 적게 받는 데다 충분한 병력도 없이 이틀간 죽음의 위협을 받으며 전투를 벌였으니 불만이 머리끝까지 찼을 게 분명하다. 그러나 용병대장의 태도는 지멘의 심기를 건드렸다.

"이놈, 어디서 함부로 행동하는가! 네 앞에 계시는 분이 이 틸라크의 주인이시다. 어서 무릎을 꿇지 못하겠나!"

모두들 깜짝 놀랐다. 지멘의 호통에 얼떨결에 주변의 모든 사람들이 무릎을 꿇었지만 의혹의 눈으로 지멘을 바라보았다.

"이틀 전 메린 시에서 벌어진 사막 부족과의 전투에서 그라시스 틸라크 공작 각하께서 돌아가셨다. 이분은 공작님의 장자로 이제부터 이 틸라크의 영주님이 되셨다."

지멘의 말에 마을 주민들은 울음바다를 만들었고 자경단은 고개를 숙였다. 그러나 용병들은 시큰둥한 표정으로 아젝스의 모습을 볼 뿐이었다.

"젠장, 저런 애송이가 이곳의 주인이라니. 이거 돈 받기 그른 거 아냐?"

한구석에서 나직한 불평이 나오자 지멘이 검을 빼어 들고 호통을 쳤다.

"누구냐! 비겁하게 뒤에서 말하지 말고 나서서 얘기하라!"

그러나 지멘의 서슬에 아무도 나서는 이가 없었다.

아젝스는 쓴웃음을 지었다. 분위기가 너무 안 좋았다.

"그만 되었소."

그러면서 마을 중앙에 위치한 공회당으로 들어섰다. 아마 작전실로 사용되었는지 비교적 넓은 공회당 중앙에 있는 탁자에는 지도와 병력 배치도가 놓여 있었다. 아젝스가 자리에 앉아 지도를 보고 있자 그 뒤를 따라 공회당에 들어온 지멘과 자경대장, 용병단의 일단은 아무 말 없이 주위에 아무렇게나 놓인 의자를 차지해 앉았다.

"현재 상황은 어떤가?"

말이 없는 아젝스를 대신해서 지멘이 물었다. 얼마 되지는 않았지만 어느 정도 아젝스의 태도에 익숙한 지멘이 나선 것이다.

"별로 좋지 않습니다. 적의 수가 워낙 많은지라 전 병사들이 나서서 막고 있지만 부상자가 속출해 더 이상의 전투는 거의 불가능한 실정입니다. 게다가 야밤에는 오크 떼도 몰려와 공격하는 바람에 한시도 긴장을 늦출 수 없는 입장이라 제대로 쉴 수도 없습니다."

이곳에 출몰한 오크 떼는 약 1,000여 마리로 비교적 많은 수였지만 못 막을 정도는 아니었다. 인간보다 힘은 좋지만 몸집도 비교적 작고 별다른 무기도 없이 그저 인간에게서 빼앗은 도끼나 검을 들고 두꺼운 방벽을 두드리므로 높다란 목책 위에서 화살과 장창으로 찌르며 가끔가다 날아오는 도끼나 피하고, 어쩌다 넘어오는 소수의 오크만 없애면 되는 것이었다. 그러다 숫자가 어느 정도 줄 때 병사들이 나가 소탕하면 올 가을도 무사히 지나가는 것이다.

그런데 생각지도 못했던 사막 부족이 여기까지 밀고 들어온 것이다. 사막 부족이 여기까지 들어오려면 2개 마을을 거쳐야 했다. 게다가 보통은 에스터 마을의 남쪽을 침입해 들어왔기 때문에 전혀 생각지도 못한 적이 나타난 것이다.

그러나 사막 부족도 말 못할 이유가 있었다. 라이튼을 경유해 침입하는 사막 부족이 워낙 강했기 때문에 감히 근처로 접근할 순 없었다. 그래서 별로 먹을 것도 없고 위험하기도 한 드래곤의 산자락까지 들어온 것이다.

"병력 배치는 누가 한 것인가?"

자경대장의 보고를 다 들은 아젝스가 다른 질문을 했다.

"우리가 했습니다."

"아니, 자네가?"

지멘은 의외라는 듯이 용병대장을 보았다. 그러자 용병대장은 어깨를 으쓱하더니 자랑스럽게 말했다.

"제가 했다는 게 아니라 우리가 했다고요. 뭐, 사실대로 말하자면 드라칸이라고 우리 용병단의 신입이 거의 생각한 것이지만."

"그를 불러주겠나?"

용병대장은 인상을 찡그렸다. 안 그래도 쉬지도 못하고 말도 안 되는 전투로 지친 그들이었다. 그런데 어디서 새파란 귀족이 꼬박꼬박

반말로 명령하는 것이다. 그것도 재수없는 말투로. 그러나 계급은 때로 주먹보다 무섭다.

용병대장의 찌그러진 눈길이 돌아가자 뒤에 있던 다른 용병이 달려갔다.

잠시 후 그 용병이 드라칸이라는 인물을 대동하고 아젝스의 앞에 섰다. 드라칸은 그들에게 아젝스의 신분을 들었는지 오른 주먹을 가슴에 대고 허리를 숙였다. 그런 드라칸을 아젝스가 빤히 보기만 하자 드라칸은 왜 그런가 하고 이상히 여기다 끝내 고개를 숙여 눈길을 피했다. 분위기가 이상해지자 지멘이 나섰다.

"드라칸이라고? 그래, 평민인가?"

"미에바 출신으로 몰락 귀족입니다."

"혹시 자네도 아라사처럼 성이 없는 귀족인가?"

"예."

지멘은 과거 나사스에게 당한 창피를 아직도 기억하고 있었다.

그 역시 드라칸을 부르러 간 사이 아젝스의 곁에서 병력 배치도를 보고 있었다. 틸라크에서 사용하는 공성전과는 약간 달랐지만 꽤 효과적인 배치도였다. 망루에 궁수와 마법사, 방패병을 두어 원거리 사격을 실시하는 것은 같았지만 중앙에 많은 대기병을 두는 틸라크와 달리 이곳에는 대기병이 거의 없었고 대신 궁수들을 목책 뒤에 집단으로 대기시켰다. 또한 소수의 기마병을 두어 목책을 넘어오는 적을 상대하도록 한 점이 눈에 띄었다.

"병력 배치도가 훌륭하더군. 이게 미에바에서 쓰는 수성전 배치도인가?"

"예."

지멘은 웃음이 나왔다. 이놈도 아젝스처럼 말이 없는 것이다. 그리고 똑같이 지략에 밝았다.

"현재 이곳은 100여 기의 기마를 새로 얻었다. 어떻게 활용했으면 하나?"

아젝스의 물음에 드라칸은 아젝스를 바라보며 묘한 눈빛을 보냈다. 의외의 인물이 의외의 질문을 한 것이다. 그는 자신을 찾는다는 말에 지멘 이튼이라는 기사단장이 찾는 줄 알았다. 공작가의 기사단이라면 자신의 병력 배치도를 확인했을 것이고, 괜찮은 인물이라면 자신을 찾을 것이라는 예상을 했다. 그리고 예상대로 지멘은 자신에게 칭찬을 하고 있었다. 그런데 저 애송이가 전략 전술에 대한 질문을 하는 것이다.

"몰라서 질문을 하시는 건지 알면서 물어보는 건지 알 수 있을까요?"

드라칸은 웃음 지으며 아젝스에게 질문을 했다. 그러나 아젝스의 말에 인상을 굳혔다.

"질문에 답하도록."

불평은 용병대장의 입에서 터졌다.

"제길, 이래서 귀족이 싫다니까."

나직한 목소리였지만 모두가 들었다. 대부분 이 말에 공감한다는 듯이 쓴웃음을 지었다. 다만 지멘은 노기로 얼굴이 벌게져서 용병대장을 노려보았고, 아젝스는 아무렇지도 않다는 듯이 드라칸만을 응시하며 어서 답하라는 듯했다. 드라칸도 굳은 얼굴을 풀지 않고 말했다.

"100의 기마라면 그리 큰 전력 보탬이 안 됩니다. 나가서 적과 대치하기도 힘들고, 그렇다고 목책에서 싸우다 소비하기에는 아까운 전력입니다. 목책 안에서 적의 침입을 방비하는 임무를 주기에는 숫자가 너무 많습니다. 따라서 그들을 활용할 방안은 오늘처럼 밖에서 사막 부족의 이목을 집중시켜 마을을 전력으로 공격하지 못하게 하는 것이 옳습니다. 그리고 가능하다면 야습을 하는 것도 좋겠지요."

"야습은 안 되네."

지멘이 말했다. 예전에도 아젝스가 야습을 하자고 했지만 모두의 반대로 기각되었었다. 용병대장도 그 말에 찬동한다는 듯이 고개를 끄덕였다. 그리고 드라칸을 향해 설명했다.

"이봐, 드라칸. 사막 부족에게 야습을 하는 것은 죽으러 가는 거야. 그들이 야밤에 공격을 안 한다고 해서 모두 잠자고 있다고 여기면 안 돼. 그들은 눈이 밝아 한밤에 멀리서 움직이는 펜릴도 볼 수 있다고. 게다가 귀도 밝아서 잠자다가도 땅에 울리는 말발굽 소리를 듣고 화살을 날릴 놈들이야. 그리고 도망치는 것도 힘들걸? 워낙 무거워서."

용병대장의 말에 드라칸은 그런가 하고 생각에 빠졌고 지멘은 그렇다는 듯이 고개를 끄덕였다.

"야습을 한다."

그들은 저마다의 생각에 잠겼다가 아젝스의 말에 고개를 돌려 바라보았다. 지멘은 또 무슨 생각이 있냐는 듯한 기대로, 드라칸은 호기심으로 쳐다보았다. 그러나 용병대장은 불같이 화를 냈다.

"이건 목숨이 왔다 갔다 하는 전쟁이오! 아무리 남의 목숨으로 전쟁을 한다지만 뻔히 죽을 줄 알면서 사지로 병사들을 보내겠다니 너무하는 것 아닙니까? 귀족이라고 편한 여기 서 있지 말고 한번 같이 야습인가 뭔가를 해보시지요! 그러면 다시는 그런 말 못할 겁니다!"

"아젝스님, 무슨 생각이 있으십니까?"

지멘의 기대 어린 목소리에 드라칸이 의외라는 듯이 지멘을 보았다. 아무리 봐도 이제 갓 성년이 되었을 아젝스를 너무 높게 보는 것이다.

"첫째로 검술이 뛰어난 자들에게 사일런스 마법을 걸어 적들의 경계병을 제거한다. 둘째, 말들의 입에 재갈을 물리고 발에는 털가죽을 씌워 최대한 소음을 제거한다. 셋째, 기병의 전신은 물론 무기에도 재를 묻혀 달빛에 빛나는 물체를 없앤다. 넷째, 퇴로에 말뚝을 박은 후 굵은 줄로 연결하고 주변에 궁수들과 마법사를 배치해 기병들의 퇴로를 돕는다. 야습할 인원은 나를 포함한 기마술에 능한 전원으로 한다."

"쳇, 이게 무슨 병정놀이인 줄 아나?"

용병대장은 여전히 궁시렁거렸지만 아까처럼 비웃거나 열받은 목소리는 아니었다. 작전이 좋은지 나쁜지는 차치하고라도 고.귀.한 귀족 양반이 직접 참여한다는 말에 어느 정도 마음이 풀린 것이다.

반면 지멘은 아젝스가 한 말이 가능한지 생각하느라 여념이 없었다.

드라칸은 아젝스의 계획을 듣고 놀랐다. 의외로 이 애송이가 뛰어난 전략을 생각해 낸 것이다.

한밤이 되자 아젝스의 계획대로 기마병들이 이동을 했다. 하늘에는 마법사가 날아올라가 광범위 마나 스캔을 걸어 사막 부족이 있는지 여부를 알려왔다. 그렇게 조심하며 1파르상(약 5km) 정도를 전진한 아젝스 등은 사막 부족의 주둔지에서 2아마지 정도 떨어진 지역에 멈췄다. 그리고 아젝스는 지멘의 만류를 무시하고 자신의 호위들을 위주로 경계병을 처리하기 위해 앞으로 나섰다.

거기에는 드라칸도 끼었다. 이 귀족 도련님에게 호기심도 생기고 더불어 보호해 줄 의향도 있었던 것이다. 마법사가 알려주는 방향으로 소리없이 다가간 삼십여 명의 인원은 검게 물들인 검을 빼 각자가 맡은 방위의 경계병을 처리했다. 말을 타고 순시하는 적도 있었지만 마법사의 블라인드 마법으로 어둠의 장막을 치고 적을 소리없이 제거한 후 사일런스 마법으로 저항하는 말들의 소리를 없앤 후 사막 부족의 진영 반대 편으로 몰아내어 위기를 모면하기도 했다.

주둔지 반대 편에 도착한 그들은 서로 눈을 맞췄다. 이제 불을 지르고 소란을 일으키면 되는 것이다. 그들이 피운 소란으로 적들의 이목이 집중되면 반대 편에서 기병들이 들이닥칠 것이다. 그 틈에 적들의 말을 빼앗아 달아나면 오늘의 작전은 끝이었다.

"불이야!"

"적들이 쳐들어왔다!"

천막과 말 우리 주변에 불을 놓자 갑자기 일어난 불로 말들이 울부짖고, 천막에서는 사막의 야만인들이 옷도 제대로 입지도 못하고 뛰쳐나왔다. 그러나 그들을 기다렸다는 듯이 양편에 갈라서 대기하던 침투조가 검을 휘둘러 손쉽게 처리하기 시작했다.

사막 부족의 진영은 아수라장이 되었다. 진영 곳곳을 뛰어다니며 날뛰는 말들과 여기저기서 갑자기 튀어나오는 검들로 일대 혼란이 일었다. 그러나 인원이 워낙 적은지라 그리 큰 피해를 입지는 않았다.

사방에서 비명과 호통을 질러대고, 적의 위치가 드러나자 어느새 사막 부족이 무장하고 아젝스 등을 향해 달려들었다. 위치가 완전히 발각되자 침투조는 원진을 형성하고 적들과 대치했다. 불길로 흥분해 주변을 돌아다니는 말들을 붙잡아 탄 그들은 사막 부족의 화살 공격을 피하기 위해 계속해서 움직였지만 일정 공간을 벗어나진 않았다.

반면 아젝스는 말도 타지 않고 적들 사이를 누비며 활약했다. 그가 주로 목표로 한 것은 사람이 아니라 말이었다. 사막 부족의 무서운 점은 말을 이용한 빠른 기동력과 말 위에서 쏘아대는 정확한 궁술이었다. 그런 그들에게 말이 없다면 다리 없는 병신이나 마찬가지였다. 그래서 아젝스는 물론이고 침투조와 조금 있으면 당도할 기병에게도 이 점을 강조했다.

파랗게 빛나는 검을 휘두르는 아젝스는 그야말로 발군의 실력으로 적들을 몰아쳤다. 한밤에 빛나는 검을 들고 있으니 그것을 보고 달려드는 적들은 무수히 많았다. 그러나 그들은 발목을 잘린 말에 깔리거나 재수없이 아젝스의 진로를 막았다는 잘못으로 그의 검을 받아 양단되어야 했다.

드라칸을 비롯해 함께 온 침투조의 몇몇도 검을 빛내며 적들을 향해 검을 휘둘렀다. 그러나 아젝스처럼 적들 사이를 교묘히 빠져나가거나 하늘을 높이 날아 적의 머리를 노리는 방법은 도저히 흉내 낼 수 없었다. 다른 호위들이야 이미 한두 번 보았으니 그리 놀랄 일은 아니었지만 드라칸으로서는 엄청난 충격이었다.

명사의 지도를 받으면 어린 나이에도 뛰어난 검술 실력을 가질 수 있었다. 그러나 그것은 어디까지나 검을 다루는 기교를 말하는 거지 경륜이나 경지를 말하는 것은 아니다. 드라칸은 실제로 엄청난 실력자였다. 아직 30이 안 되어 소드 익스퍼트 중급에 들어선 검객은 그리 흔한 것이 아니다. 그가 속한 용병단도 그것을 인정해 신입임에도 불구하고 부대장의 직책을 주었다. 그런 실력자인 드라칸도 자신보다 경지는 달려도 경륜에 앞서는 시라노라는 다른 부대장에게 패했다. 그리고 드라칸은 그 결과를 당연히 받아들였다. 아직은 경험에서 그에게 못 미치는 것을 인정한 것이다. 그런데 그런 상식을 벗어난 인물이 나타났다.

아젝스는 아무리 잘 봐줘도 20대 초반밖에 안 되어 보인다. 검술이야 공작가에서 배웠으니 어지간히 뛰어나지 않으면 검술 선생으로 들이지 않을 것이다. 게다가 소문으로 들은 공작의 검술 실력이 엄청나다고 했으니 아젝스도 그 검술을 익혔을 것이 분명하다.

'소드 익스퍼트 중급이라니!'

자신도 20대 초반에 들어서야 겨우 익스퍼트 초급에 들었다. 주위에서는 엄청난 진전이라며 놀라워했고 자신도 자신의 재능에 자부심을 가졌었다. 그런데 여기 촌구석에 자신보다 더한 괴물이 있는 것이다. 거기다 자신도 약간 버겁게 여기는 사막 부족의 곡도를 여유롭게 피하며 반격하는 아젝스의 모습은 놀랍다 못해 경악을 금치 못하게 한다. 말 위에서 내려치는 야만인들의 곡도는 엄청난 힘을 동반해 상대를 압박했다. 드라칸도 처음엔 사막 부족을 얕보다가 위험에 처할 뻔했다. 그래서 다음부터 그들의 곡도를 받을 때면 마나를 집중해 튕겨내고 반격하곤 했던 것이다. 그런데 아젝스는 바스타드 소드를 휘둘러 방패처럼 야만인의 곡도를 막고 바로 공격으로 연결해 적을 처리했다. 곡도는 바스타드를 따라 흘러내렸고, 바스타드는 곡도를 따라 적의 목을 지나쳤다. 마치 백전노장처럼 전장을 누비는 아젝스의 모습은 드라칸이 꿈꾸던 모습이었다.

"이봐, 정신을 어디다 놓고 있는 거야? 빨리 후퇴해!"

아젝스를 보느라 깜빡 한눈을 판 사이, 어느새 당도했는지 저 멀리 기병들이 검게 칠한 장검을 휘두르며 사막 부족을 몰아치고 있었다. 자신들을 상대하느라 정신이 없던 사막 부족은 갑자기 등 뒤에 나타난 기병들에게 상당한 피해를 입고 있었다. 순식간에 안으로 파고든 기병들은 여기저기에 불을 놓아 전과를 확대하고 날뛰는 말들과 자신의 발 밑에서 알짱거리는 야만인들을 찌르며 사막 부족의 주둔지를 관통해 나갔다. 이에 발맞춰 아젝스 등이 그들과 합류하자 기병들은 주저없이 말머리를 돌려 적의 주둔지에서 벗어나며 걸리는 것은 무엇이든지 베 어 나갔다.

이윽고 어두운 대지를 향해 질주를 시작하자 약 300여 기의 야만인 들이 말을 타고 추격했다. 아젝스의 기병들은 조그만 능선을 넘자 곧 바로 양편으로 갈라져 달리기 시작했다. 그러나 이를 보지 못한 사막 의 기병들은 능선을 넘어 직선으로 달려들어 그들을 추격했다. 그리곤 도망가지 않고 말에서 내려 자신들을 기다리고 있는 야습 부대를 보자 흥분해서 괴성을 지르며 능선을 내달렸다.

"으악!"

"컥!"

사막 부족의 앞 열이 갑자기 쓰러지며 비명을 질렀다. 그러나 급하 지는 않지만 비탈을 내려오는 힘을 이기지 못한 말들이 기수의 손짓을 무시하고 쓰러진 말들과 사람을 밟고 내달리다 다시 비명을 지르며 바 닥을 굴렀다. 순식간에 말과 사람으로 만든 벽이 생겨났다. 그 벽에 부 딪치며 가까스로 멈춘 사막 부족은 정신을 차릴 새도 없이 그들을 향 해 날아오는 화살과 불덩이를 맞아야 했다.

"전원 돌격!"

말에서 내려 대기하고 있던 기병들이 검을 빼 들고 혼란에 빠진 적 들을 향해 달렸다. 처음의 계획은 단지 궁수들로 하여금 적의 발목을 잡고 그 틈에 달아나려는 것이었지만, 자신을 추격하는 적들의 수가 의 외로 적자 계획을 변경하여 궁수들과 함께 적들을 주살하자는 아젝스의 의견에 말에서 내려 대기하고 있었던 것이다. 기사들이 사막 부족에게 다가가자 화살이 멈췄다. 그리고 기사들은 능선의 측면으로 돌아 적들을 베어내기 시작했다.

사막 부족은 정신없이 움직이다 능선을 넘어 도망치기 시작했다. 그러나 그 숫자는 백여 기가 채 안 되었다. 아젝스는 마법사에게 남아 있는 적들의 수를 세어보고 복귀하라는 말과 함께 에스터 마을로 회군했다.

마을은 마을대로 난리가 났다. 어떻게 알았는지 마을에 병사들이 얼마 없다는 것을 안 듯 오크 떼가 달려들어 목책을 넘으려고 안간힘을 쓰고 있었다. 궁수대의 대부분과 기병 전부가 사라진 에스터 영지는 단 100의 병력으로 전 방위로 수비를 하기에는 너무도 컸다. 지금도 적지 않은 오크들이 목책을 넘어가고 있었다.

아젝스의 기병들은 쉬지도 못하고 다시 오크 떼를 향해 공격을 시작했다. 궁수대는 그런 기병을 따르며 최대한 빨리 마을로 진입하려고 노력했다. 자신들이 빨리 들어가야 마을 안으로 침입한 오크들을 없앨 수 있는 것이다. 아젝스는 지멘에게 기병들의 지휘를 맡기고 자신은 얼마 되지 않는 용병들과 마법사를 데리고 마을 안으로 들어섰다.

마을 안은 난장판이었다. 마을 주민들은 난입한 오크들에 쫓겨 이리저리 달아나고, 얼마 되지 않는 병력이 난입한 오크들을 잡기 위해 뛰어다녔다. 사방은 사람과 오크의 시체로 가득했다. 아젝스는 말을 몰아 오크들을 죽여 나갔다. 뒤뚱거리며 뛰는 오크들은 그리 빠르지 않았을 뿐더러 가끔 아젝스에게 날아오는 돌이며 도끼들도 전혀 위협이 안 되었다.

아젝스가 마을에 들어선 지 얼마 되지 않아 마을 안의 오크들은 모두 진압되었다. 단 10여 기의 기병이었지만 조그만 마을을 돌며 50여 마리의 오크들을 잡는 데 그리 많은 시간이 걸리는 일은 아니었다.

밖에서는 기병들이 사납게 오크들을 몰아치고 있어서 더 이상 넘어오는 오크도 없었고, 궁병들이 헐떡이는 숨을 참으며 목책 위로 오르자 여유가 생긴 자경단과 용병들은 그제야 목책에 기대어 쉴 수 있었다.

어느 정도 장내가 진정되자 아젝스는 목책 위로 올라가 밖을 내다보았다. 수백의 오크들이 100의 기병에 쫓겨 달아나고 있었다. 물을 가르듯이 오크 무리 사이를 지나치며 붉은 이빨은 대지에 피를 묻혔다. 그렇게 마을 주위를 돌며 오크들을 쫓아낸 기마병들이 들어서자 사방에서 함성이 울렸다. 비록 사상자가 꽤 나오기는 했지만 자신은 살아 있고 승리도 했기 때문이다. 거기다 이렇게라도 해야 속이 후련해졌다.

공회당에 들어선 아젝스는 잠시 뒤 전장을 돌며 마을의 뒷정리를 마친 자경대장의 보고를 받을 수 있었다.

"사망자 30에 중상자가 50입니다. 사망자는 5명을 제외하고 병사들이 대부분인 반면 중상자는 주민들과 농노들입니다. 다행히 실력있는 마법사들이 있어 사상자의 수를 줄일 수 있었습니다."

그러나 그의 얼굴은 분노를 내보이고 있었다. 만약 아젝스가 무리한 야습을 하지 않았다면 입지 않았을 피해였기 때문이다. 그러나 틸라크의 주인이 된 아젝스에게 아무 말도 못했다. 평민인 자신이야 더러우면 틸라크를 떠나면 되었지만 농노들은 그러지 못한다. 그리고 어린 시절을 보낸 이곳을 떠난다는 것은 자경대장으로서는 생각도 못하는 것이다. 그때 거칠게 문을 제치며 들어오는 용병대장이 보였다. 자경대장은 그도 역시 화가 났을 거라 생각하고는 그가 심한 말을 못하게 막으려 했다. 용병대장 역시 자신과 함께 싸운 동료인데 말 한마디 실수로 목이 달아나게 할 수는 없었기 때문이다. 그러나 용병대장의 입에서 나오는 말은 예상 밖의 말이었다.

"정말입니까? 사막 부족을 완전히 개박살 냈다면서요? 못해도 3~400은 없었을 거라고 하던데 사실입니까?"

용병대장은 흥분해서 아젝스에게 따지듯이 물었다. 사실 용병대장은 아젝스의 작전을 듣고 꽤 괜찮은 생각이라고 생각했다. 그러나 틸라크의 용병으로 한두 번 참가한 것이 아닌 그는 벌써 여러 번 야습을 했던 경험과 실패로 죽기 직전까지 몰렸던 적도 있었다. 갖가지 전략으로 야습을 했지만 한 번도 성공한 사례가 없어 오늘도 실패하고 적에게 쫓겨 도망쳐 오는 아젝스를 기대하며 망루에 올라 밖을 관찰했었다. 그러나 기다리던 아젝스의 축 늘어진 어깨 대신 그의 시야에 잡히는 것은 흉포한 눈빛으로 마을을 향해 달려오는 오크 무리였다. 그리고 용병대장의 기대를 비웃기라도 하듯 아젝스는 완벽히 야습을 성공시켜 저렇게 거만하게 자리에 앉아 보고를 받고 있었다. 야습에 참가한 드라칸에게 성공했다는 말은 들었지만 눈으로 보지 않았기에 이렇게 확인하러 왔다. 그러나 아젝스는 용병대장을 상대도 하지 않았다.

"이튼 경, 사망자의 처후는 어떻게 하오?"

"예, 평민의 경우 일정한 보상금을 지급합니다. 용병의 경우는 계약대로 아무런 보상을 하지 않지만 지금은 약간 특별한 경우니까 용병단에게 약간의 보상을 하면 될 것입니다."

"그게 다입니까?"

아젝스는 너무한다고 생각했다. 과거 자신은 죽으면 개값도 못 받았다. 이미 죽은 것으로 되어 있어 자신의 모든 흔적이 사라졌었다. 그리고 단지 돼지처럼 이름도 없이 쇠 파이프라는 별명으로 불리며 명령에 따라 움직였다. 그런데 여기도 개보다도 못한 인생들이 있었다. 하나 이는 자신이 어쩌지 못할 일이다. 차후 황제에게서 공작의 서임을 받고 완전한 틸라크의 주인이 된 다음에나 생각할 문제였다.

아젝스가 한참 고민하던 중에 그의 명으로 사막 부족을 살피던 마법사가 도착했다는 보고를 받았다. 아젝스가 자신의 말을 무시하자 귀족이 어떻네, 어린 게 너무하네 등등 궁시렁대던 용병대장이 고개를 돌려 들어오는 마법사를 주시했다. 그리고 사뭇 궁금하다는 표정으로 마법사의 입을 바라보았다.

"보고하라."

지멘의 명에 마법사가 관찰한 것을 말했다. 그가 마나 스캔으로 확인한 살아남아 있는 적들은 약 500이었다. 그러나 부상병을 확인한 결과 실제로 전투 가능한 적은 300 정도가 고작이었다.

게다가 말들도 피해가 많아 남아 있는 말들이 300여 필이 되지 않는다는 보고를 마치자 공회당 안에 있던 사람들이 만세를 외쳤다. 용병대장은 물론이고 아젝스에게 불만이 대단했던 자경대장 역시 만세를 외쳤다. 이 정도의 전과면 오크에게 피해를 입은 것은 아무것도 아닌 것이다.

"아젝스님, 이제 마무리가 된 듯합니다. 적들은 아마 더 이상의 공격은 못할 것입니다."

지멘이 기뻐하며 아젝스에게 말했다.

"적들이 부상병들을 어떻게 할까? 말도 없다는데… 이튼 경의 생각은 어떻소? 그들이 부상병들을 데리고 후퇴할 것 같소, 아니면 남기고 갈 것 같소?"

"그전에도 이런 경우가 있었는데, 그때의 적은 부상병들을 남겼습니다. 부상병들이 남아 도망치는 부족의 시간을 벌어주는 것이지요. 그들은 거의 형제나 다름없는 사이로 부족을 위해 언제나 희생할 마음가짐이 되어 있습니다."

지멘의 말을 들은 아젝스는 잠시 고민하더니 결단을 내렸다.

"그럼 내일 아침 기병만을 대동하고 적에게 가겠소."

아젝스는 그들을 죽이지 않고 사로잡을 심산이었다. 그래서 적이 멀리 도망가지 못하도록 기동력있는 병력으로 사막 부족의 부상병들을 몰고, 메린 시에서 출발한 보병이 도착하면 적들을 포위해 사로잡으려는 것이다. 그리고 그런 아젝스의 생각은 다음날 빈틈없이 시행되었고, 짧지 않은 북쪽의 전쟁도 진정되었다.

제 5 화
공작이 남긴 것

공작이 남긴 것

성내는 온통 축제의 열기로 뜨겁게 달아올랐다. 동료와 가족과 공작의 죽음을 뒤로하고 오크와 사막 부족을 무찌른 승리를 자축하며 즐거워했다. 그리고 새롭게 나타난 틸라크의 영웅을 찬양하며 술잔을 부딪쳤다.

캄캄한 하늘은 마법사가 수놓은 갖가지 마법과 폭죽으로 환상적인 빛의 물결이 넘실거렸다. 그리고 그 빛을 얼굴로 받으며 눈물을 흘리면서 자신의 어깨에 기대어 있는 공작 부인과 라미에르를 감싼 아젝스가 창밖으로 성내를 보고 있었다.

다른 때라면 이들도 저들과 함께 축제를 즐겼겠지만 이번만큼은 아니었다. 공작의 죽음은 그들에게 낯선 경험이었다. 매년 죽음과 함께 시작되는 축제를 맞아 친인을 잃고도 슬픔을 보이지 않고 축제를 즐기는 이들을 보며 그들은 그러려니 하고 함께 그들과 어울렸다. 그러나 공작의 죽음은 그들에게 많은 것을 알려주었다. 결코 친인의 죽음이 웃음 한번으로 사라지는 아픔이 아니라는 것, 슬픔을 참으며 타인과 함께 웃는 것이 무척이나 힘들다는 것을 그제야 깨달았다. 그리고 그제야 왜 저들이 축제가 되면 미친 듯이 웃으며 떠들고, 싸우고, 부수고, 술 취하는지 알게 되었다. 그리고 불안했다. 저들처럼 자신도 친인의 죽음에 익숙해지지 않을까 하고.

아젝스 역시 슬픔에 잠겼다. 공작을 따라 전장에 참여한 지 한 달여 동안 북에서 남으로, 다시 북으로 이동하며 사막 부족과 오크 무리들을 무찌르며 바쁘게 움직였다. 그리고 용병들과 병사들로부터 전신이라는 별칭을 얻으며 수많은 성 주민들의 환영 속에 틸라크 성으로 입성했다. 그러나 그곳에서 아젝스를 기다리고 있는 것은 동결 마법으로 언 채 관 속에 들어가 있는 공작과 그 곁에서 하염없이 눈물을 흘리며 자신이 오길 기다리던 공작 부인이었다.

공작 부인의 눈물 어린 모습을 보자 아젝스의 눈에도 눈물이 나왔다. 공작 부인은 아젝스의 품에 쓰러지며 서럽게 오열했다.

곧 가이아의 신전에서 온 신관이 장례를 주관하며 공작의 장례식이 거행되었다.

공작 부인과 아젝스, 라미에르가 들려 나가는 관의 뒤를 따르고 지멘을 위시한 기사들이 따랐다. 그리고 그 뒤로는 친인을 잃은 가족들이 유품과 하얀 꽃 한 송이를 품에 안고 그들의 뒤를 따라 성문을 나섰다. 성문 밖에는 거대한 공동 묘지가 있었다. 다행히 시신을 찾은 유가족들은 친인이 묻힌 묘지에 꽃을 바치지만 그렇지 못한 유가족들은 유품을 한데 모아 거대한 공동묘를 만들어 추모했다. 공작은 역대 틸라크 가의 묘에 안치되었다. 그렇게 장례가 끝나자 성안에 들어온 주민들은 곧바로 술을 마시며 축제를 벌였다. 3일에 걸친 광란의 축제를……

　아젝스가 슬퍼하는 것은 공작의 죽음 때문만은 아니었다. 공작 부인의 눈물을 보는 순간 아젝스는 과거 사형 선고를 받은 자신을 위해 눈물을 흘리던 어머니를 보았다. 사업 실패로 아버님이 병실에 누워버리자 자신만을 의지하며 사시던 어머니였다. 가족의 생계를 위해 학업을 중단하고 직업 군인이 된 자식을 보며 미안해하던 어머니였다. 그리고 다시는 보지도, 떠올리지도 않았던 어머니였다. 그래서 슬펐다. 항상 눈물만 흘리는 모습으로 나타나는 어머니기에 슬펐다. 항상 슬픔만 안겨주는 자식이기에 슬펐다. 그 슬픔을 덜어줄 수 없어서 슬펐다.

　광란의 축제가 끝나고 모두가 원래대로 돌아갔지만 공작가는 그렇지 못했다. 아젝스의 여동생 라미에르는 아직 어려서인지 금방 생기를 찾고 웃음을 되찾았다. 그러나 곳곳에 공작의 추억이 있는 아이마라 틸라크 공작 부인은 아젝스 등과 웃으며 떠들다가도 갑자기 추억에 빠지며 침울해했다. 그리고 아젝스는 더 더욱 말이 없어졌다. 하루의 대부분을 연병장과 방 안에서 지내며 사람들을 만나지 않았다. 주변의 사람들이 이를 걱정했지만 차마 말을 하지는 못했다.

　시멀레이러가 병상에서 일어나서야 공작의 저택에도 활기가 돌았다. 시멀레이러의 몸은 아직 완전히 나은 것이 아니었지만 거동이 가능해지자 성미를 못 참고 나돌아다니기 시작했다. 그러다 아젝스에게 빚이 있다는 것을 생각해 내고는 어떻게 골려줄까 고민하며 아젝스의 방에 들어섰다. 그러나 아젝스의 곧 죽을 듯한 인상을 보자 어쩔 수 없다는 한숨을 내쉬었다.

　"오셨습니까?"

"완전히 죽을상이구나, 아젝스."

"……."

"공작이 죽은 것이 그리도 슬프냐? 사람이란 누구나 죽는 법이란다. 누구나 벗어날 수 없는 숙명이지. 그러나 공작은 아마 행복할 것이다. 아젝스 너처럼 듬직한 아들을 두었으니 말이다. 그리고 여한도 없겠지."

"저보고 소드 마스터가 되라고 하시더군요. 그리고 잃어버린 땅도 되찾으라고 하시고."

"하! 욕심도 많으시군. 죽으면서도 그놈의 가문의 영광 타령인가? 하긴, 그것이 공작의 평생 목표였으니 공작의 한으로 남았을 수도 있겠구나. 너도 그 꿈에 도전하려느냐?"

"모르겠습니다."

"젊은이는 꿈을 먹고 살고 늙은이는 추억을 먹고 산다고 했으니 네가 공작의 한을 풀어주는 것도 좋을지 모르겠다. 한곳에 집중하면 다른 것은 다 잊을 수도 있고, 그리고 네가 정신을 차려야 공작 부인도 슬픔에서 벗어나지 않겠느냐? 공작 부인에게 남은 것은 이제 너뿐이다. 너마저 잘못된다면 아마 공작 부인은 견딜 수 없을 게야. 그러니 죽은 공작을 위해서나 공작 부인을 위해서 네가 과거처럼 활기 차게 지냈으면 한다. 물론 전처럼 내 속을 박박 긁는 행동은 하지 말고."

그러면서 아젝스의 어깨에 손을 얹으며 자애로운 눈길을 보냈다. 아젝스는 그런 시멀레이러가 고마웠다. 이제 한대연을 잊기로 했다. 그리고 틸라크 공작가의 장남으로서, 아이마라 틸라크 공작 부인의 사랑스러운 아들로서 살기로 결심했다. 아마 이것이 운명일 것이다. 어차피 죽었던 생이었다. 다시 죽고자 했지만 공작이 자신을 대신해 죽었다. 이제 그의 남은 생명은 그의 것이 아니었다. 죽은 공작의 것이었고, 틸라크 공작가의 것이었고, 사랑하는 남편과 아버지를 잃은 아이마라와 라미에르의 것이었다.

다른 것은 후회가 안 되었지만 어머니께 눈물만 짓게 만들었던 인생을 다시 되돌리고 싶은 마음도 들었다. 이제 그럴 기회가 주어졌다. 그 운명을 깨닫지 못해 다시 한 번 어머니의 눈에 슬픔을 어리게 만들었지만 이제는 결코 그런 일이 없을 것이다. 아젝스는 더 이상 고민을 않기로 결심했다.

'한대연, 이제 너와도 끝이구나.'

"감사합니다."

"고맙긴 뭘, 정 고맙다면 이번 달 마법 연구비나 좀 올려주어라. 어차피 마법도 못 펼치니 시약 연구나 하며 지내야겠다. 험험."

축제가 끝나고 근 열흘 만에 아젝스가 사람들에게 얼굴을 내밀자 제일 먼저 찾아온 것은 아젝스의 예상과 달리 재정을 맡고 있는 벽시 나뱅크 자작이었다. 그는 계속해서 지멘과 같이 아젝스의 대면을 요구했었다. 그러나 아젝스가 계속 무반응을 보이자 지멘은 포기하고 기사들의 훈련으로 울분을 달랜 반면 나뱅크 자작은 계속해서 아젝스를 찾아왔고, 결국 일착으로 아젝스와 대면하는 영광을 얻었다.

아젝스와 벽시는 그리 많이 만나는 사이가 아니었다. 아니, 거의 모르는 사이였다. 딱 한 번 공주와의 약혼식 때 공주에게 소개를 시키는 과정에서 곁에 있다 얼떨결에 한 번 본 정도였다. 그간 아젝스가 필요한 경비는 저택을 관리하는 집사를 통하면 되었으므로 영지의 재정을 관리하는 벽시와 만날 일이 없었던 것이다.

아직 공작의 서임을 받지는 않았지만 공작의 대리자로 아젝스의 서명이 필요한 벅시는 비교적 살이 오른 몸집으로 집무실의 의자에 앉은 아젝스를 바라보며 차를 홀짝였다. 틸라크에는 유난히 살이 찐 사람이 드물었는데, 아무래도 사는 것이 힘겹다 보니 귀족이든 농노든 살이 찔 틈이 없었나 보다. 그러니 보기 좋게 살이 오른 벅시가 유난히 뚱뚱해 보였다.

"이렇게 시간을 내주셔서 감사합니다."

"급한 일이 있는가 본데 본론으로 들어가시지요."

역시나 하고 벅시는 고개를 끄덕였다. 그간 들리는 아젝스는 말을 하는데 머리와 꼬리는 다 떼고 본론만 짧게 말하는 것으로 유명했다. 사막 부족과의 전투에서도 달랑 할 말만 하고 마는지라 처음에는 너무 고압적이라는 반감을 샀지만, 아젝스의 말대로 따라 하다 보니 엄청난 전과를 올리자 그 뒤부터 아젝스가 말을 하면 한마디도 흘리지 않고 자세히 들으려고 노력했다고 한다. 실수로 못 들으면 다시 말하지 않는 아젝스에게 다시 들을 수도 없었기 때문이다. 그리고 일부는 아젝스가 한 말을 되새기며 속뜻을 이해하려고 했고, 머리가 달리는 일부는 아예 포기하고 명령만 수행하게 되었단다. 평소에는 아니지만 일거리가 밀려 있는 지금에서는 아젝스의 이런 태도가 벅시 나뱅크를 기쁘게 했다.

"예, 아젝스님. 우선 이번 가을 전투로 피해를 입은 지역이 5개 마을에 달하고 피해 인구는 약 5,000 정도로 추산되었습니다. 다행히 큰 마을의 피해는 한 곳뿐인지라 주민에 대한 피해 보상액은 그리 많지 않지만 정규 사병의 피해가 의외로 큰지라 예상외의 지출이 생겼습니다. 게다가 용병들 역시 평년에 비하면 상당히 많이 고용해서 상당한 재정

압박을 받고 있습니다. 일단 편성된 예산 중 일부를 돌려 용병대의 지출과 주민의 피해 보상은 이미 끝냈지만 정규병의 보상과 재보충을 위한 재정이 아직 확보되지 못하고 있는 실정입니다. 게다가 겨울이 되어 눈이 쌓이기 전에 피해 마을의 복구가 이루어져야 하는데, 이의 자금 역시 부족한 실정입니다. 이런 자금을 확보하기 위해서 이미 올해의 추수를 마친 지역에서 밀을 준비해 두었습니다. 아젝스님의 제가를 바랍니다."

"밀의 판매는 귀경에게 일임하겠소. 단, 정규병의 보상과 재편성 비용은 이튼 경과 상의한 후 다시 책정할 생각이니 그리 아시오. 또 있소?"

"예. 이번 전쟁으로 불구가 된 자들이 약 1,500 정도가 발생했습니다. 그중 1,000 정도가 용병들인데, 800 정도가 틸라크에 남기를 희망하고 있습니다. 이들의 정착 자금도 차후에 지급할까요?"

"자금은 마련되어 있소?"

"예, 아젝스님. 매년 그 정도의 수가 남기 때문에 미리 준비한 자금이 있습니다."

"그럼 바로 시행하시오."

"감사합니다."

고개를 숙이며 나서는 나뱅크 자작은 한시름 놓았다는 표정으로 집무실을 나섰다.

아젝스는 앙리를 불러 지멘을 들어오게 하고는 곰곰이 생각을 했다. 조금 전 벅시의 말대로 이번 전투에 의외의 피해를 많이 입었다. 그리고 이러한 일은 계속해서 벌어질 것이고, 틸라크의 악재로 작용할 것이 분명했다. 드넓은 땅과 풍요로운 평야를 가지고 있음에도 틸라크가 힘겹게 사는 것은 적이 너무 많기 때문이다. 북쪽에는 몬스터, 서쪽에는 드베리아 산맥, 동쪽에는 사막 부족, 남쪽에는 휴노이. 어디에도 틸라크를 도와주는 요소가 없었다. 주기적으로 찾아오는 오크와 사막 부족, 휴노이는 틸라크의 재정을 압박해 부의 축적은 고사하고 유지하기에도 벅차게 했다. 공작으로 인해 얻어진 삶이고, 공작과 그 가족을 위해 살 목숨이었다. 그리고 그런 삶이라면 공작의 유언을 가급적 들어주고 싶었다. 소드 마스터야 자신의 노력 여하에 따라 될 것이다. 그러나 잃어버린 땅을 수복하는 것은 저 혼자 잘났다고 되는 것이 아니었다.

'틸라크를 부강한 영지로 만들기 위해서는 적을 없애야 한다. 적을 없애기 위해서는 강력한 군대를 양성해야 한다. 강력한 군대를 위해서는 돈이 필요하다. 돈을 벌기 위해서는… 일단 있는 것은 드넓은 땅과 돈, 안 드는 노동력, 그리고 산. 산? 드래곤 산맥은 안 되고 드베리아 산맥이라면 광산을 개발할 수 있지 않을까? 또 뭐가 있지? 바다가 있지만 베다 강 하류에 들기 전에는 절벽이니 항구를 얻을 수 없어 해양 무역을 하기도 힘들다. 육지를 이용한 무역이라… 특산물이 뭐가 있지? 밀 외에 재배할 수 있는 것은 없을까?

아젝스는 계속해서 생각했지만 빙빙 돌기만 할 뿐 해결 방안이 나오지 않았다. 지멘이 와야 했다. 시멀레이러도 필요했다. 그는 즉시 시멀레이러를 불렀다.

시멀레이러는 젊은 놈이 늙은이를 오라 가라 한다고 농을 하며 지멘이 올 때까지 아젝스의 고민을 들어주었다.

"글쎄다. 나도 생각 안 해본 것은 아니다만 딱히 해결책을 찾지는 못했다. 드베리아 산맥도 예전에 공작의 부탁으로 1년을 소비하며 샅샅이 뒤졌지만 광산으로 개발할 만한 곳은 안 보이더구나. 무역은 꿈도 못 꾼다. 뭐 바꿀 게 있어야 바꾸지. 그나마 드베리아 산맥을 넘으면 파야 항이라도 있으니 밀을 팔 수가 있었지, 그나마도 없었으면 팔 곳도 없었을 게야."

포러스는 가나트와 마찬가지로 중부와 북부, 남부에 골고루 평야가 산재해 있어 엄청난 양의 밀을 매해 수확했다. 그리고 그중 많은 양이 남부연방으로 팔려 나갔다. 국토의 면적은 남부연방이 포러스의 3배에 해당하지만 인구 수로는 10배가 넘었다. 따라서 모자란 식량을 포러스에서 구입하는 것이다. 틸라크에서도 많은 밀을 판매하는데 틸라크에서 열흘 거리의 파야 항이 없었다면 가나트에 막혀 밀을 팔 수 없었을 것이고, 수많은 적들에 둘러싸인 틸라크는 그들을 막을 병사들을 유지할 수 없었을 것이다.

지멘이 도착하자 아젝스는 다시 시뮬레이러의 보충 설명과 함께 자신의 생각을 말했다. 그러나 지멘의 말도 시뮬레이러와 별반 다르지 않았다. 아젝스는 다시 생각했다. 부강하기 위해 강병이 필요하고 이는 돈이 따른다. 돈을 벌 수가 없다면 돈을 줄이면 된다.

'어떻게?'

아젝스는 자신이 아직 틸라크에 대해 많은 것을 모른다는 점을 인식했다. 급하게 서두르면 될 일도 안 된다. 좀 더 시간을 가지자고 자신을 다독였다. 돈이 모자라다는 말에 충동적으로 일을 처리해선 안 되는 것이다.

다음날부터 아젝스는 틸라크의 군사, 재정, 경제, 사회 등의 관계자를 불러 틸라크의 전반에 대해 보고받고 공부를 했다. 군사의 경우는 지멘이 전담했고 재정과 경제는 벅시가 담당했지만, 과거에 공작은 보고받고 담당자와 시멀레이터를 함께 불러 의견을 나누고 결정하는 방식으로 일처리를 했다. 또한 사회 분야는 따로 담당을 두는 것이 아니라 각 마을의 책임자를 공작이 임명해 그들이 문제를 상신하면 공작이 이를 시멀레이터 등과 의논하곤 했다. 그에 따라 아젝스는 그들과 많은 시간을 이야기하며 자신의 구상을 완성해 갔다.

"오늘 여러분들을 모이라고 한 것은 아젝스님께서 신년 행사와 함께 황제 폐하께 공작의 서임을 받기 위해 조만간 틸라크를 떠나 황성 미미르에 가야 하기 때문이오. 기한은 약 두 달 정도가 소요될 것으로 생각되므로 아젝스님께 보고할 내용이 있으면 지금 말하시오."

지멘의 말이 끝나자 재정의 벅시가 일어섰다. 그러자 은근히 아젝스의 몸이 움츠러들었다. 벅시가 입을 열 때마다 돈 들어가는 소리만 나오니, 가뜩이나 돈 벌 생각으로 가득한 아젝스에게 벅시는 안 보이면 좋은 사람이 되었다.

"피해 복구는 현재 거의 완결이 되었습니다. 그리고 주민 이주 계획도 거의 완결 단계에 이르렀습니다. 현재로서는 특별히 보고할 내용이 없다고 생각됩니다."

벅시도 은근히 아젝스가 자신을 피하고 있다는 것을 알았다. 그래서 다른 사람들이 어렵게 대하는 아젝스가 자신을 피하자 은근히 이를 즐겼다. 그래서 별 보고할 것도 없는데 일어나 말한 것이다.

"다른 안건은 없소?"

벅시가 앉자 그제야 아젝스가 주위를 보며 말했다. 그러자 지멘이 일어나 말했다.

"제가 한말씀 올리겠습니다. 금번 전투로 저희 틸라크의 정규군이 막대한 피해를 입었습니다. 따라서 시급히 재편성을 해야 하는데 아직 아젝스님의 만류로 이루어지지 않고 있습니다. 지금부터 훈련을 시키지 않으면 늦기 때문에 이에 대해 아젝스님의 뜻을 듣고 싶습니다."

그러자 전부 아젝스를 보았다. 모두가 궁금한 것이다. 이제 아젝스가 말을 하면 무슨 다른 뜻이 있으려니 하고 생각할 뿐 더 이상의 의심은 없었다.

"농노들을 일반 정규군으로 편성했으면 합니다."

"안 됩니다!"

아젝스의 말이 끝나자마자 벅시가 벌떡 일어나 말했다.

"농노들을 정규군으로 편성한다면 내년 밀 수확에 막대한 지장을 초래합니다. 올해는 피해가 막심했기 때문에 내년 용병을 고용할 비용이 가능할 지 의문이 되는데, 내년에 수확이 줄면 올해 난 적자를 메울 길이 없습니다. 재고해 주십시오."

"2,000의 농노가 빠지게 되면 얼마나 수확이 줄겠소?"

잠시 생각을 하던 벅시 나뱅크 자작은 고개를 저으며 말했다.

"전체 수확의 1할 정도입니다. 금액으로 환산한다면 약 10만 골드입니다."

그 말에 다른 사람들은 매우 놀랐다. 겨우 2,000의 농노가 1년에 벌어들이는 금액이 10만이라니. 그간 보고를 아젝스와 같이 받았기 때문에 틸라크의 재정에 대해 잘 알고 있던 다른 귀족들은 놀랐다. 1년 틸라크의 예산은 약 백만 골드로 그중 8할이 농노들에게서 나오고 나머지는 평민들의 세금으로 충당되었다. 그러나 7만의 농노들 중 겨우 2,000의 농노가 10만 골드를 번다는 말에 모두가 놀란 것이다. 그러나 아젝스는 말없이 벅시를 노려보았다. 그러자 당당하게 마주 보던 벅시가 눈길을 피하며 떠듬떠듬 말하기 시작했다.

"사, 사실 약간 과장되기는 했지만 그리 큰 과장은 아닙니다. 어차피 군사로 뽑는다면 청장년 층에서 뽑을 것인데 이들이 밀 농사의 주된 노동력이기 때문입니다. 농노들이 7만을 헤아리지만 절반은 여인들과 아이들, 그리고 불구자들이다. 농사에 전혀 도움이 안 되는 농노만도 3만 가까이 됩니다. 만약 2,000의 건장한 농노들이 빠진다면 그 정도의 손해는 아니더라도 최소 5~6만 정도의 손해가 나는 것은 확실합니다."

"새로 정규군으로 편입되는 농노들은 5년간 군역을 실시하고 그 이후에 평민으로 풀어준다. 급여는 없다. 대신 군역을 마치면 그의 직계 가족은 전원 평민이 된다. 예상되는 손익을 말해 보시오."

벅시는 눈앞이 캄캄했다. 5년간 급여 없이 농노들을 군사로 부리면 엄청난 이익이 발생할 것이다. 그러나 5년이 지나면 그 농노뿐만 아니라 그 가족까지 평민의 신분이 된다. 밀 농사는 누가 지을 것이며 영지의 운영 자금은 어디서 구한단 말인가? 농노가 군역으로 평민의 신분을 갖는 것은 없었던 일이 아니다. 포러스의 건국 과정에서도 있었고, 지금도 가나트의 국경을 접한 여러 영지와 공국에서도 시행되고 있었다. 그러나 그 피해가 막심해 정 급하지 않으면 쓸 수 없는 것이다. 완전히 밑 빠진 독에 물 붓기로 단 한 번 쓰자고 아까운 농노를 없애면 다시 복구하는 데 상당한 세월이 걸리기 때문이다.

"일단 1년간 들어갈 3만 골드의 급여를 줄일 수 있습니다. 그리고 그만큼 용병의 수도 줄어들 것이므로 약 5만 골드 정도를 절약할 수 있습니다. 산술적으로 25만의 이익이 5년간에 걸쳐 발생합니다. 반면 손해는 막심합니다. 이들이 빠짐으로 해서 입을 수확 감소로 매년 최소 5만의 손해를 입고, 용병들 정착 수의 감소가 예상됩니다. 그러나 매년 농노들이 죽어 나갈 것이고 다시 이를 메우기 위해 농노들이 소집될 것이므로 이익은 그대로인 반면 손해는 배로 늘 것입니다. 절대 안 됩니다!"

말하면서도 열이 받는지 나중에는 악을 썼다. 그러거나 말거나 아젝스는 제장들을 보다가 시멀레이러에게 눈길이 멈췄다.

"험험, 내 생각도 벅시와 같다. 그리고 정규병의 수가 늘면 군비도 그만큼 늘 것이야. 아젝스, 네가 왜 그런 생각을 했는지 이해는 했다만 이번은 잘못 생각한 듯하다. 일시적으로는 그게 이익이 될지 모르지만 차후에 그것이 이 틸라크를 망치게 하는 비수가 될 게야. 그러니 다른 방법을 찾아보자."

"그렇습니다, 아젝스님. 아무리 다급해도 제 살을 깎아먹는 행위는 삼가해야 합니다. 좀 더 차분히 생각하시지요."

지멘이 덧붙이고 나머지도 고개를 끄덕였다. 한참 다른 이들의 말을 들으면서 말없이 생각하던 아젝스가 생각을 정리한 듯 말했다.

"제 생각은 다릅니다. 벅시 나뱅크 자작이 말한 대로 손익은 그 정도일 것입니다. 그러나 그 운용을 달리하면 좀 더 나은 결과를 얻을 수 있습니다. 우선 군사를 키우는 이유부터 설명하지요. 틸라크는 적이 너무 많습니다. 그래서 매해 엄청난 돈을 뿌리면서 이들을 막아왔습니다. 그러나 이는 끝없는 반복만 되풀이할 뿐입니다. 그리고 올해처럼 균형을 잃게 되면 틸라크에 엄청난 부담을 안겨주게 되지요. 그래서 생각한 것입니다. 틸라크도 자생력을 가져야 한다는 것이지요. 언제까지 황제의 군사와 용병들로 틸라크를 유지하시겠습니까?"

모두들 말이 없었다. 모두들 알고 있기 때문이다. 그러나 방법이 없다는 것도 알고 있었다. 그들도 이곳 틸라크를 사랑하기에 부단히 노력했었다. 그러나 현실은 그들의 노력을 수포로 만들었다.

"저는 농노들의 활용이 틸라크의 자생을 위한 첫걸음으로 삼겠습니다."

"그, 그러나……."

벅시를 비롯한 제장들이 안타까운 듯 말하려 했지만 아젝스가 손을 들어 이를 막았다.

"그들은 일정 훈련을 거친 후 올 겨울 동안 드래곤 산맥을 돌며 오크들을 사냥할 것입니다. 그래서 실전과 함께 실력을 배양하고, 내년 가을에 있을 오크들의 난동을 미연에 방지시키는 역할을 하게 하겠습니다. 또한 사막 부족과의 무역을 하고자 합니다. 그들은 말을, 우리는 밀을 교환하면 될 것입니다. 이는 두 가지 효과가 있습니다. 첫째, 우리에게 필요한 기동력을 확보할 수 있습니다. 오크에게나 사막 부족에게나 기동력이 승패를 좌우하기 때문에 기병의 확보는 시급합니다. 또한 틸라크에 우호적인 세력을 만듦으로 해서 틸라크의 보호막을 만들 수 있다는 것입니다. 각 제국들이 공국을 만들어 자국의 안전을 도모하듯이 우리도 사막 부족을 이용하는 것입니다. 벅시 나뱅크 자작이 걱정하는 농노들의 감소는 따로 생각한 바가 있습니다. 우선 우리가 어느 정도 힘을 키우면 주변의 사막 부족을 먼저 공략하여 부족한 농노를 보충하는 것입니다. 또한 향후 발생하는 농노들의 평민화에 따른 농노의 부족도 그리 크게 걱정할 필요가 없다고 생각합니다. 직계만 평민이 되므로 그들의 형제들은 여전히 농노로 남습니다. 게다가 그들이 평민이 되어도 어차피 농사 외에는 따로 할 일이 없으므로 그들에게 소작을 주면 됩니다. 물론 이에 따른 세수가 줄겠지만 그만큼 땅을 마련하면 됩니다. 아직 틸라크에 손도 못 대는 땅은 많습니다. 게다가 드래곤의 산맥 근처는 거의 틸라크의 전 영지와 맞먹는 평원이 있습니다. 그곳에 사는 오크들을 몰아내면 엄청난 평원을 얻을 수 있을 것입니다."

각자 고민에 빠지기 시작했다. 아젝스의 일견 엄청난 계획에 잠시 입을 다물지 못했던 그들은 과연 그 계획이 실현 가능한지 타당성을 검토하기 시작했다. 농노들로 군대를 편성한다는 것은 엄청난 무리수였지만 그들로 오크들의 수를 줄일 수 있다면 생각해 볼 문제였다. 게다가 사막 부족을 잡아들인다는 생각은 획기적인 생각이었다. 적도 없애고 농노도 늘리는 것이기 때문이다. 그러자 되는 것과 안 되는 것들이 드러나기 시작했고 중구난방으로 말하기 시작했다. 이에 시멀레이러가 중재를 했고 하나씩 말했다.

"일단 군사 면에서 올 겨울 오크를 공격해 내년에 있을 오크 떼의 노략질을 막겠다는 생각은 확실히 좋은 생각입니다. 오크들은 겨울이 되면 동굴에 들어가 군집 생활을 하며 활동 범위가 많이 축소되기 때문에 군사들만 확보되면 완전 소탕도 가능할 것입니다. 그러나 현재 우리 틸라크의 군사력은 보병 1,000에 기병 200이 고작입니다. 각 지방의 자경단을 모아도 3,000이 안 됩니다. 겨울철엔 기병을 활용할 수 없으므로 보병들로만 오크들을 공격해야 하는데 전투력에서 상당히 떨어집니다. 따라서 용병들로 대치한다면 가능한 많은 오크들을 없앨 수 있을 것으로 보입니다."

"사막 부족과의 무역은 불가능하다고 생각됩니다. 일단 그들과 우리들은 너무 오랜 기간 원수같이 지냈습니다. 우리들은 물론 그들도 우리와 대화하는 것을 꺼릴 것입니다. 그러나 농노들의 확보를 위해 사막 부족을 잡자는 의견은 좋은 계획이라고 생각합니다. 어차피 사막 부족 간도 원수같이 지내는 놈들이므로 우리가 사막 부족을 잡아들여도 별다른 반응은 보이지 않을 것입니다."

"지금도 일손이 모자라 있는 땅도 개간을 못하는 실정에 드래곤 평원을 점령하는 것은 시기 상조가 아닌가 생각됩니다. 그러나 오크들을 몰아낸다는 의견에는 동조합니다. 다만 어떤 방식으로 몰아낼지는 좀 더 생각해 봐야 할 문제라고 생각합니다."

그렇게 활기 차게 의견을 말하고 서로 조율하면서 점차 완성된 틸라크 자생 계획이 마련되어 갔다. 처음의 부정적인 의견은 더 이상 나오지 않았다. 아젝스의 의견은 비교적 현실적인 것이고, 약간의 손질만 더 가한다면 틸라크에 많은 이익이 되는 것이기 때문이다. 또한 그간 그들의 공상 속에서만 있던 틸라크의 자립이 실현될지도 모른다는 생각에 분위기는 한층 고조되었다.

시멀레이러는 이런 모습을 보며 흐뭇한 마음으로 아젝스를 돌아보았다. 며칠간 자신을 못살게 굴며 이것저것 물어본 것이 오늘의 안건을 만들기 위한 것이라는 것을 알게 되었기 때문이다. 그리고 제장들과 숙의하며 집중하고 있는 아젝스가 드디어 틸라크의 주인다운 모습으로 보이기 시작했다.

지금 아젝스의 앞에는 장창을 들고 힘껏 휘두르는 한스와 이를 지켜보는 백여 명의 귀족 자제와 일반 병사들이 있었다. 그중에는 이번 전투에 참여했던 드라칸도 끼어 있었다. 이들은 지금도 소집되고 있는 농노들을 훈련시키기 위해 교관 훈련에 참가하고 있는 것이다. 일명 틸라크 자생 5개년 계획의 일환으로 실시되는 이번 훈련은 아젝스의 강력한 제안으로 성립되었다. 지멘은 정규병들의 막대한 피해를 줄이기 위해 북벌의 병력으로 용병을 쓰자는 의견을 제시했지만 벅시의 돈 든다는 반대와 강력한 군대의 필요성을 역설한 아젝스의 강압에 원안인 농노병의 활용 쪽으로 실현된 것이다.

처음에 아젝스는 창술의 대가를 이용해 농노들을 훈련시키려 했지만 그들의 창술은 일 대 일이나 일 대 다의 경우에만 효용성이 있을 뿐 군대에서 필요한 집단전에는 쓸모가 없다는 것을 알았다. 게다가 배우는 데 시간이 너무 오래 걸렸다. 그래서 단순하지만 빠르게 배우고 강력한 일격을 먹일 수 있는 창술을 고안해 내어 새롭게 가르치려는 것이다.

기존의 부대는 이미 손에 익은 창술을 버리고 새롭게 익히는 것이 무의미하지만 새롭게 생겨나는 부대는 생소한 창술을 익히는 것이나 기존의 창술을 익히는 것이나 마찬가지이므로 집단전에 유용한 창술을 익히게 하려는 것이다. 새롭게 태어날 부대는 창술 말고도 배울 것이 많았다. 방패를 이용한 수비와 반격, 검술, 집단전, 연환 공격, 연계 공격 등 최소의 피해로 최대의 효과를 보기 위한 도구들이었다. 이를 위해 아젝스는 자신이 직접 그들을 가르쳤다. 지금 앙리는 어딘가에서 아젝스가 시킨 검술을 익히고 있을 것이다. 내일 훈련병들을 가르치기 위해…….

아젝스는 시간이 없음을 아쉬워했다. 얼마 후면 자신은 황성으로 떠나야 하기 때문이다. 그래서 한스와 앙리를 다그치며 훈련에 최대한 노력을 기울였다. 그가 집중적으로 가르치는 것은 병사 개인의 능력이 아니라 집단으로서 낼 수 있는 최대의 힘을 끌어내는 것이었다. 그래서 생각하는 것이 100의 병력을 기준으로 벌이는 개별 전투였다. 100명이 다시 10명으로 나뉘어 방패수, 장창수, 검수, 궁수로 구분 지어 적과 대치하는 것이다. 이를 위해 각 병사는 저마다 방패와 창, 검, 활을 모두 배워야 했다.

그중 특정 분야에 뛰어난 사람을 따로 모아 주특기로 삼고 나머지를 부로 삼아 교육했다. 오전에는 한스와 앙리에게 교육을 받고 오후에는 개인 훈련으로 주특기와 부분 훈련을 하고, 마지막은 집단전을 벌이며 교대로 방패수, 장창수, 검수, 궁수의 역할을 수행하는 것으로 마무리 지었다.

훈련을 완전히 끝나게 되면 이들은 100의 병력으로도 싸울 수 있고 10의 병력으로도 싸울 수 있는 능동적인 병력 활용이 가능한 부대가 되어야 했다. 그리고 100의 병력이 모여서 1,000의 병력이 되어도 똑같이 움직일 수 있도록 훈련에 박차를 가했다. 기존의 병력 지휘는 일개인이 무리를 지휘해 전투에 임했다. 병사는 병사로, 기사는 기사로 따로 존재해서 최고 지휘관이 기사를 임명해 병사를 주면 기사는 그 병사들을 지휘해 임무를 완수하는 것으로 지휘 계통을 세웠다.

이는 누구든 지휘자를 임명함으로써 병사들을 운용할 수 있고 전투에서 지휘자를 잃더라도 다시 지휘자를 보내어 통제할 수 있다는 장점이 있는 반면, 최고 지휘관의 능력에 따라 군전력이 달라진다는 단점과 더불어 지휘자의 사망 시 조속한 병력 통제가 불가능하다는 단점이 있었다.

이런 단점을 보완하기 위해 아젝스는 십부장, 백부장 등을 두어 이들 병력을 통제하게 하고 그 후임을 두어 지휘관의 유고 시를 대비하게 했다. 물론 이런 아젝스의 생각은 새로 창설되는 부대에만 국한되는 것이었다.

기존의 지휘 체계가 확립된 것은 귀족들이 자신의 지휘권을 확보하기 위한 방안으로 발현된 것이고, 현 틸라크에서도 그랬다. 모든 군사는 명목상 틸라크 공작의 사병으로 되어 있으나 그 병력의 보충과 훈련은 그 지역을 담당하는 책임자에게 전권을 맡기기 때문에 어찌 보면 그 지역 책임자의 사병이라고 볼 수도 있었다. 다만 다른 영지와 다른 점이라면, 지역 책임자의 임명과 해임을 공작이 언제든지 자유로이 할 수 있다는 것이다. 그래서 틸라크에서는 어느 정도 지역 책임자의 권한을 인정하고 확실한 충성을 받았다.

그러나 이제는 달라져야 한다는 것이 아젝스의 생각이었다. 지역에 따라 병력 수가 달라진다는 점은 물론이고, 지휘 체계의 문란도 문제이기 때문이다. 새롭게 창설하는 부대가 효과를 발휘하면 다른 부대도 그렇게 변모시킬 것이다. 귀족들의 불만은 다른 것을 안겨주면 사라질 것이고…….

틸라크의 전 영지는 난리가 났다. 바로 농노들의 모집 때문이었다. 최초의 아젝스가 말한 것은 너무도 파급 효과가 크기 때문에 많이 바뀌어졌다. 우선 틸라크에서 태어난 자들 중 홀홀단신으로 결혼을 하거나 부양가족이 없는 농노를 일순으로 하고 나이는 30세 미만으로 잡았다. 그러나 워낙 수가 모자라 형제가 있는 농노들을 중심으로 다시 집계하여 겨우 수를 맞출 수 있었다. 그러나 이 과정에서 농노들의 장부가 너무 허술하다는 것을 알게 되어 대대적인 장부 개혁을 하게 되었다.

이 장부를 토대로 농노들을 소집하는 과정에서 소집된 농노는 물론 그 가족도 평민으로 풀려난다는 소문이 돌자 너도나도 지원을 하겠다고 몰려 지역 책임자들은 골치를 앓았다. 워낙 많이 몰린지라 그들을 통제하는 데 어려웠기 때문이다. 그리고 농노들이 그토록 평민이 되기를 갈망한다는 사실에 놀랐다. 책임자들은 5년이 지나야 평민이 되고, 군역을 지내는 기간 중에 3년을 채우지 못하고 죽으면 평민이 될 수 없다는 말을 했지만 그들은 요지부동이었다. 그들은 자식을 농노라는 굴레에서 벗어나게 하고 싶었다. 그리고 고생하는 그의 부모들도 안락한 삶을 누릴 수 있기를 바랐다. 그래서 지역 책임자들은 어쩔 수 없이 한두 명 더 추려내어 지멘 이튼에게 보냈다. 그러나 전 지역에서 모인 농노들은 무려 6,000이 넘는지라 지멘은 그중 원래의 조건에 맞는 자를 선출하고 나머지는 돌려보냈다. 그래도 3,000의 수가 남았다. 그래서 그중 어리고 건강한 사람을 위주로 병력을 추려냈다. 생각 같아서는 모두 병력으로 쓰고 싶었지만 벅시를 떠올리고는 이를 참았다. 그도 아젝스만큼이나 벅시가 악다구니를 쓰는 것에 질린 사람이었다.

그와 같이해서 다음 해의 모집과 전력 보충을 위해 각 마을마다 학교를 설립했다. 신분에 상관없이 간단하게 글을 배울 수 있게 하고 나이가 10세 전후의 사내아이들은 전부가 학교로 가서 검술을 익히게 하였다. 이를 위해 자경단과 잔류한 용병들이 쓰여지게 되었다.

시멀레이러는 시멀레이러대로 각 마을을 순회하며 마법에 재능이 있는 아이들을 선발했다. 이번 전투에서 마법사의 위력을 알게 된 아젝스가 시멀레이러에게 부탁한 것이다. 실력있는 마법사를 만들기 위해서는 엄청난 자금이 들지만 3서클 이내의 수련 마법사를 키우는 데는 그리 큰돈이 들지 않았다. 다만 시간이 많이 걸리는 것이 문제였지만 시간을 시멀레이러가 단축시켜 준다는 확답을 받자 아젝스가 1~2년 안에 자금을 확보해 보겠다는 약속을 했다.

한편 서쪽과 북쪽에 위치한 마을에서는 말을 잡기 위해 들판을 뛰어다녀야 했다. 말을 얻기 위해 사막 부족과 무역을 하자는 의견의 대안으로 제시된 것으로, 오크의 겨울 먹이를 줄이고 기동력도 확보하자는 방안이었다. 이를 위해 틸라크의 유휴 병력들이 총동원되었다. 그들은 매일 말들을 잡으러 뛰어다니고 잡은 말들을 길들이는 데 온 겨울을 보내게 될 것이다. 그리고 새싹이 트는 봄에는 보병에서 기병으로 거듭날 거였다. 그렇게 틸라크 자생 계획은 차츰 자리를 잡아갔다.

제 6 화
황성에서

포러스 제국의 황성 미미르의 거대한 성문을 지나는 그리 화려하지 않은 마차에는 마냥 신기한 얼굴로 창문을 내다보는 라미에르 틸라크와 눈을 감고 생각에 잠겨 있는 아젝스가 타고 있었다. 그리고 그 주위로 10여 명의 기사들이 마차를 인도했다. 이들은 거의 한 달을 걸려 틸라크에서 황성에 도착한 것이다.

라미에르는 공주의 부탁을 받았다면서 아젝스를 괴롭히며 억지를 부려 이렇게 황성에 같이 오게 되었다. 실제로 틸라크에서 공주의 말 상대는 라미에르밖에 없었기 때문에 유난히 공주와 많은 시간을 보내었고, 그래서 공주가 떠나면서 신년 행사 때 꼭 같이 오라는 말을 남겼었다.

"아젝스님, 여관에 도착하였습니다."

붉은 이빨의 기사에서 임시 호위 기사로 차출된 선임 기사 베런 울프그랜이 마차에 다가와 말했다. 최고급 여관은 아니었지만 그나마 좋은 장소를 마련하느라 꽤나 고생을 했다. 신년 행사를 위해 지방의 귀족들이 대거 몰려와 있는 상태라 황성에 저택을 구입하지 못한 귀족들은 이처럼 여관에 머물러야 하는 것이다.

공작 서임을 위해 비교적 일찍 황성에 도착한 아젝스 일행이었지만 어느새 최고급 여관은 모두 꽉 차버렸다. 중앙에 진출하려는 지방 귀족들이 유력한 중앙 실권자를 만나 연일 연회를 벌이고 있었기 때문이다. 차후에 도착할 귀족들과 몰락 귀족들은 그나마 이 정도의 여관을 구하지도 못할 것이다. 돈과 권력, 무력을 동원하기 전에는 말이다. 지금도 여기저기서 그렇게 좋은 여관을 차지하려는 귀족들이 보이지 않게 아귀다툼을 했다.

마차에 내려선 아젝스는 라미에르가 마차를 내리는 데 도움을 주려고 손을 내밀었다. 라미에르는 빙긋이 웃으며 아젝스의 손을 잡고 우아하게 내리려고 노력했다. 영지에서야 이미 소문이 나서 아무리 라미에르가 요조숙녀 행세를 해도 아무도 믿지 않지만 이곳 황성은 아니었다. 그래서 마차에 내리기 전 아젝스를 졸라 이처럼 손을 잡고 내리게 된 것이다. 그런 라미에르가 귀여운 아젝스는 여동생을 에스코트하며 여관으로 들어갔다.

이미 한 기사가 숙소를 확인하고 아젝스 등을 안내하며 중앙 홀을 지나치는데 불쑥 낯선 사람이 그 앞을 막아섰다.

"누구냐!"

아젝스의 호위가 순식간에 아젝스의 앞을 막아서며 칼에 손을 얹고 호령하자 아젝스를 막아선 사람이 당황한 듯 뒤로 물러섰다. 그리고 그 사람 뒤에 있던 기사들도 당황한 듯 선뜻 나서서 말을 못했다.

"아, 저, 혹시 방을 양보할 수 없겠나 하고 물으려 했소."

잠시 말을 더듬던 그 사람은 뒤이을 말을 생각하자 자신감이 생겼는지 얼굴에 자부심과 거만함을 띠며 말했다.

"우리는 멕시밀리앙 후작가의 사람이오. 만일 방을 양보해 주신다면 후작께서 섭섭치 않게 보답할 것이오. 어떻소?"

그의 얼굴은 당연히 방을 양보할 것으로 믿어 의심치 않는 표정이었다. 멕시밀리앙 후작가는 포러스의 귀족 중 열 손가락 안에 드는 대귀족으로 영지로 따진다면 공작가와 맞먹을 정도였다. 과거 횔테른 후작과의 정쟁에서 밀려 잠시 세력이 줄기는 했지만 아직 중앙에 막강한 세를 유지하고 있는 것이다.

게다가 몇 년 후 후작이 밀고 있는 황태자가 황위를 계승하면 황태자파의 주력인 멕시밀리앙 후작의 앞날은 거칠 것이 없다. 이런 생각을 하니 조금 전 자신을 압박하던 저놈들이 괘씸하게 여겨진다. 후작이 세를 좀 더 불리기 위해 지방 귀족을 모으는 과정에서 여관이 모자라는 사태가 벌어지지 않았다면 이런 일도 없었을 것이다. 비록 집사의 신분이었지만 자신은 저런 애송이 귀족 자제나 몰락 귀족보다 훨씬 막강한 권력을 행사했다.

막 인상을 찌푸리며 마지막으로 권고를 하고, 그래도 못 알아들으면 자신의 뒤에 있는 기사들로 알아듣게 타이르려던 그의 인상은 황당함으로 물들었다.

"알아서 해."

아젝스는 그 말을 남기고 라미에르를 이끌며 계단을 올라갔다. 그리고 아젝스의 호위 기사들은 천천히 검에 손을 대고 그들을 바라보았다. 그중에 한스는 유난히 즐거운 듯이 그들을 바라보고 있었다.

창밖으로 황성의 시내를 내려다보는 아젝스는 부러움으로 가득했다. 엄청난 크기의 성벽에 둘러싸인 황성 미미르는 축복받은 땅이었다. 북쪽으로 초승달 모양의 거대한 아브로즈 호수가 있어 연중 물 걱정이 없는 것은 물론 땅 어디를 파도 얼마 되지 않아 물이 솟구치는 곳이었다. 게다가 풍성한 숲과 사통팔달한 도로를 갖고 있어서 언제나 물산이 넘쳐 났다. 날씨는 언제나 포근해서 겨울이 되어도 눈이 내리지 않았다.

10만이 거주하고 있는 황성을 둘러싼 거대한 성벽은 무너지지 않는 포러스의 국력을 보여주는 듯했다. 성안 도로는 잘 깎인 돌들로 포장되어 있고, 밤임에도 불구하고 곳곳이 대낮처럼 환했다. 그 길을 따라 수많은 사람들이 활기 차게 돌아다녔다.

아젝스는 과거 자신이 살던 곳과 비교가 되진 않지만, 틸라크와 비교해 보면 엄청난 차이를 실감할 수 있었다. 한 번도 틸라크를 벗어나지 않았던 아젝스에게 이것은 상당한 충격이었다. 틸라크를 벗어나 처음으로 도착했던 자렌 성도 틸라크보다 한참이나 앞선 모습이었다. 그러나 황성은 그런 자렌 성과 비교조차 못할 정도로 화려하고 잘 정비된 도시였다.

자렌 성을 보며 몇 년 후에는 틸라크도 이렇게 만들겠다고 다짐했던 아젝스는 황성을 보며 자신감을 잃었다. 얼마의 세월이 흘러야 이 정도의 도시를 건설할 수 있을지 도저히 감 잡을 수가 없는 것이다. 그리고 그제야 공주가 가끔가다 한심한 눈으로 틸라크의 전경을 보던 것을 이해했다.

그런 마음이 들자 아젝스의 마음이 다급해졌다. 이러고 있는 시간이 아까운 것이다. 한시라도 빨리 틸라크로 돌아가 틸라크의 부흥에 힘을 쏟고 싶었다.

내일이면 황제를 알현하고 공작 서임을 받게 된다. 평소 지방 귀족이 황제를 만나려면 상당한 시일이 걸리지만 공작이라는 직위와 공주의 부마가 될 신분이라는 것이 도움이 되었다. 그러나 신년 행사를 지내려면 이곳에서 열흘이나 더 있어야 한다. 황제의 알현이 이토록 빨리 이루어질 줄 알았다면 좀 더 늦게 출발하는 것인데 하고 아쉬워하는 아젝스였다.

"아젝스 틸라크 공작 자제는 드십시오."

시종의 말과 함께 커다란 문이 열리며 황제가 있는 집무실이 보였다. 커다란 집무실에는 의외로 많은 사람들이 있었다. 정면의 황제가 앉은 단상까지 이어진 대리석으로 만든 길 양편에 조그만 탁자를 앞에 놓고 앉아 자신을 주시하는 수많은 귀족들과 그 뒤에 서 있는 기사들, 그들이 만든 길 끝에는 포러스 제국의 주인인 라그나크 드 샤틀리에 황제가 커다란 단상 위에 앉아 막 문 앞에 선 아젝스를 바라보고 있었다. 황제의 좌측에는 보블레앙 샤틀리에 황태자가 있었고, 그 옆에는 아젝스의 약혼녀인 아레나 공주가 있었다. 황제의 우측에는 카발레타 샤틀리에 현 황후가 자리하고, 그 옆에 제2황자인 나티엔 샤틀리에가 자리했다.

아젝스는 자신을 주시하는 시선을 무시하고 단상 위에 있는 황제를 향해 걸었다. 입궁하며 황궁의 시종장에게서 들은 대로 아젝스는 황제와 눈을 마주치지 않으며 단상의 끝에 당도하자 오른 주먹을 가슴에 대고 한쪽 무릎을 꿇으며 고개를 숙였다.

"아젝스 틸라크가 라그나크 드 샤틀리에 황제 폐하를 뵙게 되어 영광으로 생각합니다."

이 말에 좌측의 인사들은 웃고 우측의 인사들은 얼굴을 찡그렸다. 아젝스는 시종장으로부터 각종 수사어구가 붙은 인사법을 배웠다. 그러나 막상 황제를 만나는 자리에서 이를 사용하지 않은 것이다. 비록 예의에 어긋나지 않는 행동이지만 황제에게 안 좋은 인상을 남기게 되리라.

그러나 아젝스는 그리 심각하게 생각하지 않았다. 이제 그는 틸라크 공작가의 사람으로 살아야 했다. 그리고 이런 행동은 틸라크 공작가의 사람에 어울리는 행동이었다.

황제는 얼굴에 희미한 미소를 지으며 고개를 끄덕였고 아레나는 고개를 외면하고 있었다. 반면 황후는 만면에 웃음을 띠고 아젝스에게 비웃는 듯한 눈길을 보냈다.

"검을 다오."

단상에 내려와 시종에게 검을 달라고 한 황제는 별다른 말을 않고 시종이 건네는 검을 들어 아젝스에게 말했다.

"그대는 짐을 위해 충성을 맹세하는가?"

"네."

"나, 라그나크 드 샤틀리에는 오늘 아젝스 틸라크를 만나 그의 진심에서 우러나오는 충성을 받고 그 보답으로 아젝스 틸라크를 공작으로 임명한다. 또한 아젝스 틸라크는 전 그라시스 틸라크 공작의 전권을 상속받을 수 있는 권리가 있음을 황제의 이름으로 증명한다."

그 말과 동시에 검을 내려 아젝스의 양 어깨를 한 번씩 치고는 검을 아젝스에게 하사하였다. 아젝스가 공손히 그 검을 받자 시종이 다가와 그 검을 다시 회수하였고, 다른 시종이 다가와 황제에게 한 장의 양피지를 바쳤다.

"이는 나와 그대의 약속의 증표이다."

황제의 서명과 황가의 인장이 박힌 서임장이 아젝스에게 넘어갔다. 황제가 다시 단상에 올라앉자 아젝스는 다시 군신의 예를 갖추고 뒤로 물러나 자신에게 마련된 의자에 앉았다.

이로써 아젝스의 공작 서임식은 모두 끝났다. 서임식의 중요성에 비해 참으로 간소했다. 그러나 하루에도 몇 번씩 서임식이 치러지는 경우도 있었기 때문에 특별한 행사가 아닌 황제의 일일 직무 중의 하나로 전락해 버린 지 오래였다. 그래서 보통 서임식에 참석하는 인원은 이를 증명해 줄 몇 명의 대신과 친구가 다였다. 그러나 오늘은 이례적으로 많은 참석자가 모였지만 이를 모르는 아젝스는 수많은 사람들이 모여 있자 원래 그런가 보다 하고 약간 긴장했는데, 막상 뚜껑을 열어 보니 너무 간소하게 끝나는지라 약간 허탈해했다.

"짐은 그동안 공주의 부군 될 사람을 무척이나 궁금히 여겼는데 오늘 보게 되어 무척이나 즐겁다. 비록 그대가 그라시스 틸라크 전 공작의 비통 어린 죽음으로 그 뒤를 이어 틸라크의 공작으로 서임받기 위해 이 자리에 섰지만 그라시스 틸라크에 이어 틸라크 영지를 잘 이끌 것을 믿는다. 그래, 그대는 기사의 작위를 받았는가?"

"아닙니다."

이 말에 황제는 약간 난처한 얼굴이 되었다. 사랑하는 공주가 변방의 귀족에게 시집을 가는 것도 억울한데 기사의 작위도 없단다. 공주를 곁에 두기 위해 아젝스에게 관직을 주려고 내심 결정했던 황제가 당황하였다.

기사의 작위를 받지 못하면 중앙으로 진출을 못하는 것이다. 아무리 대귀족이라도 기사의 작위를 받아야 황제를 위해 일할 수 있다. 황제를 위해 검을 드는 것이 기사의 의무이고 기사만이 황제를 위해 검을 들 수 있는 권리를 가질 수 있기 때문이다. 이는 황제도 어찌할 수 없는 황제와 귀족 간의 무언의 약속이었다. 그래서 귀족가에서는 기사의 작위를 얻기 위해 어린 나이에 황궁 기사단의 수련생도로 들어가 기사 수업을 받았다. 상위의 수련생은 고속의 승진을 약속받고, 아무리 못나도 수련생도로 5년만 버티면 기사의 작위와 함께 문관으로의 길이 열리는 것이다. 그러나 틸라크 공작가는 그렇지 않았다. 중앙으로 진출할 생각도 없지만 그럴 여력도 없는 틸라크 공작가는 배울 것 없는 기사단 수련생도의 길보다는 공작가에서 검술을 익혔다.

"폐하, 소신이 한말씀 올리겠습니다. 틸라크 공작가는 여태껏 단 한 번도 기사생도를 황궁 기사단에 보내어 기사 작위를 받은 역사가 없습니다. 그러나 전 그라시스 틸라크 공작은 물론이고 틸라크 가의 모든 공작들이 기사의 작위를 가지고 있었습니다. 또한 폐하 앞의 아젝스 틸라크 공작 역시 기사의 작위를 받기에 충분한 조건을 갖추고 있습니다."

우측에서 황제와 가장 가까이 자리했던 인물이 일어나 말하자 황제의 얼굴이 일순 반갑지만 의아한 표정을 지었다. 반면 좌측의 인물들은 의아함과 의혹의 눈으로 아젝스와 조금 전 발언한 귀족을 노려보았다.

"멕시밀리앙 경, 그게 무슨 말이오? 자세히 말해 보시오."

"제국에는 기사 수련생을 거치지 않고도 기사의 작위를 받는 제도가 있음을 황제 폐하도 아실 것입니다. 틸라크 가문은 언제나 그러한 방식으로 기사의 작위를 획득했습니다."

그랬다. 포러스 제국은 다른 나라와는 약간 다른 제도를 가졌다. 제국의 건국 때부터 워낙 주변에 시달림을 받았던 포러스 제국은 인재의 부족함에 시달렸다. 그래서 수많은 가나트와의 전쟁으로 몰락의 길을 걷는 귀족들을 구제하는 아량을 베풂과 동시에 능력있는 인재를 얻기 위한 방편이 마련되었다. 기사 수련생들이 1년간 기사 수업을 받기 위해 필요한 돈은 약 100골드로 일반 기사의 수익에 거의 두 배에 해당했고, 일반 평민의 1년 수익의 다섯 배 정도였다. 그러니 어느 정도 기반이 없는 귀족은 기사 수업을 받을 수 없었다. 그런 그들을 구제하는 제도가 바로 검술 인증 제도였다. 검술의 경지가 소드 익스퍼트에 들어서면 기사로 인정하고 작위를 수여하는 것이다.

아무리 몰락한 귀족이라 하더라도 가문에서 전래된 검술이 있으니 이를 열심히 익혀 경지에 오르면 기사의 작위를 받고 황제의 기사단에 들거나 변방으로 전출을 나가 공을 세워 가문을 재건할 수 있었다. 전래된 가전 검술이 없다 하더라도 황궁에 보관된 귀족 장부에 자신의 이름이 기재되어 있으면 언제라도 시험이 가능하였기 때문에 당대에 작위를 받지 못해도 다음 대를 기약할 수 있었다. 그래서 유명한 무가에는 검술을 익히기 위해 몰락 귀족의 인재들이 몰렸다. 틸라크 가문에 몰락 귀족들이 있는 것도 그런 이유였다.

황제는 빌포드 멕시밀리앙의 말을 아직도 이해를 못했는지 머뭇거렸다. 그러자 빌포드는 황제를 채근했다.

"폐하, 아젝스 틸라크 공작에게 검을 주어 기사 검증을 받게 하십시오."

그제야 황제의 얼굴에 미소가 돌아오고 좌측은 어수선해졌다. 그리고 황제의 명으로 도열해 있던 기사 중 하나가 자신의 검을 아젝스에게 주자 아젝스가 이를 받고 가만히 있었다. 아젝스도 모르는 것이다. 기사의 작위를 왜 받는지, 기사 검증을 왜 하는지, 그리고 검증은 어떻게 하는지 전혀 몰랐다.

"아젝스 틸라크는 기사임을 증명하라."

그러나 의문 어린 아젝스가 명령하는 황제를 보다 다시 자신에게 검을 준 기사를 보자 아젝스의 곁에 있던 기사가 은근히 속삭였다.

"검에 마나를 주입해 소드 익스퍼터임을 보이시면 됩니다, 공작 전하."

이 말에 아젝스는 황제를 향해 고개를 숙이고는 천천히 검을 뽑아 수직으로 세웠다. 그리고 천천히 검에 기를 주입했다. 그에 따라 검은 검극에서 빛이 일어나더니 아젝스가 기를 주입할 때마다 점점 더 영역을 넓혀 검신 전부가 파랗게 빛을 발하였다.

여기저기서 어수선하게 떠들기 시작했다. 놀람과 경악, 감탄과 탄식이 엇갈렸다. 황제도 기쁨을 감추지 않고 웃으며 아젝스에게 말했다.

"되었다. 멕시밀리앙 경, 그대가 보기에 틸라크 공작의 경지는 어느 정도로 보이오?"

"제가 보기에 익스퍼트 중급 정도의 실력으로 보입니다."

"그러면 황궁 기사단의 부단장을 주어도 되겠소?"

"폐하, 틸라크 공작의 검술은 그 나이에는 놀라운 경지이지만 포러스를 대표하는 황궁 기사단의 부단장은 아직 이르다고 생각합니다."

멕시밀리앙의 말이 있기도 전에 좌측에서 말이 나왔다. 빌포드 멕시밀리앙은 아쉽지만 그의 말을 인정했다. 일반 기사직은 몰라도 부단장이 되려면 최소 익스퍼트 상급이나 최상급은 되어야 했다.

"바이론 단테스 백작의 말이 옳습니다. 틸라크 공작이 부단장의 직위를 얻기에는 아직 시기 상조인 듯합니다. 그러나 그의 나이를 생각한다면 멀지 않은 시기에 소드 마스터가 될 가능성을 배제할 수 없으니 폐하의 곁에 두어 지켜보시는 것도 좋을 것입니다. 게다가 제국에서 네 명뿐인 공작의 하나인데 아무리 황궁 기사단이라지만 그의 직위를 생각하면 너무 낮은 것이라 생각됩니다. 이 점 고려해 주십시오."

노회한 멕시밀리앙은 바이론 단테스의 방해를 역으로 이용했고, 이 말을 들은 샤론 휠테른 후작은 한 방 먹은 얼굴을 했다. 멍청한 바이론 단테스의 발언으로 황궁 기사단의 부단장으로 끝낼 수 있는 것을 망친 것이다. 이제 아젝스가 어디까지 올라갈지 아무도 모르게 되었다. 확실히 아젝스가 황궁 기사단의 부단장이 되는 것은 공작이라는 직위에 걸맞지 않는 것이다. 비록 황궁 기사단의 부단장이 요직이기는 하지만 공작의 지위면 그보다 훨씬 높은 직위를 얻을 수 있는 것이다. 공작이면 황제를 제외하고 황태자와 동급의 직위였다. 공작은 최소한 한 번이라도 황가의 안녕을 지켜준 전력이 있거나 제국의 발전에 막대한 영향을 미친 경우가 아니라면 절대 주어지지 않는 직위였다. 그래서 황제도 공작이 반역을 꾀하기 전에는 함부로 그 직위를 해임할 수 없는 것이기도 하다. 비록 지금은 황후를 등에 업은 휠테른 후작이 재상을 맡고 있지만 귀족 회의의 대표와 중앙군 사령관, 그리고 외교 통상관을 모두 공작들이 차지했다. 재상을 제외한 모든 최고 요직을 차지한 것이다. 그런 공작들과 동등한 지위를 달라고 해도 지금 분위기라면 어쩔 수 없었다. 샤론 휠테른 후작이 보기에도 아젝스의 검술 경지는 경악할 만한 것이었다. 아직 20세가 안 된 상태에서 익스퍼트 중급이 되었다는 말은 듣도 보도 못한 일이었기 때문이다. 그러나 소드 마스터는 아니었다. 젊어서 엄청난 재능을 인정받은 익스퍼터도 늙어 죽을 때까지 검술을 갈고닦아도 마스터가 되지 못하고, 반대로 늦은 나이에 익스퍼터가 되어도 어느 날 갑자기 마스터가 되는 경우도 있었다.

그러나 지금 황제는 저 빌어먹을 빌포르의 말에 현혹되어 아젝스가 바로 소드 마스터가 될지도 모른다는 생각을 가지게 되었다. 제국에 단둘뿐인 소드 마스터가.

황제도 일순 아젝스의 직위를 잠깐 잊었었다. 워낙 어린지라 아젝스가 공작이라는 것을 깜박한 것이다. 기사의 작위를 받고 그 경지가 놀라워 그것만을 생각하다 이런 실수를 저질렀다.

"아젝스 틸라크 공작, 내가 잠시 그대의 직위를 잊었네. 미안하게 생각하는 바요. 그래, 공작의 생각은 어떻소? 어떤 직위를 원하시오. 공작이라면 어떤 자리라도 요구할 수 있을 것이오."

어느덧 황제의 말투가 바뀌었고, 모두 기대와 불안으로 아젝스를 보았다.

"저는 단지 틸라크의 영주로 만족합니다."

아젝스의 말은 황태자파에게는 청천벽력이 되었고 황후파에게는 천상의 노래가 되었다. 황제도 아젝스의 말은 불만이었다. 그래서 노기를 담고 말했다.

"그대는 짐을 위해 일하기 싫다는 것인가?"

"아닙니다. 저는 조금 전 황제 폐하께 충성을 다짐했고, 그 마음은 제가 죽는 그 순간까지 변함이 없을 것입니다. 그리고 폐하 주변에는 오직 폐하를 위해 목숨을 바칠 충신들이 가득합니다. 그런 상황에서 아직 어리고 경험도 미미한 제가 공작이라는 작위를 앞세워 높은 직위를 얻는다면 보다 능력있는 인재들의 길을 막는 것이요, 제가 그 직위에 못 미치는 실수를 한다면 포러스 제국의 앞날을 가로막는 장애물이 되어 그 누가 폐하께 이르게 될 것입니다. 그러니 제가 틸라크에서 좀 더 경험을 쌓아 폐하의 기대에 부응할 수 있을 때 폐하께 간청을 드리겠습니다."

그 말에 황제는 노여움을 풀었다. 그리고 아쉬웠다. 그가 보기에 아젝스는 꽤 유능해 보였기 때문이다. 그래서 웬만하면 반대를 무릅쓰고 고위직에 앉히고 싶었는데 본인이 싫다니 어쩔 수가 없는 것이다.

황제의 알현을 끝내고 집무실을 나서는 아젝스의 마음은 살 것 같았다. 무거운 분위기에서 벗어난 것이다. 익숙하지 않은 수식어를 붙여 말해야 하고, 행동 하나하나 예의에 맞게 하는 것은 아젝스에게 죽을 맛이었다. 그래서 집무실을 나오자 한 것이 크게 숨을 들이쉬었다가 내쉬는 것이었다.

그런 아젝스를 기다리고 있는 인물이 있었다. 나사스였다.

아젝스가 입궁했다는 말을 듣자 공주의 별궁에서 한달음에 달려와 아젝스가 황제의 집무실에서 나오기만을 기다렸다. 그간 어떻게 지냈는지, 얼마나 변했는지 궁금한 것이 많았다.

"그간 별고 없었나?"

"나사스 경은 이제 말조심하시오. 공작에게 겨우 남작이 말을 함부로 한단 말이오?"

"아이고, 죄송합니다, 공작 전하."

아젝스가 웃음으로 농을 하자 나사스는 맞장구치며 너스레를 떨었다. 그리고 둘은 빙긋이 웃었다. 아젝스는 낯익은 나사스가 반가웠고 나사스는 많이 변한 아젝스가 반가웠다.

둘은 나사스의 안내를 받으며 공주의 별궁으로 향하며 이야기를 나누었다. 그러면서 나사스는 안타까워하기도 하고 감탄하기도 하며 아젝스의 말을 들었다. 그러면서 나사스는 아젝스가 확실히 많이 변했다는 것을 느꼈다. 예전처럼 사람을 피하거나 냉대하지 않았고 말수도 많아졌다. 그리고 가장 반가운 것은 눈에 생기가 돈다는 것이었다. 눈에 생기가 돈다는 것은 삶의 목표가 있다는 것이고, 이는 아젝스가 살고 싶다는 의지의 표명이었다. 그래서 나사스는 자신의 행동에 면죄부를 얻은 것처럼 느껴졌다.

별궁에 도착해 차를 마시며 이런저런 이야기 하는 동안 공주와 황태자, 그리고 그의 후원 세력들이 모였다.

"오랜만이군요, 공작님."

공주는 알현실에서 못한 인사를 냉담하게 건넸다.

"반갑습니다, 틸라크 공작."

황태자와 일행들이 일일이 인사를 건넸다. 비록 황태자를 제외하고 모두가 그리 좋은 인상은 아니었지만 조만간 자신의 진영에 핵심 인물이 될 것이 확실한 아젝스에게 얼굴 도장이라도 찍어야 하는 것이다.

"조금 전 공작의 말씀에 꽤나 놀랐소이다."

빌포드 멕시밀리앙은 언짢은 기색을 숨기지 않았다. 처음 공주가 틸라크로 떠날 때 상당한 충격을 받았던 그는 약혼식을 끝내고 돌아와 보고한 나사스의 말을 듣고 상당히 들떴었다. 바로 공주가 황성을 떠나지 않아도 되는 방법이 생겼기 때문이다.

처음 그라시스 틸라크 공작과 나사스 간에 약속되었던 공주의 회임 후 황성 미미르로의 입성 계획은 멕시밀리앙의 일방적인 계획으로 결혼과 동시에 황성에 눌러앉는 것으로 바뀌었다. 이것은 아젝스가 소드 익스퍼트 초급에 이르렀다는 나사스의 믿지 못할 보고를 토대로 한 것으로 아젝스가 입성하면 기사의 검증을 통해 중앙으로 진출시킨다는 계획을 세웠다. 그를 위해 계속해서 황제에게 은근히 아젝스를 황성에 눌러앉혀야 공주를 곁에 둘 수 있다고 말했었고, 황제도 이에 귀가 솔깃해했다. 그리고 그라시스 틸라크 공작이 죽었다는 말을 들었을 때 빌포드는 내심 만세를 불렀다. 겨우 황궁 기사단의 일반 기사로 만족하려던 아젝스가 공작이 되면 엄청난 고위직을 얻을 수 있는 것이기 때문이다.

황태자파에게 필요한 것은 많았다. 다른 것은 다 멕시밀리앙의 능력으로 어떻게든 구비할 수 있었다. 그러나 공작의 작위는, 공작의 무게감은 아니었다. 황후파에게 밀리는 결정적인 원인도 외교 통상관을 맡고 있는 그랑데 밀레온 공작 때문이었다. 다른 공작을 끌어들이려고 부단한 노력을 했던 빌포드 멕시밀리앙은 휠테른의 방해와 공작의 중립 선언으로 포기했었다.

그런데 하늘에서 공작이 떨어진 것이다. 그리고 오늘 아젝스는 그의 기대대로, 아니, 그 이상의 경악할 능력을 보여주어 황제가 아젝스에게 어떠한 직위도 주겠다는 뜻을 말하게 했다. 모든 것이 그의 계획대로 진행되었다. 아젝스의 폭탄 선언이 나오기 전까지는.

"모든 귀족들의 꿈을 왜 포기했는지 이해를 못하겠습니다. 변방에서 중앙으로 진출할 좋은 기회였는데."

"그래요. 그런 출중한 검술을 가지고도 왜 그런 촌구석에 있는 거죠? 틸라크에서 저와 함께 온 귀족들은 지금 황궁 기사단에 들어가 저와 황태자를 많이 도와주고 있어요. 저와 약혼한 당신도 당연히 황태자를 도와야 하는 것이 아닌가요?"

아젝스를 외면하고 있던 아레나 공주가 빌포드의 말을 끊으며 말했다. 아무래도 화가 나는 모양이었다. 멕시밀리앙 후작의 계획을 듣고 내심 크게 희망을 가졌던 공주는 아젝스가 모든 계획을 망치자 얼굴을 붉히며 아젝스에게 따지는 것이다.

"저는 그것보다 공작이 어떻게 젊은 나이에 소드 익스퍼트 중급의 경지에 이르렀는지가 궁금해요. 아무리 뛰어난 재능이 있어도 최소 20은 넘어야 익스퍼터가 된다고 들었는데, 아직 20도 안 된 공작이 벌써 익스퍼트 중급이라니 믿어지지가 않는군요."

황태자는 놀랍고 부럽다는 듯이 아젝스를 보며 말했다. 이를 몰랐던 나시스는 깜짝 놀라 아젝스를 보았다. 아젝스가 소드 익스퍼터가 된 지 겨우 석 달이 되었다. 그런데 벌써 중급에 이르렀다는 말인가? 은근히 마나 스캔을 해본 결과 확실히 지난번보다 마나가 급증했다. 그리고 지난번에는 마나의 양이 일반 익스퍼트 초급보다 못 미쳤지만 지금은 중급과 같거나 약간 많았다. 그리고 여전히 활기 차게 전신을 휘돌고 있었다.

"정말이군. 놀랍습니다, 공작 전하."

"그런 놀라운 재주가 있으면 뭐 하나요, 그냥 썩어버릴 것을."

공주의 말에도 여전히 아젝스는 이렇다 할 반응을 보이지 않았다. 이런 모습에 모두가 답답하다는 듯이 아젝스를 바라보았다. 뭐라고 반응이 있어야 맞대응이라도 하며 설득을 할 터인데, 이런 무반응이니 말을 이어갈 소재가 없는 것이다. 그래서 나시스에게 은근히 눈길을 주었다. 그나마 조금 전 오면서 아젝스와 나시스가 대화하는 것을 보았기 때문이다.

"틸라크 공작 전하는 이제 어떻게 하실 계획입니까?"

그들의 눈치에 어쩔 수 없다는 듯이 나사스가 나서서 조금 전 아젝스에게서 들은 그의 향후 계획을 물었다. 물론 나사스는 찬동하지만 다른 사람에게는 달갑지 않은 말이 나올 것을 뻔히 알고서.

아젝스 역시 같은 말을 하는 것은 싫었지만 나사스의 입장을 고려하고, 자신의 입장을 확고히 할 필요성을 느껴 다시 간단히 말했다.

"제 생각은 변함이 없습니다. 틸라크로 돌아가 그곳에서 계속 살 생각입니다. 또한 중앙으로 진출할 생각도 없습니다."

"그, 그럼 공작님의 사병이라도 지원해 주시기 바랍니다. 명목은 제가 알아서 처리하지요. 이것마저 거절하시면 공주님께서 섭섭해하십니다."

멕시밀리앙은 공주를 들먹이며 아젝스를 압박하려 했다. 그의 생각에 아젝스가 공주와 결혼하는 것은 꿈도 못 꿀 일인 것이다. 사실 황태자파가 아젝스를 후원하기에 그가 공작의 지위를 이용한 권위를 세울 수 있는 것이지, 명목만 공작인 아젝스가 고위직에 올라도 홀홀단신으로 할 수 있는 것은 아무것도 없고 허수아비마냥 하릴없이 자리만 차지하는 종이호랑이가 될 것이 뻔하다. 따라서 그나마 황태자파와의 끈을 놓치지 않으려면 어느 정도 성의를 보이라는 속뜻을 담고 한 말이었다. 그러나 아젝스는 단호했다.

"불가하오. 틸라크는 그들이 필요하고 더 많은 인재가 들어오기를 원하고 있소. 공주가 틸라크의 젊고 유능한 인재들을 대거 등용한 것은 그들이 원하는 것이니 어쩔 수 없다고 해도 내 스스로 틸라크의 인재를 내어줄 뜻은 없소. 필요하다면 당신들 스스로 그들을 설득하시오. 그들이 원해서 당신들을 돕는 것은 내 막지 않겠소."

"당장 나가요!"

끝내 공주는 참지 못하고 아젝스에게 고함을 쳤다. 그러자 아젝스는 그 말을 기다렸다는 듯이 선뜻 일어나 황태자에게 고개를 숙여 인사하고는 뒤돌아 공주의 별궁을 나섰다.

이에 공주는 더욱 분개했으나 차마 많은 사람들 앞에서 더 이상의 흉한 모습을 보일 수 없어 자신의 방으로 들어갔다. 다른 사람들도 고개를 저으며 못마땅한 듯 아젝스의 뒷모습을 보았다.

"나사스 경, 대체 일을 어떻게 했기에 틸라크 공작이 저런단 말인가?"

빌포드의 힐난에 나사스가 웃으며 말했다.

"제가 누차 말했지 않습니까, 아젝스 틸라크 공작을 설득하는 것은 불가능할 것이라고요. 저도 수없이 그분에게 말했지만 요지부동이었습니다. 비단 틸라크 공작뿐만 아니라 틸라크의 요직에 있는 대부분의 귀족들이 틸라크에 남기를 희망하더군요. 전에도 말씀드렸지만 8서클 유저의 마법사가 있는 틸라크입니다. 그 외에도 무수한 인재들이 있는 틸라크입니다. 그런 인재들이 틸라크를 위해 일하고 틸라크에 충성을 합니다. 더 이상 틸라크 공작을 자극하는 것은 위험합니다. 그보다는 그와 우의를 돈독히 하는 것이 더 나을 듯싶습니다. 우리 진영에 공작이 있다는 것만으로도 큰 보탬이 아닙니까? 틸라크 공작이 고위직에 있든 없든 그리 큰 차이는 없다는 말입니다. 다만 우리에게도 공작의 지지가 있다는 것이 중요하지요. 그리고 내란이 발생하지 않는 한 틸라크 공작의 힘이 필요하지도 않습니다. 차라리 틸라크에서 힘을 키우는 것이 우리에게는 더 좋지요. 드러나지 않는 전력이 될 것입니다. 그런 일은 없어야 하지만 최악의 경우 틸라크 공작은 우리가 내밀 최후의 패가 될 것입니다."

빌포드 멕시밀리앙은 나사스의 말을 들으며 생각을 정리했다. 어차피 아젝스가 포기했기 때문에 황후파의 유력자를 자르고 그 자리에 아젝스를 앉히려는 그의 계획은 수포가 되었다. 그렇다면 이제는 나사스의 말을 따르는 것이 좋다. 그가 없는 것보다는 있는 것이 나을 것이다. 최선이 아니라면 차선이라도 잡아야 했다.

"자네 말이 옳네. 그와 사이가 나빠지면 좋은 것은 황후파지. 신년 행사 때 틸라크 공작이 섭섭하지 않게 우의를 다지는 자리를 마련해 보게."

서임식을 마치고 여관으로 돌아온 아젝스는 식사 때를 제외하고는 거의 대부분의 시간을 방 안에서 명상을 하며 보냈다. 지금도 혼원일기공을 운용하며 명상에 빠져 있었다. 그라시스 틸라크 공작의 유언인 소드 마스터가 되기 위해 매일 하루도 빠짐없이 혼원일기공을 운용하며 무예를 익히는 데 전력을 다했다.

그가 생각하는 소드 마스터의 경지는 검강의 경지이거나 검사의 경지일 것이라고 짐작했다. 검사의 경지라면 막대한 내공만 있으면 가능할 것이었다. 정제되지 않아 검 주위에 뿔뿔이 흩어진 채 실처럼 줄기줄기 뻗는 검사는 막강한 내공으로 막강한 내공을 견뎌낼 수 있는 검에 무지막지하게 주입하면 가능한 경지였다. 그러나 검강은 다르다. 내공이 그리 많지 않더라도 그 내공을 완전히 자신의 의식으로 다룰 수 있다면 일정한 내력만 있어도 검강을 만들 수 있었다. 그러나 기를 자신의 의식으로 완벽하게 통제한다는 것은 엄청나게 어려운 것이다. 자신의 몸뚱이조차 완벽하게 통제를 못하는 게 사람인데 자연의 기운을 완벽하게 제어한다는 것은 지난한 일인 것이다.

기를 완벽하게 제어한다는 것은 깨달음이 있어야 가능한 일이었다. 깨달음이란 생각의 폭이 넓어진다는 것을 의미하고, 자연의 힘인 기의 속성을 완전히 알고, 이를 이용하고, 통제할 수 있다는 의미였다. 결국 깨달음이 없다면 자신이 갖고 있는 기는 자신이 알고 있는 만큼만 활용할 수 있고, 그만큼 불완전하게 운용하고 있다는 것을 말한다.

아젝스는 그래서 혼원일기공을 운용하며 그 법문을 참오하고 하루빨리 오행상성의 상태에서 태극의 상태로 진입하기를 바랐다. 그의 생각에 태극의 상태가 되어야 검강을 자유로이 다루는 의형검을 이룰 수 있을 것이라고 짐작한 것이다. 그러나 차후에 알게 되지만 이것은 아젝스의 엄청난 착각이었다.

밖에서 시끄러운 소리가 들리며 아젝스의 명상을 방해했다. 웬만하면 그냥 참고 계속 명상을 하려고 했지만 검을 뽑는 소리가 들리자 가만히 있을 수가 없었다. 그래서 눈을 뜨고 방문을 나섰다.

문밖에는 한스와 앙리가 뚱한 표정으로 검을 빼 낯선 기사 십여 명에게 겨누고 있었고, 상대방들도 검을 빼 대적하고 있었다.

한스와 앙리는 상당히 기분이 좋지 않았다. 처음에는 아젝스를 따라 황궁을 구경하는 영광을 누리며 화려한 황성의 관광을 시작하나 하고 기대를 했는데, 황궁을 다녀온 이후로 계속해서 아젝스가 방 안에만 있자 연 이틀째 문밖출입을 못하고 있었던 것이다.

그런데 어디서 되지도 않는 실력으로 자신들에게 검을 빼 든 것들이 나타났으니 기분이 좋을 리가 없었다. 다른 기사들은 라미에르 아가씨를 따라다니며 황성을 구경하고 있을 때 자신은 이런 귀찮은 놈들이나 처리하며 아젝스의 뒤치다꺼리나 하고 있으니 너무 억울했다.

"무슨 일이지?"

"아, 이놈들이 도련님을 만나야 한다면서 생떼를 쓰고 있길래 쫓아내고 있었습니다. 그러길래 밖에 나가 좀 놀다 오자고 했잖습니까? 그러면 이런 귀찮은 일도 없고, 눈요기도 하고, 얼마나 좋아요?"

한스는 마냥 불만인지 검을 빼 든 상대는 보지도 않고 아젝스에게 불평하기에 여념이 없었다. 앙리는 그래도 상대에게 검을 들이밀고 있기는 했지만 전적으로 한스의 말이 옳다는 듯이 고개를 끄덕이고 있었고, 아젝스를 만나려는 이들은 이런 한스와 앙리의 태도에 어이가 없어했다. 숫자가 많은 상대와 검을 맞댄 상태에서 한눈을 파는 것도 이해를 못하는데 상관에게 불평을 늘어놓고 이를 동조하는 부하나, 그것을 보고도 화를 내지 않는 상관이나 다시 보기 힘든 광경이었기 때문이다. 그러나 자신이 여기 온 이유는 잊지 않았다.

"아래층 홀에서 우리 멕시밀리앙 후작님의 장남이신 윈필드 멕시밀리앙님이 잠시 하실 말씀이 있다고 하오. 시간 좀 내주시겠소?"

아젝스는 본인이 되지 않으니 같은 연배의 자식을 보내 자신을 설득하려는가 하고 짐작했다.

성질대로라면 그냥 무시하고 싶었지만 공주나 나사스를 생각해서 한 번은 만나주기로 했다. 신년 행사가 끝나면 어차피 더 이상 볼 일도 거의 없을 테지만, 있는 동안 얼굴을 붉힐 필요는 없었다. 그리고 만나본 황태자가 그리 맘에 안 드는 것도 아니었다. 약간 유약해 보이기는 했지만 심성은 비교적 바르게 보였다. 도움은 못 돼도 방해는 말자는 뜻으로 안내하라는 듯이 고개를 끄덕이자 그들은 한스와 앙리를 한심하다는 듯이 보더니 고개를 저으며 검을 접고 아젝스를 인도해 아래층으로 내려갔다.

그들이 인도해 도착한 곳에는 꽤 훤칠한 체구에 잘생긴 귀공자가 홀에 마련된 의자에 앉아서 부담되지도 않는지 수없이 지나치며 그에게 시선을 보내는 여인들의 눈길을 외면한 채 차를 마시며 아젝스를 기다리고 있었다. 그리고 그의 뒤에는 호위로 보이는 검사가 검에 손을 얹고 다가오는 아젝스를 보고 있었으며, 그 옆에는 고개를 숙이고 있던 자는 아젝스가 다가오는 기척에 고개를 들어 시퍼렇게 멍이 든 눈으로 아젝스를 노려보았다.

아젝스를 데려오기 위해 갔었던 기사들이 잘생긴 귀족에게 가볍게 고개를 숙이고 그의 뒤에 섰다.

"하이란, 이들인가?"

윈필드 멕시밀리앙은 아젝스가 다가와 앞에 서자 뒤돌아보며 집사인 하이란에게 물었다.

"예, 예. 도련님."

원수 보듯이 아젝스를 째려보다 깜짝 놀라며 다시 고개를 숙이는 하이란의 말을 들은 윈필드는 약간 의외인 듯 아젝스를 잠시 관찰하는 눈빛으로 쳐다보다 약간 고개를 숙이며 말했다.

"멕시밀리앙 후작가의 윈필드 멕시밀리앙이오. 얼마 전 우리 가문의 사람이 당신에게 약간의 무례를 범했다는 말을 들었소. 뭐 하는가, 어서 사과드리지 않고?"

"약간의 오해가 있었던 듯한데, 사과드립니다."

윈필드의 호통에 하이란이 찔끔거리더니 아젝스의 앞에 다가와 허리를 숙이고 사죄의 말을 했다. 그러나 누가 들어도 진심이 결여되어 있다는 것을 다 알 정도로 어설픈 사과의 말이었다.

"허, 사죄 한번 확실하구만."

아젝스의 뒤에 있던 한스가 비꼬듯이 말하자 하이란이 고개를 들어 분에 찬 얼굴로 한스를 노려보았다. 그의 얼굴에 멍을 만든 놈이 한스였기 때문이다.

윈필드 역시 얼굴을 굳히며 한스를 보았다. 비록 형식적이지만 자신이 직접 와 사과를 시켰다. 자신의 가문도 알렸다. 그럼에도 전혀 고마워하지 않는 것이었다. 포러스에서 자신의 가문을 홀대하거나 무시할 수 있는 가문은 없다. 그리고 그럴 수 있는 가문이 있다면 자신이나 집사가 모를 리 없다. 이런 경우라면 하이란 집사의 말대로 어느 촌구석의 철없는 귀족 자제거나 타국의 귀족임에 분명했다. 그러나 지방의 이름없는 귀족이 정예는 아니지만 자신의 가병들을 가지고 놀 정도의 실력자를 호위로 두는 것도 이상하고, 타국의 귀족이라면 벌써 황궁에 신고하여 타국 사신을 위한 관사에 숙소를 정해야 했다.

처음 집사가 이름도 모르는 귀족의 호위에게 맞고 들어왔다는 말을 들었을 때 윈필드는 휠테른 후작가의 방해나 후원 세력인 줄 알고 긴장해서 상세하게 집사에게 전후사정을 물었다. 그러나 들으면 들을수록 의문이 생겨 직접 찾아가 만나보기로 한 것이다. 휠테른 후작가 사람이라면 자신이 모르는 사람은 없을 것이고, 후원 세력이라면 자신 가문의 이름으로 압박을 가해 정체를 알 수 있을 것으로 생각했기 때문이다. 그러나 눈앞의 이자는 자신이 한 번도 본 얼굴이 아니었다. 그리고 자신의 가문에 겁을 먹거나 부담스러워하지도 않는 것이다. 윈필드는 한 번 더 압박해 보았다.

"귀하는 어느 가문의 자제요? 내 다시 말하지만 나는 멕시밀리앙 후작가의 윈필드요."

"틸라크 공작가의 아젝스 틸라크라 하오."

그 말에 윈필드는 눈을 크게 뜨고 아젝스를 보더니 허리를 숙이며 말했다.

"멕시밀리앙 후작가의 윈필드가 공작 전하를 뵙습니다. 그간의 무례를 범한 점 죄송하게 생각합니다. 용서하여 주십시오."

뒤의 호위와 하이란은 깜짝 놀라 얼떨결에 윈필드를 따라 아젝스에게 허리를 숙였다. 아젝스의 되었다는 말이 있고서야 허리를 편 그들은 무슨 말을 해야 할지 몰라 잠시 눈동자를 굴렸다. 그러나 하이란은 다른 생각을 했다. 자신의 기억 속에 이런 공작은 없었다. 포러스에 있는 공작은 3인만 있는 것이다. 그러자 곧바로 윈필드에게 그 사실을 깨우쳐 주었다.

"도련님! 포러스 제국에는 공작가가 세 분뿐이지 않습니까? 공작 자제도 아니고 공작이라니, 이자들이 분명 사기를 치고 있는 것이……?"

하이란은 신나게 말하다가 윈필드의 당장 저 방정맞은 입을 찢어버리고 싶다는 듯한 눈빛을 보자 말끝을 흐리며 고개를 숙였다.

"아, 이럴 것이 아니라 지금 저희 집으로 가시지요. 얼마 전 공작님을 뵙고 몇 마디 말도 못하고 헤어진 것에 대해 아버님께서 꽤나 상심이 크셨습니다. 오늘 공작님을 보면 무척 기뻐하실 것입니다. 그리고 숙소도 다른 곳으로 옮기시지요. 저희가 보다 좋은 곳으로 안내하겠습니다."

"밖으로 나간 일행이 있어서 지금 어딜 간다는 것은 힘드오. 숙소는 이곳으로 충분하니 신경 쓰지 마시오."

"아, 일행이 있습니까? 그럼 저녁 초대는 어떻습니까? 오후에 마차를 보내겠습니다. 꼭 초대에 응해주시기 바랍니다."

하이란과 윈필드의 호위들은 자신들 도련님의 태도에 너무도 황당해서 말을 못했다. 처음에 윈필드가 여기로 간다는 말을 들었을 때 하이란은 저번의 원수를 갚을 수 있겠다는 기쁨에 들떴고, 호위들은 동료의 원수를 갚는다는 핑계로 간만에 몸을 풀 수 있겠단 기대감으로 따라왔다. 그런데 분위기가 묘했다. 말 몇 마디 하다 보니 위치가 바뀌었다. 허리 숙여 사과해야 할 상대에게 반대로 머리를 조아리며 잘못을 빌었다.

상대가 공작이니 그들은 어느 정도 이해했다. 그러나 윈필드의 행동은 뭔가 석연치가 않았다. 평소 윈필드는 자부심이 강해 웬만한 귀족에게는 예의상 고개를 숙일 뿐 그 이상의 예의나 존경심을 표하지 않았다. 그런 그가 작위는 높다지만 자신보다 한참이나 어려 보이는 상대에게 매달리는 모습을 보이는 것이다. 그것도 어디서 들어보지도 못한데다 무례하게 말하는 공작에게.

"지금 뭐라 말할 수는 없고, 일행이 오면 상의해서……."

"상의가 뭔 필요가 있습니까? 그냥 가면 되지. 정말 너무하시는 것 아닙니까? 달랑 황궁에 한번 데려간 다음에는 온종일 방 안에만 처박혀 지내시는 도련님 때문에 아무 데도 못 가는 저희들도 생각 좀 해주셔야죠! 우리가 방이나 지키자고 여기까지 왔습니까? 아브로즈도 보고 가이아의 축복도 받고 킬링콜도 먹어보고 해야 할 것 아닙니까? 야! 너는 말 안 해?"

"아젝스님, 저희 생각은 안 하셔도 상관없습니다만 도련님의 건강을 생각해서라도 잠시 외출을 하시는 게 좋을 듯합니다. 황궁 이후 바깥 출입을 안 하셔서 운동 부족으로 어디 쓰러지시기라도 하면 저희들은 베런님께 맞아 죽습니다. 맞아 죽는 것은 억울하지 않지만 아젝스님께서 쓰러지시는 것은 막아야 하지 않겠습니까?"

이 말에 아젝스를 제외한 나머지는 어이없는 표정을 지었다. 어찌 상관에게 저런 막돼먹은 말을 한단 말인가? 그러나 윈필드는 그들이 고맙기도 했다. 이유야 어쨌든 아젝스가 자신의 집으로 오기만 하면 되니까.

"그럼 오시는 것으로 알고 마차를 보내겠습니다."

그러더니 아젝스의 말도 듣지 않고 허리 숙여 인사하더니 곧바로 여관을 나섰다.

"도련님, 아까의 행동을 좀 설명해 주시겠습니까?"

윈필드의 옆에서 말을 몰던 호위가 그에게 물어왔다. 그 말에 윈필드는 황홀한 표정으로 케르미스에게 말했다.

"2년 전 내가 같은 동기의 기사들 중 가장 먼저 소드 익스퍼트 초급에 이르자 아버지는 내 23번째 생일을 아주 성대하게 치르셨소. 엄청기뻐하셨지요. 일반 기사는 물론이고 무가로 이름 높은 여타의 자제보다 빠른 성취였으니 좋아할 만하지요. 나도 그랬고. 그런데 며칠 전 아주 놀라운 사실을 들었소. 아레나 샤틀리에 공주님의 약혼자인 아젝스 틸라크 공작이 서임식에서 기사 인증 시험을 치렀는데 성취가 놀랍다는 이야기였소. 케르미스가 보기에 틸라크 공작의 경지가 어느 정도로 보이오?"

"글쎄요, 나이는 얼마 안 되어 보이던데……."

"아, 공은 포러스 제국 귀족이 아니니 기사 인증 시험에 대해 잘 모르겠구려. 인증 시험을 받으려면 최소 익스퍼트 초급의 경지에 들어야 하오. 그런데 놀랍게도 틸라크 공작은 황제의 앞에서 당당히 검을 빼자신이 소드 익스퍼트 중급의 실력임을 나타내셨소. 겨우 18세의 나이에 말이오."

"열, 열여덟이라고요?"

케르미스는 말을 잇지 못했다. 그가 익스퍼트 초급의 경지를 밟은 것은 25세로 비교적 빠르게 이루었다. 그리고 40이 넘은 지금 익스퍼트 상급으로 조만간 최상급을 이루어 죽기 전에 마스터의 경지를 이루겠다는 집념으로 매일 검을 휘두르고 있었다. 천재라는 소리는 듣지 못했지만 천재라고 말하는 이들보다 빨리 성취를 이루었다. 그것을 인정한 멕시밀리앙 후작이 자신을 윈필드의 호위 겸 검 선생으로 고용한 것이다. 상당한 검술의 재능을 인정받고 있는 윈필드지만 아직 익스퍼트 초급에 머물고 있었다. 자신보다 먼저 초급에 올랐지만 자신이 중급에 오른 30 이전에 중급이 될지는 아무도 몰랐다. 그러나 그런 재능이 있는데도 매일 검에 정진하는 윈필드를 보면 자신보다 빠를지도 모른다는 생각을 했다. 그래서 지지 않으려고 자신도 노력을 게을리 하지 않았다. 그러면서 윈필드보다 빠른 성취를 이룰 자는 없을 것이라고 내심 추측하고 있던 케르미스였다.

"놀랍지요? 비단 그만 놀라운 것이 아니오. 비록 아젝스 틸라크 공작만큼은 아니어도 그 가문 사람들 모두가 그렇다는군요. 아버님이 확인한 바론 전 그라시스 틸라크 공작은 22세, 그의 조부님은 20세, 그 윗분들도 대부분 20대 초반에 기사 검증을 받았다 하오. 그들은 황궁의 기사 수련생도로 들어와 기사 작위를 받은 이가 한 명도 없고, 오로지 실력을 인증받아 황제의 기사가 되셨소. 그 말을 들은 나는 존경심밖에 우러나오는 것이 없었소. 틸라크 가문이야말로 진정한 기사도를 숭상하는 가문이오. 나는 이번 신년 행사가 끝나는 대로 아젝스 틸라크 공작을 따라가 그 가문의 검술을 수련할 생각이오."

"그 정도의 실력자를 배출하는 가문이라면 상당히 명문 무가일 터인데 어찌 들어보지 못했는지 모르겠습니다."

"듣기로는 모두 네 명의 소드 마스터를 배출한 대단한 가문이라더군요. 그러나 최근 100년 내로 중앙에 진출한 이가 단 한 명도 없었다 하오. 틸라크를 지키기에도 상당히 힘들기 때문이랍니다. 이번에 공작이 되신 아젝스 틸라크 공작의 아버지 되는 전 공작도 얼마 전 전투 와중에 죽었다고 하더군요."

"상당히 험한 곳인 듯합니다. 하기사 그런 환경에서 살아남으려다 보니 검술이 높겠지요. 하나 그렇게 위험하다면 후작께서 도련님을 보내려 하실지 모르겠습니다?"

"반드시 허락을 받겠소."

그렇게 말하며 주먹을 불끈 쥐는 윈필드를 보며 정말 못 말리는 도련님이란 생각이 들었다. 비록 아버님의 성화로 휠테른 가문과의 정쟁에 참여하지만 틈만 나면 검술에 푹 빠지는 윈필드였기에 틸라크 가문의 이야기를 듣고 열광하는 것은 당연했다. 그러나 과연 후작이 윈필드를 보낼지는 의문이었다. 그리고 혹시 자신도 같이 가게 되면 어쩌나 하는 걱정도 들었다. 자신은 절대 그럴 생각이 없기 때문이다.

오후가 되자 윈필드의 말대로 멕시밀리앙 후작가의 문양인 붉은 장미를 화려하게 수놓은 마차가 여관 앞에 도착했다. 그리고 라미에르와 아젝스는 마부의 안내로 천천히 다가오는 어둠을 몰아버리는 가로등 사이로 마차를 타고 멕시밀리앙 후작가로 향했다.

다른 사람들은 피곤한 표정으로 심드렁하니 따라갔지만 한스와 앙리, 라미에르는 신이 나서 야단도 아니었다. 특히 라미에르는 드디어 귀족가의 연회에 참석하게 되었다고 날뛰었다. 그동안 신년 행사를 위해 산 드레스며 보석이며 온갖 잡동사니를 꺼냈다 넣었다를 반복하다 아젝스의 나 혼자 간다는 말에 간신히 단장을 마치고 따라나선 터였다. 틸라크에서는 연회가 있어도 모두 아는 사람들뿐이고, 설혹 새로운 얼굴이 있어도 자기와는 한참이나 나이 차가 나서 재미가 없었다. 그래서 새롭거나 신기한 이야기를 좀 듣고는 더 이상 얼굴 맞댈 일이 없었다. 그러나 여기서는 모든 게 새롭고 신기한 것 투성이였다. 거기다 한스의 말에 의하면 후작가의 장남인 윈필드 멕시밀리앙이 엄청난 미남이라는 것이다. 나이 차가 좀 나기는 하지만 그 정도야… 라미에르는 요조숙녀여야 하므로 차마 빨리 가자는 말은 못하고 그저 발만 동동였다.

아젝스 일행을 태운 마차는 정문을 지나 잘 정비된 길을 따라 저택의 문 앞에 멈췄다. 라미에르는 예의 우아한 손동작으로 아젝스의 손을 맞잡으며 한껏 멋을 부리며 내렸지만 곁에서 들리는 한마디에 울상이 되었다.

"얘가 뭘 잘못 먹었나? 안 하던 짓을 하네."

그 말을 한 당사자를 보려고 고개를 확 돌린 라미에르는 반가운 얼굴로 폴짝 뛰어 상대에게 달려들었다.

"멜라니 이모!"

"어이쿠, 요 말괄량이가 드디어 요조숙녀의 티를 벗고 본색을 드러내는구나. 그래, 그간 잘 지냈니?"

아젝스의 어머니인 아이마라 틸라크의 여동생인 멜라니 보어였다. 아젝스도 틸라크에서 잠깐 얼굴을 보아 익히 아는 사이였다. 이모라지만 그다지 정을 느끼는 것은 아니었다. 그때는 한대연으로 생각하고 한대연으로 행동했던 때였으니까.

그 옆에는 중후한 인상의 노인과 아젝스보다 두세 살 많아 보이는 청년이 있었고, 멜라니 보어 옆에는 중년의 사내가 부드러운 눈길로 아젝스를 보고 있었다. 그리고 이 저택의 주인인 빌포드와 그의 아들 윈필드가 다가오는 아젝스를 맞이했다.

"어서 오시오, 아젝스 틸라크 공작."

"초대해 주셔서 감사합니다. 이모님, 그간 안녕하셨습니까?"

"그래, 건강한 모습을 보게 되어 기쁘구나. 아니지! 이제 공작이 되었으니 공대를 해야겠네? 실례했사와요, 공작 전하."

멜라니는 친숙한 미소로 아젝스에게 농을 했다. 나이가 거의 50이 다 되어가는 멜라니였지만 아직도 활달한 성격 그대로였다. 그래서 라미에르는 멜라니 이모를 무척 좋아했다.

아젝스는 미소로 답했다.

"아직 기억을 찾지 못했구나. 내가 소개를 해주마. 이쪽은 내 남편인 에센 보어 백작으로 네 이모부란다. 그리고 이쪽은 내 아들 아이작이고. 네 사촌 형이니 네가 높은 자리에 앉으면 잘 좀 봐주련. 그리고 저분은 내 동생인 콜린즈 베르누이 백작이란다."

멜라니의 소개로 약간 어색하나마 아젝스와 그의 친족들은 서로 인사를 나눴다. 그리고 멕시밀리앙 후작의 안내로 아젝스의 일행들은 저택의 1층에 마련된 중앙 홀로 갔다.

아젝스는 엄청난 사람들의 인사에 잠시 당황했다. 그의 생각에 오늘 아침에 약속한 거라 간단한 저녁 초대로 안 것인데 의외로 많은 사람이 있었던 것이다. 아젝스는 멕시밀리앙 후작이 의외로 대단한 수완가로 생각되었다. 단시간에 이 정도의 사람을 모은 것이나, 이 정도로 준비한 것은 보통의 능력으로는 안 돼 보였기 때문이다.

그러나 기실 이것은 아젝스의 착각이었다. 어느 정도 재력과 권세가 있는 귀족가에서는 지금 이 시간, 이곳과 똑같이 연회가 벌어졌다. 게다가 빌포드는 이번 신년회에 세력을 부풀리기 위해 연일 연회를 벌이며 사람들을 초대했다. 아젝스 틸라크라는 호재가 더했기에 평소보다 많은 사람이 온 것을 제외하면 평소의 모습이나 다름없는 것이다.

"그럼 즐거운 시간을 보내십시오. 아젝스 틸라크 공작은 잠시 저를 따라오시지요."

빌포드 멕시밀리앙 후작의 말에 라미에르는 멜라니와 함께 사람들 틈으로 사라지고 아젝스는 한스, 앙리와 함께 후작의 뒤를 따랐다. 그들이 간 곳은 중앙 홀을 한눈에 볼 수 있는 귀빈석이었다. 멕시밀리앙 후작은 자신의 아들 윈필드에게 자신을 대신해 아젝스를 모시라 하고는 잠시 사라졌다 나타나곤 했다. 사라질 땐 혼자였지만 나타날 땐 다른 이들과 동행이었다.

후작은 아젝스에게 여러 인사를 소개시키며 친분을 쌓고 자신과 같이 일하기를 바랐다. 자신의 세력이 이 정도 있으니 황후파와 맞붙어도 충분하다는 의미고, 그 세력을 유지 관리하는 자가 자신이니 알아서 대하라는 무언의 시위였다.

아젝스도 그 정도는 이해했다. 노골적으로 이 사람은 누구로 내가 어떻게 키워주었고 반대파는 어떻게 숙청시켰다는 이야기를 해대니 못 알아들을 수가 없는 것이다. 이런 말에 아젝스는 아무렇지도 않게 있었지만 옆에서 듣고 있는 윈필드는 인상을 찌푸릴 수밖에 없었다. 그래서 아젝스가 기분 상하지 않게 틈틈이 여러 가지 이야기를 하며 아젝스가 지루해하지 않게 하려고 노력했다. 그러다 또다시 후작이 다른 사람을 데려오는 것을 보고 인상을 찌푸리다 그 사람을 보고는 대번에 환한 얼굴로 먼저 가 인사를 했다. 그는 자신이 존경하는 몇 안 되는 사람 중에 하나였다.

"아니, 이곳까지 어쩐 일이십니까? 반갑습니다, 알사스 나브람 백작님."

"자네도 잘 지냈나? 요즘 자네 얼굴을 안 봐서 그런지 살이 좀 올랐네."

그 말에 윈필드는 얼굴을 붉히며 반갑게 웃었다. 그런 윈필드를 보며 고개를 가로젓는 알사스의 얼굴에도 웃음이 어렸다. 윈필드는 틈만 나면 자신에게로 와서 대련을 하자고 조르는 몇 안 되는 기사 중 하나였다.

알사스 나부람은 대련이라고 상대를 봐주는 법이 없었다. 자신의 검술을 배우고 싶어한다는 가상한 마음에 병신이 안 될 정도로 혹독하게 상대를 패는 것으로 유명해서 웬만하면 대련을 피하는 상대였다. 그래서 간혹 얼빵한 기사들은 알사스에게 검술을 지도해 달라고 부탁했다 지도 명목으로 먼지나게 몇 번 깨지고는 포기하고 거의 대련을 안 하게 되었다. 그런데 윈필드는 수없이 얻어맞으면서도 몸이 나을 만하면 다시 찾아와 지도를 부탁했다. 물론 열심히 패주는 알사스였지만 윈필드를 보며 즐거운 마음이 드는 것은 어쩔 수 없었다. 다른 이들과 달리 재능있는 윈필드가 노력도 하는 것이 가상한 것이다.

"인사하시오, 이분이 아젝스 틸라크 공작 전하시오. 공작 전하, 알사스 나브람 백작입니다."

"뵙게 되어 영광입니다, 아젝스 틸라크 공작 전하."

"반갑소."

아젝스는 간단히 인사하곤 시선을 돌려 라미에르를 보았다. 라미에르는 아젝스와 떨어져 여러 귀족 자제와 영애들에게 쌓여 웃음꽃을 피우고 있었다. 그러나 그런 태도는 알사스의 심기를 건드렸다. 알사스는 여태껏 자신을 무시하는 귀족들을 가만히 내버려 둔 적이 없었다. 무력을 앞세우면 무력으로, 권력을 앞세우면 권력으로 정면으로 달려들어 그들에게 창피를 주었으며 여태껏 실패한 적이 없었다. 그리고 그의 그런 성격이 지금의 자리를 얻게 만드는 원동력이었다.

알사스 나브람은 대단한 사람이었다. 전 포러스 제국의 사람이면 어린아이라 할지라도 모르는 이가 없을 정도로 유명인사였다. 만약 한대연이 아닌 아젝스였다면 먼저 뛰어가 알사스를 가까이서 보려고 했을 것이다. 그만큼 다른 이들도 그를 인정하는 것이다.

그는 셴 왕국의 용병 출신이었다. 그러다 20여 년 전 포러스가 그가 속한 용병단을 고용해 가나트와 전투를 벌인 것이 인연이 되어 포러스에 눌러앉게 되었다. 그의 용병단을 지휘하던 포러스의 귀족이 그를 눈여겨보다가 자신의 기사단에 들어오라는 제의하자 알사스는 주저없이 그 제의를 받아들였다. 귀족은 알사스가 소드 익스퍼트 초급의 실력으로 중급 이상의 실력자를 무찌르는 모습에 반했고, 알사스는 수년간 초급에서 맴도는 검술의 경지를 벗어나 한 단계 끌어올릴 타결책을 포러스의 기사들에게서 찾았기에 손쉽게 서로의 의견을 맞출 수 있었다. 그 이후 알사스는 각종 전투에서 혁혁한 전과를 올리며 승진의 상승 곡선을 그렸다. 그리고 그런 알사스의 승진에 전부는 아니더라도 대부분이 고개를 끄덕였다. 그가 포러스에 귀화한 지 20여 년이 지나 소드 익스퍼트 최상급에 오른 그의 현 직책은 포러스 중앙군의 제2기사단인 은장 기사단의 단장이었다. 그는 모든 평민과 용병들의 우상이었다. 그리고 그도 이를 자랑스럽게 생각하고 있었다.

그런 그를 아젝스가 무시하고 있었다. 처음 아젝스의 소문을 들었을 때 믿을 수 없다는 생각을 했지만 워낙 많은 사람들이 증언을 하는지라 한번 만나 확인하려고 했다. 호기심도 생겼다. 어떻게 연마하면 그 나이에 익스퍼트 중급에 오를 수 있는지. 그런데 오늘 아젝스가 멕시밀리앙 후작가의 연회에 참석한다는 소식을 듣고 중앙군을 책임지는 맥심 블러드 공작의 말을 어기고 여기에 온 것이다. 그러나 괜히 왔다는 생각이 들었다. 실망과 분노가 느껴졌다. 그간 잊었다고 생각했던 귀족에 대한 열등감이 다시 마음 한구석을 채웠다. 그리고 이런 마음을 지우고 싶었다.

알사스가 생각에 빠진 사이 멕시밀리앙 후작은 열심히 아젝스에게 알사스의 내력을 읊었고 아젝스는 여전히 딴 곳을 보며 후작의 말을 한 귀로 듣고 한 귀로 흘렸다. 아젝스는 지겨운 것이다. 이곳에 와서 한 것이라고는 자리에 앉아 후작이 데려오는 사람과 인사한 것이 다였다. 언제까지 있어야 하나, 언제쯤 자리를 떠야 실례가 되지 않나 고민했다. 그러다 은근한 살기 비슷한 것이 자신을 향하자 정신이 들었다. 그리고 그곳으로 고개를 돌려보니 조금 전 자신에게 소개된 알사스 나브람이 아직도 가지 않고 뚫어지게 자신을 쳐다보며 전신에서 기를 뻗치고 있었다.

아젝스는 왜 그러는지 처음엔 이유를 몰랐지만 잠시 생각해 보고는 피식 웃음을 지었다. 여태껏 후작이 데려온 사람을 아젝스는 처음의 몇몇을 제외하고는 이런 식으로 대했다. 그리고 그들은 자신과 만났다는 것에 위안을 삼고 사라졌다. 그래서 이번의 만남에서도 같은 방식으로 대했는데 아무래도 그 태도가 저 사람의 자존심을 건드린 듯했다.

다른 사람들은 아무 말 없이 사라졌는데 알사스 나브람이라는 저 사람은 저리도 나 화났다는 뜻을 노골적으로 내비치는 것으로 봐서 황태자파에 아주 중요한 사람이거나 공작이라는 신분을 그리 크게 보고 있는 사람이 아니라는 생각이 들었다. 그래서 그런지 아젝스는 그에게 호감을 느꼈다. 물론 때늦은 감은 있지만.

"미안하오. 알사스 나브람 백작이라고 했소? 이런 자리가 처음이라 실수를 했소. 양해 바라오."

알사스는 비록 아젝스가 웃으며 사과했지만 진심에서 나오는 것이 아니라고 생각했다. 자신도 모르게 발한 마나에 반응해서 자신을 보더니 피식 웃는 것을 본 것이다. 마치 검술밖에 모르는 하찮은 것이 누굴 보냐는 듯했다.

"사과라니 당치 않습니다, 아젝스 공작 전하. 하나 그럼에도 사과할 의향이 계시다면 저와 잠시 대련을 해보는 것은 어떨까 합니다. 지난 서임식 때 폐하의 앞에서 놀라운 실력을 보였다 들었는데, 오늘 이 자리에서 저에게 그걸 확인할 기회를 주시면 감사하겠습니다."

그 말에 윈필드를 제외하고 아젝스 주변의 모든 이들이 호기심에 물든 눈으로 아젝스를 보았다.

"나브람 백작님, 이곳은 마땅한 장소가 못 되니 다음 기회를……."

"그것 좋은 생각입니다. 후원에 조그만 연병장이 있으니 그곳으로 가시죠. 제가 안내하겠습니다. 여러분! 잠시 제 이야기를 들어주시기 바랍니다. 여러분도 들으셨겠지만 아젝스 틸라크 공작님의 놀라운 검술을 보실 기회가 생겼습니다. 알사스 나브람 백작과 공작님께서 검술 대련을 갖으시겠답니다. 모두 후원으로 가십시다."

윈필드의 말을 끊으며 후작은 아젝스의 대답도 듣지 않고 알사스와 아젝스의 대련을 기정사실화시켰다. 연회에서 보여준 아젝스의 태도가 맘에 들지 않은 것도 한몫하기는 했지만 더 중요한 것은 이 기회를 이용하여 알사스 나브람이라는 거물을 자신의 진영으로 끌어들이려는 것이다. 객관적으로나 주관적으로나 알사스가 아젝스를 이기는 것은 당연한 것이었다. 다만 어떻게 이기는가가 중요한 것이다.

빌포드 멕시밀리앙 후작은 평소 알사스가 어떻게 대련을 하는지 잘 알고 있었다. 툭하면 전신에 피멍이 들어 침대에서 끙끙거리는 아들을 보며 모른다면 아버지가 아닌 것이다. 그리고 이번에도 그렇게 해주기를 바랬다. 지금이야 대련이라는 핑계로 아젝스를 후드려 팬다지만 이후의 일을 생각하면 절대 있어서는 안 되는 일이었기 때문이다. 만일 이 사실을 폐하가 아신다면 공주의 남편감을 팼다는 진노를 살 것이요, 설혹 몰랐다고 해도 백작이 공작에게 위해를 가했다는 것은 말도 안 되므로 귀족 대표 회의에 회부될 안건이었다. 이런 사실을 미끼로 이 사건을 무마시키는 대신 자신의 진영으로 들어오라고 한다면 알사스도 어쩔 수 없을 것이다. 또한 그간 중립을 지키며 자신의 휘하 장수들에게 엄격히 통제를 하는 맥심 블러드 공작이라 하더라도 이번의 일은 어쩔 수 없을 것이었다. 빌포드는 흐뭇한 미소를 띠며 사람들을 몰아 후원으로 나섰다.

한편 윈필드는 걱정이 되지 않을 수 없었다. 평소 알사스와의 대련으로 깨달은 것은 알사스가 검을 쥐면 사람이 달라진다는 것이었다. 그의 검술 특징은 일격필살의 기세로 상대방을 움츠러들게 해 반격을 꿈도 못 꾸게 한다는 것이었다. 그런 상대를 알사스는 맘 놓고 패고, 만일 그런 일이 벌어진다면 이후 알사스도 무사하지는 못할 것이었다. 또한 자신이 아젝스를 따라가려는 계획도 무산될 것이었다. 그래서 알사스에게 다가가 부탁을 하려고 했지만 알사스는 그런 윈필드를 눈으로 제압하고 후작의 뒤를 따라 후원으로 나섰다.

"공작 전하, 검을 드시지요."

여유롭게, 그러나 날카로운 눈매로 자신을 바라보는 알사스를 보며 아젝스는 쓴웃음을 지었다. 자신의 의사를 말하기도 전에 후작이 사람들을 선동해 후원으로 내몰고, 자신도 그런 그들의 틈바구니에 섞여 얼떨결에 후원까지 밀려 나왔다. 대련 자체가 부담이 되는 것은 아니지만 후작의 저의가 의심스러운 것이다. 만일 자신이 패한다면 그만큼 공작의 위세가 꺾여 후작에게 그리 좋은 영향을 미치지 않을 터인데 이런 자리를 마련했다. 그렇다고 연회에서 보여준 자신의 무례를 참지 못해 아무 생각 없이 행동했으리라는 생각은 도저히 안 든다.

"울프그랜 경, 검을."

베런에게서 바스타드 소드를 받은 아젝스는 알사스에게 검을 겨누었다. 후작의 저의가 무엇이든 대련을 회피할 마음은 없었다. 그간 연공의 성과도 확인해 보는 것은 물론 실력자와의 대련은 자신에게 많은 것을 가르쳐 줄 것이다. 조금 전 알사스가 내뿜은 기는 그리 간단한 것이 아니었으니까.

아젝스가 검을 자신에게 겨누자 알사스도 검을 빼 아젝스를 겨누었다. 대련이 아니라면 검을 빼지 않고 순간적으로 상대에게 달려들어 검을 뺌과 동시에 폭발적인 기세로 상대를 두 동강 내겠지만 지금은 쓰지 못하는 기술이었다. 그리고 그러고 싶은 마음도 없었다. 천천히 시간을 두고 아젝스를 괴롭혀 그의 검술이 얼마나 하찮은 것인지, 자신이 얼마나 대단한 사람인지를 알려줄 생각이었다. 그러려고 했다. 그런데 상대는 그런 자신의 마음을 벌써 알았나 보다.

아젝스는 처음의 중단 자세를 버리고 검을 내려 자신의 우측으로 이동시켰다. 비록 처음 보는 자세였지만 수비 자세를 취한 것은 알 수 있었다. 알사스는 아젝스가 생각보다 뛰어난 검객이라는 것을 느꼈다. 다른 놈들은 젊은 나이에 높은 실력을 쌓으면 하늘 높은 줄 모르고 상대를 얕잡아보기 일쑤였다. 그리고 무턱대고 달려드는 것이다. 알사스는 그런 상대를 많이 보아왔고, 보는 족족 '넌 아직 어려'라고 검으로 몸에 새겨주었다. 그러나 아젝스는 그런 애송이가 아니었다. 그러나 결과는 같을 것이다. 평소보다 시간이 걸릴 뿐.

알사스는 마나를 검에 주입하며 아젝스에게 달려들었다. 자신이 용병이 된 이후로 줄곧 사용한 츠바이 소드는 마나를 가득 머금고 아젝스의 목을 향해 떨어졌다. 그러나 아젝스가 올려친 검에 옆으로 빗겨 나갔다. 그러자 알사스는 곧바로 아젝스의 허리를 베기 위해 호선을 그리며 검을 내리려 했다. 그러나 뒤로 튕겨나듯이 물러서서 아젝스의 검을 막아야 했다. 자신의 첫 공격을 무산시킨 아젝스의 검이 튕겨 나가지 않고 곧바로 자신의 목을 향해 찔러왔기 때문이다.

본능과 몸에 벤 경험으로 위험을 벗어나며 아젝스의 검을 맞받아치려던 알사스는 어느새 제자리로 돌아간 아젝스의 검을 확인해야 했다. 무안하고 화가 났다. 그는 가만히 있는데 자신만 불 만난 오크처럼 날뛴 것이다.

알사스는 아젝스를 더 이상 얕잡아보지 않고 좀 더 조심스럽게 공략해 갔다. 최선을 다한 기교를 보이며 아젝스를 궁지로 몰기 위해 노력했다. 어차피 아젝스에게는 기선 제압을 위한 마나를 흘릴 필요가 없었다. 처음 공격을 하며 알 수 있었다. 그게 통할 상대라면 첫 공격을 그리 쉽게 막지 못했을 것이고, 벌써 자신의 검에 잘 다져졌을 것이다.

그래서 그간 전장을 돌아다니며 익힌 경험을 아젝스에게 가르쳐 주려고 했다. 온갖 속임수를 쓰며 아젝스를 핍박했다. 눈은 아젝스의 목을 보며 검을 허리로 날리기도 했고, 검을 날리는 척하며 방패로 몸통 공격을 하기도 했다. 온갖 허초가 난무했고, 무지막지한 쾌검을 쓰기도 했으며, 자신의 필살기도 선보였다. 그러나 아젝스를 어쩌지는 못했다.

'어디서 이런 놈이 나타난 거지?'

알사스는 내심 당혹할 수밖에 없었다. 나이도 어린놈이 싸우는 것은 완전히 노련한 용병들보다 더했다. 자신도 용병 출신이었기 때문에 이런 속임수를 알고, 또 전장에서 많이 써먹었다. 애송이 기사들은 이런 속임수에 백발백중 들어먹어 한칼에 운명을 달리했던 것이다. 그런데 아젝스에겐 속임수가 통하지 않았다. 아무리 허초를 날려도 요리조리 잘 피하고 오히려 반격을 시도했다. 게다가 반격을 하면 반드시 뒤로 물러나 피해야만 했다. 워낙 절묘한 시기에 정확히 찔러오는 것이다. 그것도 엄청난 빠르기로. 그래서 알사스는 후속 공격을 포기하고 뒤로 물러나야 했다.

그리고 이해가 안 가는 점이 또 있었다. 분명 자신과 검을 맞댔는데 아젝스의 검이 튕겨 나가지 않는다는 점이었다. 비록 대련이기 때문에 자신의 마나 전부를 집중하지는 않았지만 소드 익스퍼트 중급의 실력으로는 도저히 막거나 밀어낼 수 있는 것이 아니었다. 그러나 아젝스는 그리 어렵거나 힘들이지 않고 거력이 담긴 자신의 검을 견디고 반격했다. 그래서 관찰해 보니 아젝스는 자신의 검을 정면으로 맞대는 것이 아니라 빗겨친다는 것을 알았다. 그래서 단순히 검로를 바꾸기만 하는 것이다. 그리고 그로 인해 생기는 허점으로 반격을 날리고…….아무나, 그리고 단기간에는 절대로 익힐 수 있는 검술이 아니었다. 알사스는 인정했다. 최소한 아젝스의 검술은 자신보다 낫다는 것을.

이 사실을 알게 되자 알사스는 중대한 결심을 하는 수밖에 없었다. 경험의 이점도 못 살리고 검술의 기교도 솔직히 달린다는 것을 인정했다. 그러면 자신에게 남는 것은 무엇인가? 바로 소드 익스퍼트 최상급의 경지였다. 그간 대련이란 굴레 때문에 상급의 경지로 아젝스를 이겼다는 말을 듣지 않으려고 아젝스와 비슷한 마나를 주입해 상대했지만 이제는 그럴 필요도, 그럴 여유도 없었다. 잠깐의 실수면 자신의 패배로 직결되는 것이다. 알사스는 검에 자신의 모든 마나를 집중하며 아젝스에게 말했다.

"정말 놀랍소, 틸라크 공작. 그 나이에 그 정도의 실력을 갖추다니 그 말밖에 생각나는 단어가 없구려. 솔직히 공작의 검술 조예는 나보다 우위에 있음을 인정하오. 하나 그것이 검술의 전부는 아니오. 이제 각오하시오. 내 전부를 보여주리다."

아젝스는 긴장했다. 처음 알사스의 공격을 받았을 때, 약간 긴장하며 알사스의 검을 쳐냈다. 그러나 첫 공격의 실패로 알사스가 물러나자 아젝스는 할 만하다는 생각을 가졌다. 그의 경지가 자신보다 우위에 있기 때문에 맞받아치지 않고 빗겨쳐 그의 공격을 힘 안 들이고 흩뜨림과 동시에 반격까지 행했다. 그가 봐주려는 생각인지 전신의 기를 검에 쏟지 않고 공격한 것이다. 그 후로 아젝스는 가벼운 마음으로 알사스의 공격을 막으며 반격을 했다. 알사스가 보이는 허초나 속임수는 애들 장난이었다. 예기를 느끼고 방어를 하는 아젝스에게 알사스의 속임수는 통하지 않는 것이다. 다가오는 공격이 이게 진짜야 하고 외치는데 누가 '제발 속아줘' 하는 눈길에 신경을 쏟겠는가. 허초도 기운만 빼는 공격이었다. 속도와 기세가 결여된 허초는 속아주는 상대가 하수임을 인정하는 증거인 것이다.

그런데 이제 알사스가 제대로 하자며 기세를 돋우고 있었다. 그 기세는 만만히 볼 것이 아니었다. 그리고 그런 알사스의 기세에 아젝스의 호승심도 돋워졌다. 처음에는 없던 마음이 순수하게 검을 맞대면서 집중하다 보니 자연스럽게 생기는 심리였다. 자신도 최선을 다해 보고 싶다는 마음, 자신의 기량을 맘껏 펼쳐 보고 싶다는 마음으로 전신을 긴장시켰다. 아젝스는 조용히 혼원일기공을 운용해 호흡을 가다듬으며 알사스의 공격에 대비했다.

그에 비해 관전하던 사람들은 열광하며 응원을 했다. 처음에는 시시한 결과를 예상하고, 다만 아젝스의 검술이 정말 소드 익스퍼트 중급인지 확인한다는 의미에서 후원에 나섰다. 그러나 대련은 의외로 오래갔고, 오히려 알사스가 아젝스의 검술 조예를 칭찬하며 그의 검을 검붉게 물들이고 있는 것이다.

반대로 멕시밀리앙 후작은 당황하고 있었다. 후작은 당연히 알사스가 아젝스를 늘씬하게 패주기를 바랬지만 아젝스가 너무도 잘 싸우고 있었다. 이래저래 맘에 안 드는 아젝스였다.

윈필드는 아젝스의 검술에 넋이 빠졌다. 그러다 알사스의 말에 정신이 들었다. 비록 소드 마스터의 경지에는 못 미치지만 알사스가 내뿜는 검기는 무시할 것이 아니었다. 자신의 검도 여러 번 잘려 나갔고, 한 번은 호되게 얻어맞아 수가즈를 날아가기도 했다. 만약 알사스가 검면이 아닌 검날로 쳤다면 바로 두 동강이로 변했을 거였다. 그래서 그만 대련을 끝내려고 아버지를 보았지만 그의 아버지는 여전히 끝낼 기미를 보이지 않았다. 하는 수 없이 아젝스의 일행을 돌아보고 양해를 구하려는데 그들의 표정이 이상했다. 아젝스의 친족들은 당황한 듯했지만 이들을 말리는 여동생과 호위들 때문에 가만히 대련을 지켜보고 있었다. 호위들은 호기심에 가득한 눈으로 대련하는 둘을 지켜보는 것이었다.

"저… 말리지 않아도 되겠습니까?"

윈필드가 다가와 베르누이 백작에게 말하자 그 옆에 있던 라미에르가 얼굴을 붉히며 속삭이듯 말했다.

"오, 오빠는 걱정 마세요. 한두 번 하는 것도 아닌데요 뭐."

"예? 그럼 그전에도 수없이 다쳤단 말씀입니까?"

"그런 뜻이 아니고요……."

라미에르가 말하려는 것은 사람들의 환성으로 막혀 버렸다. 그에 놀란 윈필드와 라미에르는 고개를 돌려 대련에 몰두하는 아젝스와 알사스를 보았다. 알사스는 검붉은 빛을 줄기줄기 내뿜는 츠바이 소드를 무지막지하게 아젝스를 향해 휘둘렀다. 검이 아젝스와 상당히 떨어져 있는데도 아젝스는 그간 움직이지 않고 지키던 자리를 벗어나 하늘을 향해 뛰어올랐다. 그리고 단숨에 알사스를 향해 검을 수직으로 내려쳤다.

알사스는 내려오는 검을 막으려고 검을 하늘로 들어올렸지만 아젝스는 이를 피해 알사스의 팔을 노렸다. 그러나 가만히 검을 막으려던 알사스의 검이 크게 호선을 그리자 검붉은 빛줄기가 하늘을 가르며 지나가고, 그 사이를 아젝스가 슬쩍 피해 뒤로 내려섰다. 그리고 아직 검을 추스르지 못한 알사스를 향해 달려들었다. 비록 알사스의 검이 길기는 하지만 아젝스 역시 만만찮게 긴 장병을 가지고 있었다. 그럼에도 알사스에게 바짝 다가섰다. 아무래도 원거리 공격이 가능한 알사스에게 대항하기 위해선 접근전을 해야 한다고 판단한 듯했다. 그러나 산전수전 다 겪은 알사스는 아젝스가 다가와도 당황하지 않았다. 그는 방패로 다가오는 아젝스의 검을 막더니 온몸을 방패에 붙이곤 아젝스를 향해 달렸다. 아젝스는 그 힘을 이기지 못하고 뒤로 쭉 미끄러지더니 팔을 벌리고 알사스의 힘을 빌어 하늘로 날다 물구나무를 서듯 거꾸로 떨어지며 급작스럽게 알사스에게 검을 휘둘렀다. 뒷머리에 느껴지는 섬뜩한 기운에 알사스는 나가던 방향으로 돌진하며 아젝스의 검을 피한 뒤 뒤돌아 아젝스를 보았다. 어느새 아젝스도 자세를 잡고 알사스를 향해 검을 겨누고 있었다.

서로는 상대를 보며 숨을 골랐다. 순간순간이 위험한지라 긴장으로 온몸에서 땀이 배어 나왔다. 그렇게 잠시 쉬던 순간 처음으로 아젝스가 선공에 나섰다. 순간적으로 공간을 좁힌 아젝스는 검을 좌에서 우로 힘껏 휘두르다 이를 막아서는 알사스의 검을 휘감으며 밑으로 내리눌렀다. 그러나 오히려 위로 튕겨 나가 버렸다. 알사스가 최선을 다한 이후 처음으로 검이 부딪친 결과였다. 그리고 그사이를 이용해 알사스는 곧바로 아젝스의 가슴으로 검을 내질렀다. 그러나 아젝스는 튕기는 검의 힘을 이용해 몸을 회전시키더니 뻗쳐 나오는 알사스의 검을 타고 알사스의 품으로 안겨갔다. 순간적으로 알사스에게 접근한 아젝스는 팔꿈치, 손목, 다리, 검을 이용해 순차적으로 연속해서 알사스에게 공격을 퍼부었다.

알사스는 뒤로 빠르게 물러나며 최초의 팔꿈치를 어깨에 맞은 것을 제외하고는 정확하게 방어에 성공했다. 그러나 더 이상의 방어는 힘들 것 같았다. 은근히 저려오는 왼쪽 어깨는 더 이상 방패를 들고 싸우기 힘들었다. 그가 아젝스처럼 방패 없이 수비를 한다면 몰라도.

알사스는 어이없는 패배로 물러서야 한다는 것이 못내 아쉬웠다. 자존심은 무너졌지만 상대는 그럴 만한 실력자였다. 처음의 안 좋은 인상은 그의 실력을 인정하면서 사라졌다. 더 그와 대련을 하고 싶었다. 그러나 멈춰야 했다. 그와 즐겁게 대련을 하려면 자신도 최상의 상태에서 임해야 한다는 것을 알았다. 검만 보다가 갑자기 시작된 아젝스의 체술에 기습을 받았지만 알사스 자신이 모든 것을 이용해 대련했듯 아젝스도 모든 기술을 이용해 자신에 맞서는 것이 당연하다 생각했다. 알사스는 나중을 기약하며 오늘은 이만 그쳐야겠다는 생각에 검을 내렸다. 그리고 아젝스를 바라보며 패배를 인정하려고 입을 열려 했다. 그러나 먼저 입을 연 것은 아젝스였다.

"사정을 봐줘 고맙소. 패배를 인정하오."

하면서 아젝스는 검을 내리며 그의 등을 보여주었다. 아젝스의 등은 알사스의 검기로 그슬린 채 길게 찢어져 있었다. 비록 피륙은 상하지 않았지만 알사스에 비해 아젝스가 약세라는 증거였다. 최소한 다른 사람들이 보기에는 그랬다.

"와아! 역시 나브람 백작이야. 멋진 대련이었소!"

"공작 전하의 검술도 놀라웠습니다. 익스퍼트 최상급의 실력자와 그 정도의 대련을 한다는 것은 공작님이 아니고서는 누구도 할 수 없을 것입니다."

사람들의 환성 속에서 알사스는 쓴웃음을 지었다. 아젝스는 자신의 체면을 생각해 일부러 패배를 인정한 것이다. 그리고 이만 끝내자는 뜻이리라. 어차피 더 한다면 단지 아젝스의 승리를 확인하는 것 외에 아무것도 아니었다. 더 이상 대련의 즐거움도 사라졌는데 쓸데없이 힘빼고 기분을 상할 필요 있냐는 의사로 받아들였다. 그래서 사람들 속에 섞여 홀로 들어가는 알사스는 아젝스의 사람됨을 의심했다. 보기보다 음흉한 구석이 있는 것이다. 그러나 그리 기분이 나쁘지만은 않았다. 다른 것은 몰라도 최소한 검술 대련에서만큼은 정직했으니까.

"오늘은 즐거운 대련이었습니다, 공작 전하. 다음에 다시 이런 즐거움을 누릴 수 있겠는지요?"

"틸라크에 오신다면 언제든지 환영합니다."

"공사에 매이다 보니 틸라크에 갈 기회는 거의 없을 듯합니다. 차후에 공작 전하께서 황성에 들르시면 제가 찾아뵙겠습니다. 오늘은 이만 물러가겠습니다. 즐거운 시간 보내십시오."

"나도 백작과의 대련을 기대하겠소."

알사스가 인사를 하고 뒤로 나가자 기분이 상한 후작을 대신해 윈필드가 그를 배웅했다. 그러더니 곧바로 아젝스에게 달려와 조금 전의 대련에 대해 흥분한 목소리로 떠들었다.

"전하의 검술은 실로 놀랍습니다! 어찌 그 나이에 그 정도의 실력을 쌓으셨는지 도저히 믿을 수가 없습니다. 도대체 어찌하면 최상급의 실력자에게 밀리지 않고 비등하게 싸울 수 있습니까?"

"매일 최상급과 대련을 하는데 그 정도도 못하면 이상하지."

"그런 너는 왜 중급의 실력자와 매일 대련을 하면서 몸을 학대하냐? 변태냐?"

아젝스를 대신해 윈필드의 물음에 답한 한스와 앙리였다.

"아니, 일행 중에 익스퍼트 최상급의 실력자가 있다는 말이오?"

"아, 여기 있다는 말은 아니고 틸라크의 기사단장님이 최상급의 실력자입니다. 아젝스님은 매일 그분과 대련을 하십니다."

"아, 그렇군요. 부럽습니다. 아젝스 공작 전하! 이번 신년 행사가 끝난 후 저도 틸라크에 갈 수 있도록 허락해 주십시오. 공작님께 검술을 배우고 싶습니다."

윈필드는 눈을 반짝이며 아젝스를 보았다. 사람들의 놀람과 감탄의 시선이 부담스러워 딴청을 하던 아젝스는 윈필드의 말에 고개를 돌려 그를 보았다. 나이가 얼만데 자신에게 검술을 배우겠다니. 후작이 허락을 하지도 않겠지만 철없이 구는 윈필드에 내심 어이가 없다.

"안 되오."

"부탁드립니다. 저도 공작님처럼 훌륭한 검술을 익히고 싶습니다."

"틸라크는 위험하오. 게다가 이제 내가 틸라크로 돌아가면 오크 토벌전을 벌이느라 윈필드 경의 검술을 돌볼 시간도 없겠지만 능력도 안 되오. 그만 포기하시오."

"뭐 하러 허락을 구해요? 그냥 오면 되지. 이왕 온 거 설마 쫓아내겠어? 게다가 틸라크에는 일자리도 많다구요. 정 안 되면 용병으로 잠시 일해도 되고, 오크 잡는 데 한 손 거들어도 상관없고."

"한스!"

"고맙소. 내 반드시 찾아가겠소."

인상을 찡그리는 아젝스를 제치고 윈필드는 한스에게 연신 고맙다고 말했다. 그가 본 한스는 언제나 아젝스보다 한 끗발 높게 행동했고 아젝스도 그런 한스의 행동을 용인했다. 한스가 된다면 되는 것이다. 그는 믿었다.

연회를 마치고 여관에 도착해 아젝스가 한스를 나무랄 생각으로 말을 꺼냈지만 본전도 못 찾았다. 라미에르 때문이었다. 라미에르는 윈필드가 틸라크에 오겠다고 말한 것을 알자 만세를 외치며 온 방 안을 뛰어다녔다. 그리고 이를 반대하려는 아젝스의 팔을 꼬집으며 만약 반대를 한다면 하루 종일 따라다니며 괴롭히겠다는 협박을 서슴지 않았다. 그런 라미에르에게 두 손을 든 아젝스는 후작의 반대를 기대하는 수밖에 없다고 생각하며 라미에르를 달랬다.

제1권 끝

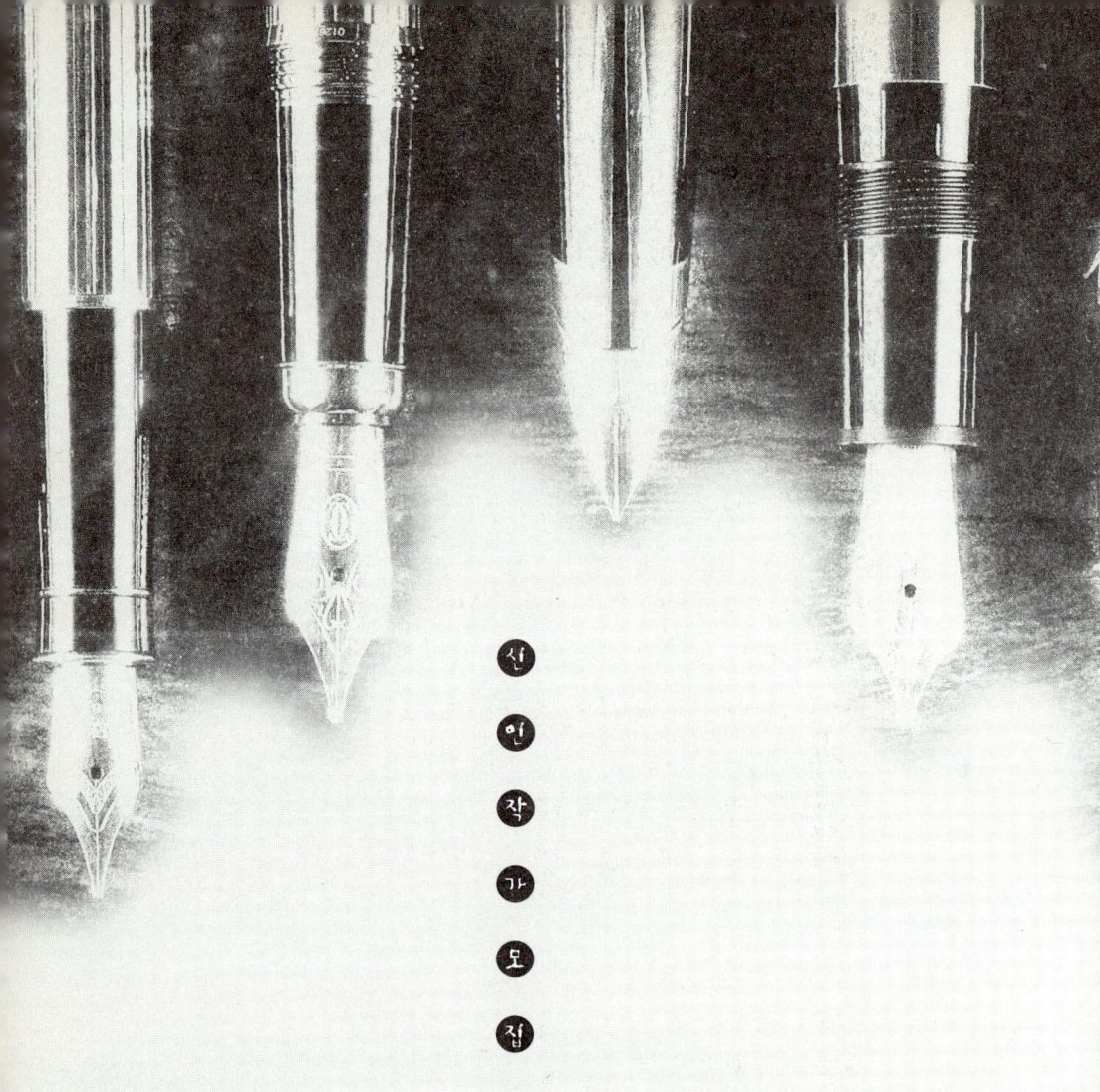